# 小说的风雅颂

汪广松 著

上海文艺出版社

Shanghai Literature & Art Publishing House

# 宛在水中央

博尔赫斯在论述《神曲》时说，那些煎熬灵魂的地狱层、南方的炼狱、同心圈的九重天以及怪兽等，都是"插入的东西"，也就是说，都不重要。但丁的目的，只是要在他的著作里，和贝雅特丽齐在某一个场合"重逢"。博尔赫斯指出，但丁曾经在一封信里一口气提到了六十个女人，"以便偷偷塞进贝雅特丽齐"的名字，他认为，但丁在《神曲》里重复了这种伤心的手法。

这是一种什么样的伤心？博尔赫斯引了《神曲》里的几句诗来说明：

> 我祈求着，而她离得很远，
> 仿佛在微笑，又朝我看了一眼
> 然后转过脸，走向永恒的源泉。

有一种解释认为，《神曲》里的罗马诗人维吉尔象征理智，而贝雅特丽齐象征信仰；还有评论家以为，贝雅特丽齐最后同意了但丁的祈求，接受了他的好意。博尔赫斯不以为然，在他看来，让但丁刻骨铭心的是这样一个意象：

贝雅特丽齐瞅了他一眼，微微一笑，然后转过身，朝永恒的光的源泉走去。

这个人生前死后已被夺去，仅仅是一个"宛在"，时时浮现在但丁心里的是缥缈的微笑和目光，以及永远扭过去的脸：那是尘世幸福永不可能的证明。

但丁写作《神曲》时已过不惑之年，他被母邦佛罗伦萨放逐，此时心境如同秋霜兼葭，萧索寒静。永恒的贝雅特丽齐却在光明的天国，彼岸世界高高在上，"所谓伊人，在水一方"。而地狱和炼狱，就像是溯洄从之、溯游从之的道路，是到达彼岸世界的必经之途。那些痛苦的灵魂，又像是在暗示但丁的心境——不管怎样向往和渴望，伊人宛在，永不可及。

弗朗切斯科这样说道："当贝雅特丽齐离去时，但丁没有发出哀叹，他身上的所有尘世浮渣已经焚烧殆尽。"博尔赫斯认为，从诗人的意图考虑，这是对的，从感情角度出发就错了。那意思是说，但丁并不想将痛苦从心里驱除出去，就像地狱和炼狱的存在只说明了天堂的意义，人世间的伤痛并不一定要"焚烧殆尽"。通过《神曲》，但丁凝练了所有的痛苦，就像是聚足全身的力气，好体会见到贝雅特丽齐微笑时的快乐。虽然她即刻转身走向永恒，虽然这快乐只有一瞬，可所有的一切都在那一瞬间得到满足和补偿。痛苦有多深，刹那就有多长。

我在想，当贝雅特丽齐离去的时候，但丁是不是可以追上去？他能不能在天堂里经常见到她？由此引发的一个问题是：但丁会把自己安排在哪个位置？

在地狱的第一圈，但丁见到了荷马、贺拉斯、奥维德和卢甘四位大诗人，他在诗里写道："我成为这些大智中间的第六个。"（第五位诗人当然是维吉尔）对于但丁的当仁不让，《神曲》的译者在注释里说，这"正见他胸襟的阔大，与气魄的宏伟"。

但丁自然是"伟人"，可这里的意思未必仅仅如此。地狱第一圈是些"善良的异教徒"，他们的居所并非黑暗，而是一片开阔、光辉的地方。但丁愿意厕身"这些大智中间"是什么意思？难道他愿意住在"光明"的地狱里？这里没有贝雅特丽齐，可——

> 那些伟大的精灵呈现在我眼前，我心中因看到
> 他们而感到光荣。

但丁在诗里列了一份名单，除了诗人之外，还有古代的英雄、哲人、君王、物理学家、几何学家、医学家等。详细列举这份名单并无必要，但丁也没有对此多费笔墨。也许每个人的心里都有一份独特的"伟大精灵"名单？他愿意和他们在一起，"因看到他们而感到光荣"。

虽然但丁在《神曲》中经过"洁净"后与贝雅特丽齐同登天

界，但我暗暗地想，他也许并不愿意留在天堂。他历尽千辛万苦，只是为了见到贝雅特丽齐的回眸一笑，那一笑也仿佛只是但丁对彼岸世界投去的凝然一瞥，然后他就回到地狱里，回到他的痛苦里，与那些伟大的精灵在一起，用自身的光明照耀自己。

这时我们发现，"宛在水中央"的，也许并非伊人，或许是诗人自己：他不是应在彼岸（在水一方的只是伊人），但也并非就在此岸（那里只有受苦的罪人），他只是"宛在"，在无边黑暗的地狱里，忽然有一片光亮，宛如在水中央。

# 目　录

## 辑一

# 辑二

# 辑三

辑
一

# 鲁迅《野草》中的二观三行

　　《华盖集》题记："我知道伟大的人物能洞见三世，观照一切，历大苦恼，尝大欢喜，发大慈悲。"这里鲁迅借用了佛教语言，接下来又把天人师（佛的十尊号之一）比作伟大人物，而他自己就"活在人间"，"又是一个常人"。不过，就像他的密友内山完造所说："鲁迅先生，是深山中苦行的一位佛神。"（徐梵澄《星花旧影》）这种"苦行"带有深刻的越文化印记，其根源可以上溯到他所推崇的禹墨文化，其内容则可用上面的话来归纳，即是二观三行：

　　二观：洞见三世，观照一切

　　三行：历大苦恼，尝大欢喜，发大慈悲

　　《华盖集》写于一九二五年，《野草》写于

一九二四年至一九二六年间，它们互相呼应，互相发明，二观三行可以贯通《野草》。鲁迅在《野草·题辞》中写道：

> "我以这一丛野草，在明与暗，生与死，过去与未来之际，献于友与仇，人与兽，爱者与不爱者之前作证。"

"过去与未来之际"已涵盖三世，"明与暗，生与死"即为世间一切。友与仇相应社会，人与兽可当自然，爱者与不爱者便是爱情、婚姻与家庭。它们都矛盾着，张弛着，而人之大苦恼、大欢喜、大慈悲，源于它们，现在也可尽数回献给它们。

## 时历三世，人只三种

《野草》写鲁迅之所见、所闻与所传闻（梦话），时间感觉十分敏锐与丰厚。不论《过客》怎样阐释，其中的老人、过客与小女孩，分别代表着过去、现在与未来（也可以相反），是很明显的。《失掉的好地狱》揭示了三个时代：天神时代、魔鬼时代和人类时代，从时间上讲，前两个是过去，现在是"人类时代"，未来是什么时代？有学者早就指出，魔鬼代表"北洋军阀"、人类代表"国民党右派"，而将来的时代不会比军阀更好[①]。所以，我们可以说，曾经有过的"天神时代"其实就是未

---

① 李何林，《鲁迅〈野草〉注解》，陕西出版社，1975 年，P144—147。

来，也还是魔鬼统治的时代。

《失掉的好地狱》写作前一个多月，鲁迅写了《灯下漫笔》，指出中国历史的治乱实际上只有两个时代：一是想做奴隶而不可得的时代；二是暂时做稳了奴隶的时代。不论是魔鬼统治，还是人类统治，地狱还是地狱。这是鲁迅"对于历史的洞见，也更是对于未来的预言[①]。"那么，未来是什么？没有什么未来，未来是回到过去，而现在就是过去。过去、现在与未来，世间万物之聚散，都系于当前，而这个"当前"按照一定的周期在永恒回复。

《淡淡的血痕中》是为了"记念几个死者、生者和未生者"，死者、生者和未生者即是人间三世，而人间之事如何？是造物主、良民，还有叛逆的猛士。这个时空结构就是鲁迅所认识的"当前"。他"洞见一切""记得一切""正视一切""深知一切"，一切之一切，还是当前。当前的核心是人，现在是三种人：聪明人、傻子和奴才，其实，"慢慢地最后出来的是主人"（《聪明人和傻子和奴才》），聪明人是主子的一帮（帮忙、帮闲和帮凶），因此，当前三种人是：主子、奴才和傻子，这和造物主、良民和猛士，只是表达方式的不同，内涵完全一致。

有学者指出鲁迅早年作品《摩罗诗力说》中存在"三级结构"，分别是：社会叛逆者、安生者和爱智之士，这与傻子、奴才和聪明人有对应关系，并指出它们和厨川白村、尼采之间

---

① 孙玉石，《现实的与哲学的——鲁迅〈野草〉重释》，世纪出版集团，2001 年，P179。

存在联系①。尼采指出灵魂类型有三种：哲人、王和民众②。但鲁迅对于三种人的认识与尼采的灵魂类型既有联系，又有区别。

王和民众，相应于主子和奴才，那么，聪明人能相应哲人吗？这类聪明人既巴结主子（最想做哲人王），也哄骗得奴才高兴，是两头得利，他既可能是哲人（以灵魂类型而言），也可能是民众（以社会结构而言）。傻子是"哲人"的另一面（可以是哲人王），他不布施，无布施心（对民众），当然也得不到布施（他不会向主子求乞），因为他"将用无所为和沉默求乞"（《求乞》），他两头都不讨好，也不想讨好，他是彷徨于无地，"横站"着，既攻击主子，也"复仇"看客（民众），这可以说是哲人的姿态。

在鲁迅看来，当前人的三种类型是：造物主、良民和猛士。造物主是王，是城头变幻的大王旗，是形形色色的统治者。聪明人是良民，是民众的另一面，只是他们"头上有各种旗帜，绣出各样好名称……头下有各样外套，绣出各式好花样。"（《这样的战士》）而傻子是猛士，是哲人，"在无物之阵中大踏步走"，举起投枪的战士。所以，时历三世，人只三种，这即是鲁迅的洞见。

## 观照明暗与生死

写作《野草》期间，鲁迅曾在信中对许广平说："我的作

---

① 孙玉石，《现实的与哲学的——鲁迅〈野草〉重释》，世纪出版集团，2001 年，P258—263。

② 刘小枫，《儒家和民族国家》"前言"，华夏出版社，2007 年，P2。

品，太黑暗了①。"这种黑暗和虚无紧密相连，甚至就是虚无本身，《影的告别》是完全的黑暗和虚无。《希望》写于一九二五年元旦，这正是常人生起"希望"的时刻，但鲁迅意识到，希望的盾"陆续地耗尽了我的青春"，要不得，然而，"绝望之为虚妄，正与希望相同！"换言之，希望固然虚妄，但也不能陷入绝望中并因此就放弃努力、放弃斗争。光明不在希望里，也更不在绝望中，要把希望和绝望都坚决否定掉，才可见到光明，而这种否定本身就是光明，有一份否定，就有一份光明。

　　一九二六年鲁迅在北京女子师范大学学生会召开的"学校破坏一周年纪念会"上发表演讲，他知道将来的希望是"自慰的"，"然而将来是永远要有的，并且要光明起来"。(《华盖集续编·记谈话》)知道有"光明的将来"，所以要守在黑夜里，"肉搏这空虚中的暗夜了"(《希望》)。他让自己沉没在黑暗里，结果却在黑暗中放出了光明，一代又一代的读者受到震动，得到鼓舞，就是光明存在的证明，这光明是暗夜中的写作，是反抗绝望的坚持，是自强不息的战斗。

　　对于《野草》的写作，鲁迅曾说："因为那时难于直说，所以有时措辞就很含糊了。"(《〈野草〉英文译本序》) 当代学者已经指出，这是由于许广平爱情的存在，使得鲁迅面临着"情感和道德责任之间的两难"，这个两难成为《野草》"最隐秘的主题②"。《野草》的背后是鲁迅与许广平的爱情发展，是"暗"的

①　鲁迅、景宋，《两地书·原信》(四)，中国青年出版社，2005年，P11。
②　李天明，《难以直说的苦衷——鲁迅〈野草〉探秘》，人民文学出版社，2000年，P22—24。

存在，但同时，这也是鲁迅生活的光明；妻子朱安是"明"的存在，又可以说是生活之"暗<sup>①</sup>"。《野草》写得很黑暗，但其中许多自然景物的描写非常干净、明亮、艳丽，在"废弛的地狱边沿"开着一些"惨白色的小花"，有一些"好的故事"，那是《野草》的光明，是爱的光明。

《野草》始于《秋夜》，终于《一觉》，可当明与暗的转换。《一觉》中的觉可以读作睡觉的觉，作者睡了一觉，"看见很长的梦"；但也可以读为惊觉的觉，乃是觉醒、觉悟，作者是从梦中惊觉的。《野草》有七篇以"我梦见"开始的文章，在这些文章中，有直接醒来的，有未醒的，还有在梦与醒之间的，这正是"觉"的明与暗，然而作者最终还是觉醒过来，保持清醒的姿态。

《野草》毫不忌讳地描写了死亡，这应与鲁迅学过解剖学有关。《墓碣文》写一具死尸，"胸腹俱破，中无心肝"，这是医学解剖，然而，"抉心自食"又分明是精神的"自我解剖"。心的滋味无从得知，从哲学上讲，可以说是数千年历史的封闭自足的"心学"之破产<sup>②</sup>；从医学上讲，那是纯粹的心的死亡。《墓碣文》中的死尸最后坐了起来，是心死而身未死；《死后》写身已死，但能听、能说、能觉、能想，是身死而心未死。合而言之，鲁迅在这两篇文章中把自己当成了一个死人，在想象身心俱死以

---

① 这里的明与暗，以往的鲁迅研究者并非不知情，但多采取"为尊者讳"的态度。当代有学者指《野草》就是倾诉包办婚姻造成的性压抑苦闷，专此角度阐释《野草》和鲁迅（邹范平《新发现的鲁迅》），"新见"迭出，不乏妙解，但多有牵强附会之嫌。

② 郜元宝，《鲁迅精读》，复旦大学出版社，2005 年，P165。

后的状态。

写作《野草》期间的鲁迅正值壮年（43～45岁），然已身心交瘁，面临着死亡的威胁。死亡，是真正的黑暗与虚无。鲁迅患有肺病二三十年，但他不多讲，很少有人知道，甚至他母亲也是最后才知晓。写作《野草》之前，与周作人兄弟失和，大病过一场；写作期间，又有一次复发。肺结核在当时可算是"不治之症"，常年患病是一个十分沉重的身心负担，鲁迅甚至自暴自弃，希望速死①。《野草》中的死亡描写，与鲁迅血肉相连，简直就是他与死亡搏斗的痕迹。在"死"袭来的时候，他也"常觉到一种轻微的紧张"（《一觉》），但就在搏斗过程中深切地感觉到"生"的存在。鲁迅并没有直接阐发死亡的哲学意义，他只是直面死亡，看清死亡，甚至就这么看着它，这个看就是大勇敢。

徐梵澄初次拜谒鲁迅是在一九二八年，得以亲炙先生风采，其时《野草》出版才刚一年。据他晚年回忆，鲁迅对于生死有独特的姿态：

> 大致平生遇身体有病痛则就医生诊治而已，不甚求药，无动于衷。方寸间没有营营扰扰如庸人怕病畏死而求治之不遑，则身体听其自在，是有其抵抗力的，稍加调治，便易恢复正常。可说能外其生，有时竟如视自己已死，真也到了庄子所谓"尸

---

① 鲁迅、景宋，《两地书·原信》（二十四），中国青年出版社，2005年，P61。

居而龙见，雷声而渊默"的地步。(《星花旧影》)

唯其能"外其生"，故能不将不迎，不希望于未来，也不绝望于当前，在明与暗、生与死之间保存灵台的清明，无动于衷，而且精神内敛，动则龙马，这是极高的精神修养，非大智大勇不能达到。

## 历大苦恼、尝大欢喜、发大慈悲

有人说《野草》是鲁迅的"苦恼"之歌①，这是确实的。其时的鲁迅疾病缠身，面临死亡威胁。《腊叶》中的"病叶"，仿佛就是"病的肺叶"，鲁迅把它夹在书里，如同岁月中夹有一块病的阴影。《复仇》中那对不杀不爱相互对峙的恋人形象，正是他不幸婚姻的写照。《死火》的背后是许广平的爱情，压抑多年的生命之火就要燃烧起来，但也面临被大车碾死的命运。《风筝》隐喻的具体事实不知怎样，但兄弟失和因而心生忏悔的思想情感却昭然若揭，这或者是指鲁迅与周作人失和之事。《颓败线的颤动》的主题可以多角度阐发，具体事实可以不论，但青年夫妻"以怨报德"的行为非常明显，同时，老妇人的养老问题也很突出。鲁迅当时肯定想过自己能活多久，他不得不考虑老母亲的养老送终，特别是将来的老妇人朱安的生活问题，而青年夫妻如周作人夫妇的行为不能令人放心，这或者才是鲁迅隐秘的心

---

① 李天明，《难以直说的苦衷——鲁迅〈野草〉探秘》，人民文学出版社，2000 年，P56。

病（历史事实证明他的担心并不多余）。

《狗的驳诘》是在骂人"猪狗不如"，似在影射章士钊及其代表的北洋政府官场①，章担任教育总长是在一九二四至一九二六年间，这正是《野草》写作的时间。鲁迅与章士钊闹过不愉快，后来被迫远走厦门，也就是说，鲁迅职场失意。《立论》写了三种立论方式：说谎、说真话、打哈哈，鲁迅既不愿说谎，也不愿遭打，也不会打哈哈，实在不知说什么好，其事实背后则是与现代评论派的论战，结果是四周竖起论敌、寂寞无友。《淡淡的血痕中》暴露了现实政治的黑暗，《这样的战士》讽刺文人无行，《复仇》揭示了民众的愚昧，《一觉》则担心有为青年无人栽培。

总结起来讲，这个时候的鲁迅实在运交华盖：疾病缠身、兄弟失和、婚姻不幸、爱情艰难、养老无望，而且职场失意、论敌四竖。更进一步说，鲁迅看到政治黑暗无期，文人无行，民众愚昧，而青年寂寞无人提携，仿佛世间所有的倒霉事都摊上了。常人至此，谁不苦恼？而且是大苦恼。这又可分三个层次：一是个人健康与家庭的苦恼，二是职业、职场的苦恼，三是关于社会发展的苦恼，人世间的苦恼大约不外乎此。

大苦恼是真问题，唯其苦恼愈深，其思索也愈深，其能量也愈足，其弘量也愈广，《野草》即其表现。也曾梦想过逃离，也曾有过是否停息的犹豫，但终于还是要走在路上。许寿裳曾

① 孙玉石，《现实的与哲学的——鲁迅〈野草〉重释》，世纪出版集团，2001 年，P168。

说："《复仇》乃其誓尝惨苦的模范①。"这不是自讨苦吃，而是勇敢地把这些大苦恼全盘接受下来，都一肩挑起来，往前走，哪怕是踉跄地走。

周作人曾经抱怨说鲁迅的画像"大都是严肃有余而和蔼不足"，忘记了他"对于友人特别是青年儿童那和善的笑容②"，所以他专门写了一篇《鲁迅的笑》以志纪念。鲁迅是一个幽默的人，他对于苦闷的办法，"是专与苦痛捣乱，将无赖手段当作胜利，硬唱凯歌，算是乐趣"，"而且近于游戏③"。《我的失恋》是一篇拟古打油诗，鲁迅自己说那是"开开玩笑的"（《我和〈语丝〉的始终》），是游戏之作。《复仇》《墓碣文》《死后》都用一种近于游戏的精神看待死亡，甚至欣赏死亡。

两篇《复仇》都写得很残酷、血腥，但鲁迅却说"永远沉浸于生命的飞扬的极致的大欢喜中"，并不断重复。这一方面是鉴赏游戏的快乐，另一方面，是"在手足的痛楚中"，玩味"就要被钉杀了的欢喜"。[《复仇（其二）》]恋人的拥抱可以得到"生命的沉酣的大欢喜"；然而，"碎骨的大痛楚透到心髓了，他也即沉酣于大欢喜和大悲悯中"。一为生之欢，一为死之欢，生与死都是生命的大欢喜。

鲁迅在《野草》"题辞"中说，即使这生命之泥只长野草，不生乔木；即使这野草"根本不深，花叶不美"，平凡得不能再平凡，并且生存之时，"将遭践踏，将遭删刈，直至于死亡而朽

① 许寿裳，《我所认识的鲁迅》，人民文学出版社，1953年，P76。
② 周作人，《周作人自编集：鲁迅的青年时代》，河北教育出版社，2002年，P100。
③ 鲁迅、景宋，《两地书·原信》（二），中国青年出版社，2005年，P6。

腐"，甚至于被地火烧掉，无可朽腐。"但我坦然，欣然。我将大笑，我将歌唱。"因为这野草和乔木一样，都是生命存在的方式，不必羡慕乔木的高大，更不必期望变成乔木。它曾经存活过，充实过，是生命自酿的美酒，飞扬着极致的大欢喜。《野草》包含了鲁迅的生老病死、人间是非，是他活过、写过、爱过的证明，是对生命美酒的品尝。他把《野草》献给了天地，也留在了天地，生命开出了灿烂的花。

周作人曾把鲁迅比作"变相降魔的佛 [①]"，"降魔"是鲁迅的金刚怒目。他是这样的一种战士：走进无物之阵，对着一式的点头，各种的旗帜，各样的外套，还有"太平"，举起投枪，掷过去！（《这样的战士》）他虽然主张"壕堑战"，但也敬奠那些不惜性命扑向光明的小飞虫，称它们为"苍翠精致的英雄们"。（《秋夜》）《野草》中的许多篇章都表现了鲁迅的降魔形象和战斗精神。

魔不仅仅是指统治阶级，还包括群众。鲁迅意识到："要救群众，而反被群众所迫害 [②]。"《复仇（其二）》中的"神之子"就是例证。他是叛逆的猛士，看透了造化的把戏，因此，"将要起来使人类苏生，或者使人类灭尽，这些造物主的良民们"。（《淡淡的血痕中》）他痛恨那些看客、奴才和良民，"哀其不幸，怒其不争"。他不仅要同统治者斗争，而且还要和被统治者斗争，他是要连同造物主和良民一起扫荡掉，甚至连自己也要

① 周作人，《周作人自编文集：鲁迅的青年时代》，河北教育出版社，2002 年，P100。
② 鲁迅、景宋，《两地书·原信》（四），中国青年出版社，2005 年，P10。

扫除。

《热风》出版的时候，他就说："这正是我所悲哀的。"因为这"证明着病菌尚在"。(《〈热风〉题记》)他也呼唤《野草》的火速死亡与朽腐，甚至无可朽腐。"时日曷丧，予及汝偕亡！"不是为了降魔而降魔，是魔都没有了，根本无魔可降，也不需要"变相降魔的佛"了，无有一无有，这是鲁迅的大慈悲心，是最后的立足之地。

## 《雪》：内在生命的自然显现

有学者早就指出，《野草》是鲁迅的内心写照，"于外界的社会和政治现实关系不大[①]。"如果把附着在《野草》上面的各种意义撇开，《野草》就是鲁迅生命的直观流露与外在显现。尤其是那些自然风光的描写，更是玲珑剔透，以至于对鲁迅政治和道德品质尽力诋毁的学者，也称赞《野草》"里面有许多富有诗情画意的自然描写，不但为旧文学所无，也为新文学所罕有[②]。"那也就是说，自然排斥了政治和道德，它是纯粹的，不依附于任何外在的，它因此照见了人的精神世界。《野草》中的枣树、小红花、恶鸟、雪人、河流、塔、蜡叶等，构成了一个个奇特幽丽、肃穆冷静、刚健清新的自然世界，那也是鲁迅精神核心的反映。

---

① ［美］李欧梵著，尹慧珉译，《铁屋中的呐喊》，岳麓书社，1999 年，P250。

② 苏雪林《中国二三十年代作家》，转引自李天明，《难以直说的苦衷——鲁迅〈野草〉探秘》，人民文学出版社，2000 年，P5。

《雪》是一个代表作品，它是鲁迅内在生命的外在形象，是鲁迅洞见三世，观照一切，历大苦恼，尝大欢喜，发大慈悲后的自然显现。有人以暖国的雨、江南的雪和北方的雪来表现"生命之三态"，并以之和尼采的精神三态并论（骆驼、狮子和婴儿①），虽不尽然，但抓住了《雪》的"生命"特征。那江南的雪，可是"滋润美艳之至了"，堆作雪人，洁白明艳，"整个地闪闪地生光"。而朔方的雪在晴天下，乘风奋飞，"在日光中灿灿地生光"。这里的雪分明是一个精灵，它是冷峻的，静穆的，但又滋润，仿佛包藏了火焰；雪是容易消融的、可塑的，但它在凛冽的天宇下，闪闪地旋转而且升腾。此种精神气象，徐梵澄曾亲见之：

> 往往我去拜访，值午睡方起，那时神寒气静，诚有如庄子所说"老聃新沐，方将被发而乾，热然似非人"。我便闹事似的讲话，过了些时，喜笑方回复了。（《星花旧影》）

《雪》神寒气静，然而天地发动，则矫健勃发，灿灿生光。晚年鲁迅内外都极为冷静，如同冰雪，静处如尸，然使神气完足，一动则行气如龙，回复喜笑。"是的，那是孤独的雪，是死掉的雨，是雨的精魂。"（《雪》）

---

① ［日］丸尾常喜著，秦弓、孙丽华编译，《耻辱与恢复——〈呐喊〉与〈野草〉》，北京大学出版社，2009 年，P207。

# 论周作人的礼与仁思想

　　周作人是五四时代反封建反传统文化（主要是儒家）的思想干将，但他在二十世纪四十年代"常自称是儒家 [①]"，这自然为朋友们所笑。不过，周作人心中的儒家思想乃是没有"儒"这名称之前的思想，是中国固有的中心思想，他崇尚的礼与仁，在某种程度上恢复了一部分先秦儒家思想的原始意义，也吸收了若干西方思想，反映出五四时代的文化特征。

## 一、周作人对礼与仁思想的改造

　　周作人对儒家思想核心的礼与仁本身并不反对，他反对的只是其中维护封建秩序、对自由民主思想不利的部分。但他提倡的礼与仁并非儒家

---

① 　钱理群编，《周作人散文精编》，浙江文艺出版社，1994 年，P556。

固有的思想，而是经过他改造以后的"新思想"，是以中国文化为根底、引进吸收西方思想、以散文形式表达出来的对礼与仁的重新阐释。

这个改造有两个向度，其一是对中国传统思想资源的整理与清算，他整理出一个两三千年隐而不彰的传统，即"由上古的大禹和稷肇端，中经孔子、颜回、墨子、孟子发扬，后由汉之王充承其余绪，再延之明之李贽，清之俞正燮"。其中王充、李贽、俞正燮被他称为中国思想界的三盏灯火，其精神核心是"疾虚妄，爱真实①"。这个指向主要相应"礼"。周作人反对封建礼教是"疾虚妄"；主张恢复"本来的礼"，礼通履，重视实践，可当"爱真实"。

其二是对西方思想的吸收和追溯。周作人早年提倡人道主义、平民主义，倡导自由民主思想，并由此上溯到古希腊。他在遗嘱中强调："余一生文字无足称道，唯暮年所译希腊对话是五十年来的心愿，识者当自知之②。"他喜欢的日本文化的"情"和蔼理斯、希腊神话的"知"都可以追到古希腊的路基阿诺斯③。这个指向主要相应"仁"，并结合了西方自由民主思想和自然科学精神。

这两个向度虽各有侧重，但彼此可以相融、落实到世俗生活，周作人据此来改造礼和仁的思想。以礼而言，中国传统的礼的思想主要集中在《周礼》《仪礼》《礼记》是对《仪礼》的阐

① 黄德海，《周作人的梦想与决断》，《上海文化》，2010 年第 1 期。
② 周作人译，《路吉阿诺斯对话集》（上、下），中国对外翻译出版公司，2003 年，PIV。
③ 同①。

释），前者侧重政治制度，后者侧重日常生活。到五四时代，传统的礼的思想集中表现为政治上的"礼教"，受到新文化运动者的猛烈抨击。与此同时，作为生活上的"礼"的思想在某种程度上得以重光，周作人主要是从生活角度来理解和把握"礼"。

周作人对儒家"仁"的思想极为赞赏，认为是中国思想的好根苗，不过，他界定这个儒家思想是"以孔孟为代表，禹稷为模范的那儒家思想①"。这里已经包含了墨家，在周作人看来，儒与墨的思想差不多都包含在仁中，仁的古义要比儒家早和宽广。此外，周作人还利用西方思想解释来发挥仁的思想。他的两个梦想"伦理之自然化"与"道义之事功化"都可以说是对"仁"字古义的部分演绎和恢复，同时也著有五四时代"民主与科学"思想的影响。

## 二、周作人的礼的思想

周作人的礼的思想有两个方面，其一是反对"旧礼"，主要是反礼教，他认为中国的礼早已丧失，后来的礼仪礼教都是堕落了的东西；其二是主张恢复"本来的礼"，千年以上的礼，他称之为"生活之艺术"，又引霭理斯的话说，这种生活艺术微妙地混合了取与舍二者（指禁欲和纵欲），是欢乐与节制的并存。最能具体说明周作人的礼的思想的，是他引斯谛耳博士在《仪礼》上的序说："礼节并不单是一套仪式，空虚无用，如后世所

---

① 《中国的思想问题》，《周作人散文精编》，P561。

沿袭者。这是用以养成自制与整饬的动作之习惯，唯有能领解万物感受一切之心的人才有这样安详的容止①。"这段话可以当作周作人礼的思想的概括，有四个层面：礼节并不单是一套空虚无用的仪式，这是政治上的反礼教；"养成自制与整饬的动作之习惯"，是生活上的节制；"能领解万物感受一切之心"则指思想自由；安详的容止是礼的外在表现，是礼成之果。

## （一）政治上：反对礼教

确立礼（政治制度）甚为必要，可是一旦礼成为一套空虚的外在形式，淘洗掉了生活本质而徒有其表，变成学问，变成政治威权，变成用以治理天下的礼教，那就流毒后世贻害无穷，周作人之反礼教即反此。

周作人反礼教集中在反对三纲五常。反对"君为臣纲"自不必说，五四时代已是民国，君主制度已经被打倒。他曾在《语丝》杂志上致信废帝溥仪，称为"致溥仪君书"，以北大教授的身份"劝告"他去学习希腊文学。对于国民军驱逐溥仪之事，他不像胡适那样抗议，认为是"极自然和极正当的事②"，这称得上是"无君"。但相较而言，周作人最为着力反对的是对妇女的压迫和"孝治"。

在《萨满教的礼教思想》一文中，周作人指出"最讲礼教"之人的思想根底"总不出两性的交涉"，而且"宇宙之存亡，日

---

① 《生活之艺术》,《周作人散文精编》, P243。
② 止庵,《周作人传》, 山东画报出版社, 2009 年, P129。

月之盈昃，家国之安危，人民之生死"，都系于两性关系，以至于求雨斋戒，主要是禁性欲，"不同太太睡觉①"。封建礼教大抵以女子为不洁，乃至不详，对女子造成压迫和践踏，《刘香女》一卷"完全以女人为对象，最能说出女人在礼教以及宗教下的所受一切痛苦，而其解脱的方法则是出家修行②"，这是周作人极为反对的，所以他积极地呼吁男女平等，倡导妇女解放。

周作人反对祖先崇拜，甚至主张"子孙崇拜③"，完全推翻了"父为子纲"。推之于国，他反对"孝治"，在《家之上下四旁》一文中，他援引清帝乾隆处理汉川县黄氏辱母殴姑一案，揭露了"孝治"的残酷和荒谬，发人深省。他心目中的家庭之礼，是儿子不必再尽孝，父母和子女以朋友相处，认为这样"不违反人情物理，不压迫青年，亦不委屈老年，颇合于中庸之道，比皇帝与道学家的意见要好得多了④"。

## （二）生活上：自制与整饬

《说文解字》："禮，履也。所以事神致福也。从示从豊，豊亦声⑤。"曲，指代酒；豆，祭祀所用的食物，合而言之，禮即示以饮食，这是祭祀的礼节，核心即是生活中的饮食；又说

---

① 《萨满教的礼教思想》，《周作人散文精编》，P483—484。

② 《刘香女》，《周作人散文精编》，P540。

③ 《祖先崇拜》，《周作人散文精编》，P421。

④ 《家之上下四旁》，《周作人散文精编》，P549。

⑤ 许慎，《说文解字》（附检字），中华书局，1963 年，P7。

礼为履，是实践，是一套动作，是在实际生活中形成又能反过来规范指导生活。周作人主张的礼主要体现在生活层面，并在此层面将礼与佛教戒律联系起来，互为借鉴又相得益彰，对"礼"的原始意义作了部分恢复。

周作人喜欢读佛经中的大、小乘戒律，并由此注意到《礼记》里的两篇《曲礼》可以与佛教戒律相比，戒律与礼的精神相通，它们都是对日常生活的节制，但这种节制反映出的礼的思想根植于日常生活，皆合于人情物理，明智通达，见出古人的质朴和可爱。比如，他读《梵网经》菩萨戒本及其他，很受感动，其中最喜欢读的是贤首《疏》，引卷三盗戒下注云："准此戒，纵无主，鸟身自为主，盗皆重也①。"周作人十分赞叹佛家"鸟身自为主"的戒律精神，准此精神，即应节制。

在《读戒律》一文中，周作人注意到佛教戒律十分周密地涉及人生各个方面，甚至连性爱也都有戒律，说得委曲详尽又合于人情物理。周作人引《一切有部律论》中的戒律，有极妙者，他引的这些戒律全都是日常生活中事，如："下风出时不得作声""比丘不得处处小便，应在一处作坑""唾不得作声"等。周作人最喜欢的一句是："莫令余人得恼。"以为可相当于中国的恕道。

以上可说是自制，而关于杨枝的使用（相当于现代的牙刷），则是整饬了。周作人在《读戒律》文中引金圣叹作《水浒传序》云："朝日初出，苍苍凉凉，澡头面，裹巾帻，进盘飧，

① 《读戒律》，《周作人散文精编》，P531。

嚼杨枝。"这即是说，早晨起来把自己收拾得干干净净头面清爽，开始新的一天，是戒律的精神，也是礼的精神。进而言之，日常生活中的大小事情，加以自制和整饬，便是戒律下的修行。各种戒律、仪轨无非都是规范人的言行，以形成自制和整饬之动作的习惯，这也是礼的精神，而礼就体现在日常生活当中。

（三）思想上：领解万物，感受一切

如果说生活上的礼主要是从外在规范来节制人的言行，那么思想上的礼则是从内在思维进行规范。孔子曰："非礼勿视，非礼勿听，非礼勿言，非礼勿动。"（《论语·颜渊》）又云："子绝四：毋意、毋必、毋固、毋我。"（《论语·子罕》）前者可当外在的礼，体现在日常生活当中；后者可当内在的礼，体现在思想领域，其末流和弊端是思想禁锢。周作人崇尚思想自由，反对文字狱思想狱，心量广大，庶几能与礼的原始意义相应。

《周易·系辞下》曰："古者包牺氏之王天下也，仰则观象于天，俯则观法于地，观鸟兽之文，与地之宜，近取诸身，远取诸物。于是始作八卦，以通神明之德，以类万物之情。"仰观象于天可当天文学，俯观法于地当地质学，观鸟兽之文是动物学，与地之宜是植物学，近取诸身可为人类学（含医学和社会学），远取诸物可当一切无生物①。周作人虽无此明德，但他"大致由草木虫鱼，窥知人类之事，未敢云嘉孺子而哀妇人，亦尝

① 此处参考潘雨廷先生语。

用心于此①。"这条路线暗合古人。

从散文内容来看，他留心岁时风土物产、非志书的地志，乃至于宗教巫术、思想革命，可当天文学和地质学；草木虫鱼、博物之类，则是动物学和植物学；他自号"药堂"，关注社会革命，受到人类学家弗莱泽等人的影响，则人类学亦在其中，此外他也留心一切无生物。比如他在散文中反复引用永井荷风在《江户艺术论》中的一段话："我爱浮世绘。苦海十年为亲卖身的游女的绘姿使我泣。凭倚竹窗茫然看着流水的艺妓的姿态使我喜。卖宵夜面的纸灯寂寞地停留着的河边的夜景使我醉。雨夜啼月的杜鹃，阵雨中散落的秋天树叶，落花飘风的钟声，途中日暮的山路的雪，凡是无常，无告，无望的，使人无端嗟叹此世只是一梦的，这样的一切东西，于我都是可亲，于我都是可怀。"有论者指出，这段话可以贯穿周作人全部散文，是一个基本情调②。就内容而言，天上地下，动物植物，人和无生物，都已囊括在内，作者是在领解万物感受一切，而"苦"是他领解万物感受一切之心，是生命的底色，但所谓的苦也是人的自我造作，它其实也是人之生命，因此那些无常、无告、无望的一切东西，于人而言都是可亲可怀的。达此境域，可称自由。

（四）礼成之果：容止安详

在反掉礼教之后，经由外、内修养（生活节制和思想自

① 钟叔河编，《周作人文类编》，湖南文艺出版社，1998年，P353。
② 钱理群《前言》，《周作人散文精编》，P8—9。

由），一个人的礼节已成，表现出容止安详的象，该礼象的特征是相宜或相称。周作人在《喝茶》一文中说："喝茶当于瓦屋纸窗之下，清泉绿茶，用素雅的陶瓷茶具，同二三人共饮，得半日之闲，可抵十年的尘梦[①]。"喝茶的礼体现在环境、物品、人与时间的相宜，人在环境、物品和时间之中相宜，便是容止安详。

物与物之间也有这种相宜，如："豆腐干中本有一种'茶干'，今变而为丝，亦颇与茶相宜。"（《喝茶》）又如茅台酒与绍兴烧酒气味相似，大约可以浸杨梅，白干则不可，"此盖有类燕赵勇士，力气有余而少韵致耳"。又洋酒中白兰地酒或可浸杨梅等[②]。这些都是物与物的相宜。而烧鹅的制法"虽与烧鸭相似，唯鸭稍华贵，宜于红灯酒绿，鹅则更具野趣，在野外舟中啖之，正相称耳[③]"。这是物与环境的相宜。此外，《东昌坊故事》回忆小时候故乡风物、老街老店，则是人、物与环境、时间的相宜了[④]。这类文章屡见不鲜。

需要特别指出来的是两种相宜，其一是谈饮食的文章，许多都写出制法、吃法，这可以看作是人改造自然、利用自然、享受自然的一套仪式，即礼。这种礼完全是生活方式，一个地方、一个民族的生活习惯就体现在这些礼节当中，而这些礼节、习俗就是人与地方的相宜相称。

---

① 《喝茶》，《周作人散文精编》，P246。
② 《桑下丛谈（八则）》，《周作人散文精编》，P150。
③ 《上坟船》，《周作人散文精编》，P130—131。
④ 《东昌坊故事》，《周作人散文精编》，P192—195。

其二是"文抄公"文体。他在二十世纪三四十年代做"文抄公",不仅是文风的转变,也是他与环境、时代、年龄的相应。对周作人来说,抄书乃是寻友的过程,是物我回响交流,这反映了他当时的寂寞,而抄古书和特定的时空相宜。当然,"抄书并不比自己作文为不苦[①]",所引古文字与周作人浑然融为一体,完全可以当作是周作人自己的文字来读。因此可以说"文抄公"文体是周作人与物、环境、时间的相宜,是周作人的礼的思想在文章领域的突出表现,是礼成之果。换言之,"文抄公"即是周作人安详的举止。

## 三、周作人的仁的思想

周作人崇尚"本来的礼",但以仁为儒家的根本思想,反复申论,不厌其烦。他的仁的思想以忠恕之道为根本,以两个梦想为枝干,其中"伦理之自然化"是内涵,可当内圣;"道义之事功化"是外延,可当外王。他的仁的思想部分恢复了仁字的古义,同时也吸收了若干西方思想。

### (一)根本:忠恕之道,人之道

周作人在《中国的思想问题》一文中认为,"儒家的根本思想是仁,分别之为忠恕,而仍一以贯之"。他认为用人道主义

---

[①] 周作人著,止庵校订,《周作人自编文集·苦竹杂记》,河北教育出版社,2002年,P227。

来概括"仁"有误解，或可称为"人之道"，"为仁直捷的说即是做人，仁即是把他人当做人看待"，这已经受到了西方思想的影响。他指出，不但要己所不欲勿施于人，还要以己之欲施于人，"那就是已欲立而立人，已欲达而达人，更进而以人之所欲施之于人，那更是由恕而至于忠了""忠恕两尽，诚是为仁之极致"。

仁的一种写法是：，"古文仁，从千心<sup>①</sup>"，字义为"千心"。一人而能通千心，对所有心性都能理解，是大成就者之象。孔子在《论语》中论仁，对不同学生有不同说法，这本身就是"仁者"之象。周作人非常喜欢《庄子·天道》中尧答舜的话："吾不敖无告，不废穷民，苦死者，嘉孺子而哀妇人，此吾所以用心已<sup>②</sup>。"尧的"天王之用心"是一人而体千心，即是仁。

"千心"还可以解为千人一心，这正是周作人切实的理解，他以为仁的根本只是"人之生物的本能"，为人类所同具，"自圣贤以至凡民，无不同具此心"，"有如海水中之盐味，自一勺以至于全大洋，量有多少而同是一味也"。此即千心所在。他引《礼记·礼运第九》篇云："饮食男女，人之大欲存焉；死亡贫苦，人之大恶存焉。"认为这是生物求生的本能，人人具有，但人与动物的区别在于人有"仁"，能感知别人也有同样的好恶，有忠恕之道，即人之道。"此原始的生存的道德，即为仁

---

① 许慎，《说文解字》（附检字），中华书局，1963年，P161。本文关于"仁"字古义的阐释，借鉴了张文江先生的意见。

② 郭象注，成玄英疏，《南华真经注疏》，中华书局，1998年，P274。

的根苗"。(《中国的思想问题》)仁从字形上看，正有心苗之象。因此仁又可通元，元是万物生长的开始，是根苗。周作人特别重视此根苗的培育，他对中国思想绝对有信心，认为"中国幸而有此思想的好根苗，这是极可喜的事"，这是他当时唯一可以乐观的事情。(《中国的思想问题》)

周作人以忠恕之道归于仁，肯定人的求生本能，有奉劝当时的统治者（侵略中国的日寇）实施"仁政"的意思。而仁政实在只是要求统治者把他人当作是和自己一样的人，有共同的求生本能，所谓千人一心而已。他指出，"仁的现象是安居乐业，结果是太平；不仁的现象是民不聊生，结果是乱"。(《中国的思想问题》)但向日本军国主义要求"仁政"不过是与虎谋皮，结果受到日寇的批判。他也知道这些不过是陈旧之言，多不合时务，然而却反证了仁的忠恕之道是中国思想的好根苗，也是他儒家思想的核心。

（二）内涵：伦理之自然化

伦理之自然化是周作人的两个梦想之一，可当"内圣"。在《梦想之一》一文中，他引用焦理堂的话说："唯我欲生，人亦欲生，我欲生生，人亦欲生生，孟子好货好色之说尽之矣[①]。"这段话是周作人在阐发"仁"时最喜欢引用的例证。在同一篇文章中，他不惜大段照抄自己在《中国的思想问题》一文中所论"仁"的文字，重申"人类的生存的道德之基本在中国即谓之

---

① 《梦想之一》，《周作人散文精编》，P571。

仁"。但他坚决反对封建伦理中的三纲五常，非常强调伦理的自然化，实际上是以仁的自然属性（生物本能）替换社会属性（三纲五常），将"仁"的内涵重新淘洗一番，或者说将仁的自然属性重新充实进去。

在郭店楚简中，仁字又可写作：息[1]。身心合一为仁，偏重身，也即人的自然属性，周作人将仁的根本归纳为生物本能，正是自然化的体现，又分仁为忠恕，而恕是主观，忠是客观。于仁字古义而言，心是主观，身是客观，主客观统一即是身心合一，一以贯之是仁。周作人以为"中国在千年以前文化发达，一时颇有臻于灵肉一致之象"（《生活之艺术》)，此即身心合一之仁；但后来为禁欲思想所战胜（即压抑甚至消灭仁之身体性），生活就变得无自由和无节制了，因此他就强调"自然化"，实际上是恢复了"仁"字的部分古义。

仁的另一个写法是：尸，"古文仁，或从尸[2]"。从字形上看，上尸下二，尸代表横卧的人，人有两样东西，一个是身，一个是心，身对应自然属性，心对应社会属性。中国封建社会过分强调人的社会属性，过分强调仁的社会伦理，导致种种弊端，到五四时代再也难以为继。周作人强调伦理之自然化，并不是他的"发明"，因为仁的古义中本来就有自然性，他的主张只是顺应了时代潮流，是仁之古义的重新焕发，同时也受到西方自然科学思想的影响。

---

[1] 刘宝俊《郭店楚简"仁"字三形的构型理据》，《中南民族大学学报》（人文社会科学版），2005 年第 5 期。

[2] 许慎，《说文解字》（附检字），中华书局，1963 年，P161。

周作人爱谈鸟兽虫鱼，花草树木，又往往谈及饮食男女，关注性学、妇女和儿童，"嘉孺子而哀妇人"，都可以说是他"仁心"的表现，是伦理之自然化，但他也很警惕自然化的弊端。他很喜欢孟子的一句话，"人之异于禽兽者几希"，清醒地意识到人禽之辩，仿佛是窗户里外只隔一张纸，是近似远，如宗教战争、思想文字狱、人身买卖、宰白鸭与卖淫等，是落到禽道以下去了。周作人其实已经意识到伦理自然化的弊端早已屡见不鲜，但在当前的条件下（五四时代），还是要提倡伦理自然化，"既不可不及，也不可过而反于自然"。（《梦想之一》）从仁字的古义讲，身与心很难整合，就像自然与社会很难平衡，个人和社会始终就在这里调整。

（三）外延：道义之事功化

道义之事功化是周作人的第二个梦想，可当"外王"，是对伦理自然化的"纠偏"，以免说空话唱高调之弊。简单地说就是要内外一致，言行一致，注重实行。"要以道义为宗旨，去求到功利上的实现，以名誉生命为资材，去博得国家人民的福利，此为知识阶级最高之任务[①]。"

周作人引阮伯元《论语论仁论》云："相人偶者，谓人之偶之也。凡仁必于身所行者验之而始见，亦必有二人而仁乃见。"他相信"这是论仁的最精确的话"，并引颜习斋、傅青主重视事功作为例证。（《道义之事功化》）这涉及仁的另一种写法：

---

① 《道义之事功化》，《周作人散文精编》，P575。

仁，《说文解字》云"亲也，从人从二[①]"。这其实就是现在常用的仁字。仁必须是在社会中，通过事功得以实现。阮伯元认为："若一人闭户斋居，瞑目静坐，虽有德理在心，终不得指为圣门所谓之仁矣[②]。"周作人更为激烈，他把握管著述思以文字留赠后人当作不急之务，"与驴鸣狗吠相去一间耳"，在他看来，道义之事功化在当时就是要"有一种真正的思想革命，从中国本身出发，清算封建思想，同时与世界趋势相应，建起民主思想来的那么一种运动"。并且希望"不但心口相应，更要言行一致"。(《道义之事功化》)

在《道义之事功化》一文中，周作人举了一个具体的例子，此人是一个地中海看护妇，为了跳下海救人，当众脱去衣服，救起了好些人。周作人非常称赞这种"勇敢与新的羞耻""为人类服务而牺牲自己"的行为，主张"新的羞耻，以仁存心，明智地想，勇敢地做，地中海岸的看护妇是为榜样，是即道义之事功化也"。仁不远人，它就在人与人之间的互动中，就在日常当中，打一声招呼，彼此之间释放善意减少冷漠都是仁，都可以是事功，这正是仁字的古义之一。

作为五四新文化运动的干将，周作人的理想与梦想，他要建造的新文明，复兴的旧文明，与古希腊相合一的文明，不是别的，却是中国传统的礼与仁。不过，他崇尚的礼是"本来的礼"，是一种活生生的生活方式或艺术；他崇尚的仁是仁之古

---

① 许慎，《说文解字》(附检字)，中华书局，1963 年，P161。

② 阮元，《研经室集》(三)，商务印书馆发行，1936 年，P157。

义，是中国固有的思想，并且经过他改造后的礼与仁都吸收了五四时代西方思想的影响，是新的礼、仁思想。

礼可当实践，仁可当理论，礼与仁是儒家思想的核心范畴，在五四新文化运动中难逃时代的批判，然而正是这个批判剥离了礼与仁的种种附加与伪饰，在喧嚣过后有可能露出它的本来面目。周作人体认到的礼与仁正是其中一部分，又添加了一些新的成分，它们在当时并不受到重视，但在今天却葆有重要的借鉴意义。

# 保持自己的真正面目

一

诗剧《培尔·金特》[①]是挪威戏剧诗人易卜生（1828—1906）的代表作品之一。该剧是以一个二十来岁的壮小伙和一个气冲冲的老妇人开始的。壮小伙培尔·金特（以下简称培尔）血气（thumos）方刚，他的母亲奥丝非常愤怒（anger）。据说，"愤怒"根植于令柏拉图百般着迷的人类灵魂中的关键部分：thumos（spiritedness）[②]，奥丝与培尔的母子关系也说明了它们的亲密。又矮又瘦的奥丝火气很大，第一幕共三场，以她的愤怒开始，也以她的愤怒结束，贯穿其间的是"坏小子"

_____

[①]　创作于1867年，易卜生在意大利罗马。本文所用中译本为萧乾译，1946年伦敦出版的诺曼·金斯伯里演出本，共五幕34场。同时参考马克·霍尔·爱弥顿的英语改编本，即田多多、谷亦安中译本。

[②]　林国华，《诗歌与历史：政治哲学的古典风格》之《哲人的愤怒——读史笔记》，上海三联书店，2005年，P3。

培尔的激情（spiritedness）。

奥丝一开口就说培尔撒谎，这是他愤怒的直接原因，但培尔分辩道："我说的全是实话！"（1，1，第一幕第一场。以下同。）在接下来的对话中，培尔把谎言说得天花乱坠，但奥丝信以为真。如果说以愤怒（激情）开始并贯穿全篇是荷马史诗《伊利亚特》的传统，那么说谎就是奥德修斯（Odysseus）的艺术了。戏剧诗人一手接过说谎的艺术，转手就把它赋予了培尔，他自己站在戏剧后面，不动声色。

在第一幕第一场中，奥丝母子说到了三件事：第一件是他们的身世，第二件是培尔与铁匠打架，第三件是一场即将举行的婚礼。与之对应的是三场戏，第一场意图说明培尔的"性情"，这是他命运的起点和根源。第二场戏很短，主要是培尔与铁匠的对话，单独作为一场是为了引起注意，他们之间曾经有过一场"战争"，这是激情。第三场是婚礼，在婚礼中培尔认识了索尔薇格，被她深深吸引，而索尔薇格也爱上了培尔，也就是说，培尔遭遇到了爱欲（eros）。然后，戏剧有一个突起，培尔拐跑了新娘英格丽德（她也喜欢培尔）。希罗多德的战争史叙事是从抢女人开始的，培尔拐走人家的新娘并继而抛弃，实际上也是抢女人的行为，因此，婚礼是一场关于爱欲的戏。

第一场含有第二、第三场，暗示了性情和激情、爱欲之间的关系。培尔的命运就在他的激情和爱欲中，而爱欲常常为激情、命运左右，激情则对生活有破坏作用，后果严重。培尔不能在家乡立足，不得不远走他乡，四处漂泊，就是激情和爱欲惹的祸，也是他的命运。在诗剧中，挨揍的铁匠娶了被拐骗的新娘，激情和爱欲结为夫妻，这也许就是戏剧诗人别有用心的一笔，因为铁匠和英格丽德都是受害方，表明激情和爱欲都需要节制。

培尔的另一种性情就是爱冥想，用奥丝的话说就是"成天白日做梦"，他总想着"骑着马在云彩里飞跑"（1，3），"做出点惊天动地的事业来"，"要当国王，当皇帝！"（1，1）。在第一幕的开始，培尔的撒谎其实是他的冥想，他把民间神话故事编在自己身上，把自己幻想成一头神奇的驯鹿。而在第一幕的结尾，他带着拐来的新娘在悬崖上奔跑的时候，不就是那头神话中的驯鹿吗？不就是在云彩里飞跑吗？人和神话的合一显示了诗剧《培尔·金特》的神秘主义色彩，这也是古希腊哲学的重要传统。

可以说，培尔的血管里流淌着希腊人的血，与此同时，我们也看到剧中人物常常引用《圣经》言语和故事，培尔是个基督徒。这是《培尔·金特》一剧的内在张力，在第四幕中表现得尤为突出。

第四幕共十三场，约占全剧的三分之一，处在全剧的中间位置，而此时的培尔也人到中年，正是人生最有作为的时期。他发了大财，和几个游伴一起在摩洛哥西南海岸享受生活。在开场戏中，培尔得意洋洋，夸耀他的财富经历和处世哲学，还牵涉了正在发生的希腊和土耳其战争（现代版的希波战争）。培尔鼓励朋友们"为了自由，为了正义而大力冲击！前进"（4，1），但他自己却不愿去希腊。

这个行动为他带来了不幸，转瞬间，事情起了一个突如其来的变化，他的财富随着游艇一起沉入海底，他一无所有地留在了沙漠，开始了他的"沙漠时期"，这是产生宗教的时机。他首先发现了一批猿猴，这些猴子不断地向他扔东西，他非常恼火，却也只好"随时适应周围的环境"（4，4）。猴子显然是在影射达尔文（1809—1882）。达尔文的出现，是为了让事情回到起点：物种是怎么起源的？或者说万物是由谁创造的？人是从哪里来的？《圣经》正是从这里开始，断言上帝造人，而达尔文的猿猴却非常"恼人"。培尔在树上，是一种悬空的无根状态。

与此同时，一件偷盗事件正在发生，一个贼和一个窝赃者带着偷来的皇帝御衣和战袍，还有宝石和剑，藏在岩石裂缝里，由于担心被抓住，他们扔下赃物跑掉了。这时培尔走过来，他开始幻想，像社会预言家那样叫喊："自由的洗礼即将到来！我要向受到禁锢的沿海地带传播，让可爱的自由在那里生长起来。"（4，5）自由的种子始终在他心里生长，要把他导向希腊。但是，另有一种力量将他引开，他发现了赃物，顺便就把自己打扮成一个土耳其人，冒充成先知，以宗教作为职业。

培尔的先知身份是"偷"来的，是"脏"的，他声称自己无意欺骗他们，但他就是个骗子，然后遇上一个"傻子"，即安妮特拉（以下简称安妮），一位阿拉伯酋长的女儿。培尔首先对安妮大动色心，而安妮不要先知赋予的灵魂，她只要先知头巾上的宝石。在这里，易卜生辛辣地讽刺了宗教：好色和贪财。

培尔要教导安妮过"灵魂"生活，树立信仰，但安妮自始至终只对他的宝石感兴趣，她在培尔的"启示"声中酣然入睡，培尔误以为自己在精神上俘虏了安妮，取得了伟大胜利。

因此，他要拐走安妮，就像他拐走新娘英格丽德一样，爱欲（eros）再次发挥了作用。安妮可不是真傻子，她富有心计地骗走了培尔的财富，骑着他的马飞跑而去。这里，培尔成为傻子，而安妮成为骗子，事情颠倒了过来。

宗教这条路是走不通了，培尔进行了反思，第四幕第九场是他的大段独白，他决心要当一个学者，"为了捍卫最后的真理，挣脱一切束缚自我的障碍……这就是科学家走的道路"。（4，9）也就是理性的道路。第十场很突兀，易卜生插入了一个场景（也是提醒）：中年的索尔薇格在家乡等着培尔归来，并唱起颂歌，祈祷"主必守护在身边"。这两场都是独白，也可以说是理性和启示在对话。

接下来，培尔来到埃及，在门农塑像前开始计划他的旅行。有两个路向：一是"要环游与《圣经》有关的那片土地"（4，11），一是"从特洛伊再跨海到壮丽辉煌的古雅典"（4，11）。计划尚未实行，他就遇上了贝葛利芬费尔特（以下简称贝葛）博士，贝葛把他引向开罗疯人院。疯人院寓意何在？培尔发现："这是学者俱乐部。"（4，13）贝葛予以肯定，他把看守关起来，把疯子放出去，说道："世界已经颠倒了，所以我们也得颠倒过来。"（4，13）这就是马克思了（1818—1883），革命的幽灵在疯人院里游荡。博士说："绝对理性在昨天晚上十一点寿终正寝啦。"（4，13）"必须经过一场世界范围的革命，才能实现这种'灵魂出窍'。"（4，13）贝葛高喊理性已经死亡，高喊自我皇帝万岁，是意在说明"金特式的自我主义"是非理性的产物吗？或者正好相反？培尔感到莫名其妙，贝葛就找了三个非理性的代表出来作证：马拉巴的胡胡、埃及农民、东方大臣霍显。胡胡喻指西方对殖民地的文化灭绝；背着木乃伊的农民企图找回丢失了的王权和国土；霍显恳求别人把他当作一支笔，知识分子沦为奴才。然后，农民上吊了，霍显自刎了，显然都是非理性的行为，也说明了非理性的愚昧和血腥。

疯人院的经历表明，理性这条路也失败了，但启示与理性之争尚未结束，它们还要在以后继续斗争，直到最后才分出胜负。

## 二

《培尔·金特》采取了游历式的顺向发展结构，前三幕是培尔的青少年，中间是壮年，第五幕是晚年，三部分在全剧中的比例大致相当。与此同时，戏剧也存在着逆向发展结构：人是慢慢变老，不可阻挡，但又时刻回溯真正的自我。培尔一边漂泊，一边回归。为什么要漂泊？以何种方式回归？

第二幕围绕培尔遭遇山妖展开。爱欲让培尔心神错乱，误入歧途，被绿衣女（山妖公主）带回山妖王国，差点做了山妖。但爱欲也救了培尔，在危机时刻，索尔薇格撞响了教堂的钟声，山妖逃走，幻象消失。培尔在生死关头呼唤索尔薇格来救他，而这位永恒的女性的确引导他走出了困境，冥冥之中若有相应。勃格（一个隐身小妖）说得对："他的力量太强大了。他有娘儿们作后盾。"（2，7）

山妖是挪威民族的标志物，代表了传统和民族性。培尔在最后时刻不肯做山妖，就是不愿意适应山妖"随随便便、直来直去、简单朴素的生活方式"（2，6）。山妖大王说："除了我们尾巴上的丝穗子，我们什么也不从山谷里运进来。"（2，6）山妖王国是一个封闭社会，自给自足，守着它们的传统过日子。培尔尽力摆脱这种生活方式，他看到了这个社会的种种扭曲，坚决逃离。培尔与山妖诀别，实际上是与传统断裂，只有这样，他才可以成为"世界公民"。

第三幕一开场，培尔就为自己建造了一所房子，一个家园。索尔薇格找到了这里，两个相爱的人要在这里幸福地生活。然而，剧情再次突起，山妖公主找到了培尔，还带着他们的私生子。培尔感到自己罪孽深重，无法面对纯洁可爱的恋人，他必须"绕道而行，找我自己的路子；不是为了得失，而是想办法从这类肮脏思想中脱身，把它们永远从我心中驱逐干净"（3，3）。培尔带着原罪意识走了，索尔薇格留了下来，正是从这里，培尔开始了漂泊，这是起点，也是终点。他的漂泊是忏悔，是向善良和纯洁的回归。

第三幕第四场是培尔和母亲奥丝永别。在第二场中，奥丝的"苦难"就突出出来了，她一贫如洗，整个房子都被抄光了。她感叹人狠，"可法律更狠"（3，2）。在最后一场中，奥丝见到了儿子，觉得可以平平安安地离开了，就"要舒舒服服地朝后躺着，合上眼睛"（3，4）。母亲去世了，培尔没有了家（他忘了索尔薇格就是他的家），他可以出走了。在此之前，培尔是"逃犯"，家乡抛弃了他；现在他可以抛弃家乡，了无牵挂地远走高飞。他和"大家""小家"一刀两断，开始漂泊海外。

值得注意的是，索尔薇格来找培尔的时候，也已经和她的父母决裂，她告别了旧传统，却不料自己成为新的传统，成为培尔最后的归宿。

培尔的财富来自美国和中国，但戏剧并没有在这两个地方展开，而是选择了阿拉伯沙漠和埃及。阿拉伯和埃及，它们与希腊文明、希伯来文明的渊源都很深。第四幕第十一场，培尔站在门农塑像前，想到的是《圣经》和古希腊。他甚至把狮身人面像当作是"一位少年时代的老朋友"（4，12）。也就是说，培尔的漂泊就是在返回西方精神的故乡。从他出发的那天起，他就一直在返乡，在寻找古代。

第五幕共十场，晚年的培尔终于踏上归途了。第一场戏发生在一条船上，船在这里隐喻国家。培尔一开始准备接济穷人，因为他有财产，所以就很有正义感；但当他听说这些船员家里都有老婆孩子的时候，他就不愿意了（他是独身归来），慷慨就无职责，这也是财产权。接下来，下风处有一条船触礁了，培尔要求救援，但船长和水手不愿意去救。培尔因此感慨："人们的信仰早已荡然无存。基督教不过是一纸空文。"（5，1）然后，一个海上陌生人出现，这个人是科学家，他要培尔的尸首做科学研究。培尔骂他亵渎神明，也就是不讲道德。信仰没有了，科学又不讲道德，这条船就非沉不可，船沉了，财产也就化为乌有。

第二场是船沉没以后的情景。培尔（有产者）和一位大师傅（无产者）争夺一条小船，小船只能容下一个人。大家保命要紧，培尔最终争得了小船，大师傅沉入海中，临死前呼喊上帝，但上帝没能救他。这时候，陌生人出现了，他是个魔鬼，实际上就是培尔自己的灵魂，就像他说的那样："你实际上是我的守护神哩。"（5，2）他忍心看着大师傅沉海，内心的魔鬼就显出来了。

第一场和第二场揭示了人的"自然状态"，这个状态以自我保存为目的，是现代国家产生的基础。但现代人丢掉了上帝信仰，没有了灵魂，船还是会沉下去。已经返乡的培尔，还没有找到精神家园安放自己，他是无家可归的。

第三场是一个葬礼（第一幕第三场是婚礼），葬礼是最后的审判，牧师就是上帝的代表，上帝是独白的，因而牧师也在独白，没有对话。培尔听到了牧师的言说，内心受到震动，对基督教恢复了信心，于是他决定："现在回家吧！"（5，3）这个回家有两重含义：回到故乡，重返信仰。

他首先回到他的出生地，但很快发现那里并不是最终的家园。他来到森林，在森林深处发现了一幢茅屋，正是他年轻时建造的房子，并且，他听到了屋子里传出了索尔薇格的歌声，她还在等他归来！培尔大受震动："我的帝国就在这里！"（5，5）但培尔没有立即进去，他不知道自己是否有资格走进去。这么多年了，他是否将他内心的黑暗驱除干净？是否可以纯洁地走进那幢光明之所？

接下来，第六、第七、第八场戏的场景是一片荒原或者荒原一角，一个铸纽扣的人要为培尔清算一生的善恶，也就是最后的审判。第九场背景是一个十字路口，这是决定命运的地方。培尔几乎走到了尽头，但他总能逃避厄远，争取到最后一个机会。第十场（全剧最后一场）的场景是："开遍石楠花的山坡。一条羊肠小道蜿蜒通往山中"（5，10）。培尔走通了那条蜿蜒的羊肠小道，最后来到索尔薇格的面前，得到了拯救。索尔薇格就是他的上帝！他祈求她："向我这个罪人宣判吧！"（5，10）索尔薇格宣判他无罪，告诉他："你一直在我的信念里，在我的希望里，在我的爱情里。"（5，10）培尔在索尔薇格的爱情里得到真正的休息，这个圣洁的女人把他引到上帝跟前，他真的回家了；与此同时，上帝也重新归来。培尔在索尔薇格身上找到的是一位现代上帝，他在这里得到救赎，恢复信仰。《培尔·金特》就此结束，也说明了整部诗剧的宏大使命和旨归所在。

三

《培尔·金特》一度被纳粹德国文化部门篡改，作为首届"国家社会主义戏剧节"（1934）的"样板戏"开幕，希特勒等人都出席了开幕式。在 1933 年至 1944 年间共演出 1183 场，仅次于《哈姆雷特》[①]。这至少说明，《培尔·金特》有可资纳粹利用的地方，这主要是两点："反现代"气味和优越感[②]。也许，还有培尔的反英法情绪[③]。

---

① ［德］乌维·英格勒特，《易卜生和纳粹德国时期的戏剧活动》，韦清琦译，转引自王宁编《易卜生与现代性：西方与中国》，百花文艺出版社，2001 年，P92—96。

② 易卜生有德国人的血脉，属于北欧日耳曼人，《培尔·金特》一剧洋溢着日耳曼人的民族风情，受到纳粹追捧和改编也并不奇怪。

③ 在培尔的幻想中，他当了国王，英国国王、大臣都恭恭敬敬地前来迎接。幻想中的臣服对象就是现实中的最厉害对手。此外，他讽刺了法国。

第四幕第九场，培尔的"先知"事业彻底失败，他在反思中大声呼喊："我要远离现代生活的龌龊道路。现时连一根鞋带也不值。现代人没有信念，没有脊骨。他的灵魂放不出光芒，他的行为没有分量。"（4，9）这是培尔"反现代"的宣言和铁证。

培尔之所以如此，和他的海外活动密切相关，他的发家史就是西方殖民史的缩影。经济掠夺、文化侵略、抢占土地、种族灭绝等殖民活动对殖民地国家造成了深重灾难（在诗剧第四幕都有影射），但恶行只是单方面的吗？培尔的不义之财能让他心安理得吗？他的财富最终戏剧性地沉入海底，"货悖而入者，亦悖而出"，他要把这些"罪恶"扔掉以后才可以回家。他的反现代和反理性，他对旧传统的背离，都意味着殖民恶行反过来严重打击了西方文明本身，促成古老传统的崩溃。

第五幕第五场，培尔发现索尔薇格之前，有一个剥洋葱的细节。他把自己当作大葱头，一层一层剥下去，什么也没有。他把葱头掰碎，也没有发现芯子。他由此联想到人生，感叹生命是一场游戏，"你得到的总不是你所期望的——或者干脆一无所得"（5，5）。这时，他"发现"了索尔薇格的歌声，他无法面对真实，落荒而逃，被命运投掷到了一片荒原之上："大火曾把这里的森林焚毁，一眼望去，方圆若干里地尽是烧焦了的树干。地面上，漂浮着片片白色烟雾。"（5，6）这是虚无主义劫火过后的荒原，象征着十九世纪西方人的精神状况。

培尔是很骄傲的，这是个人主义发展出来的结果，他断然不肯"泯然众人"。第五幕第四场，培尔回到家乡，见到的第一个人是铁匠，英格丽德刚刚去世，当年的冤大头新郎马斯也在场。故事的结尾总是这样：冤家聚首，作一个了断。培尔"把所有的七零八碎全拍卖掉"（5，4），就是一个清账行为。这时来了一个"法律代表"，法律应该是独白的，但戏剧诗人没有给它这样的机会，法律代表和培尔交谈了几句，下了一个结论，说培尔"是个无聊的编造故事的人"（5，4）。法律就是习俗（nomos），法律代表的结论意味着世俗对培尔的评价。培尔显然很不满意，他就编造了一个故事，讽刺这些观众不过是些猪罢了。后来，当铸钮扣的人要把他同旁的废品熔在一起的时候，他有些愤怒："你总不至于叫我同张三李四一道重新回炉吧？"（5，7）很显然，培尔对自己有一个期许，他是高于众人一等的，他的优越感在于他的灵魂等级超越了大众这个层次。

纳粹德国利用了培尔，也歪曲了培尔，他们的做法甚至让易卜生的儿媳妇格略·易卜生不得不提出正式抗议。那么，真正的培尔是个什么样的人？用诗剧中反复出现的话说：他的真正面目是什么？他保持了自己的真正面目吗？这是古希腊哲人式的追问：人啊，认识你自己！

铸钮扣的人说："'保持自己真正的面目'，就是把你自己身上最坏的东西去掉，把最好的东西发挥出来……就是充分贯彻上天的意旨。"（5，9）那么，怎么知道上天的意旨？铸钮扣的人说："他凭直觉应该晓得。"（5，9）但培尔知道，这个直觉往往也很不准确，自己也会迷惑自己，走上岔路。

在诗剧中，培尔有多处独白，这个独白就是对自己的心魂言说，同时也是在倾听自己内心发出的真实声音。但他常常会听到魔鬼的声音，如勃格，这个隐形小妖一直都在培尔的心里发出声音，他们之间的对话，也是培尔对自己的言说。那个铸钮扣的人也可以说是培尔（他从小就是个铸钮扣的人），最后审判实际上是自我审判、自我言说，这种言说是用良善之眼紧紧盯住魔的伴灵。

培尔从两个向度来寻找自己的真正面目，他首先要证明自己"品行端正"，这是向善的一面。他遇上了山妖大王，可妖王说他像山妖那样活着，奉行"为你自己就够了"的山妖哲学。培尔失败了，他要去再找证据，遇上了一个瘦子，一个冲洗灵魂底片的修道士①。这次培尔反过来，往"罪"的方面证明自己，但瘦子认为那些罪行没什么了不起，他告诉培尔："一个人可以有两种方式保持自己真正的面目——有正确的，也有错误的。"（5，10）这话有一种暗示：善与恶都是真正面目，重要的是要保持自己的真正面目，倾听内心真正的声音。培尔这下明白了，他赌咒说他保持了，瘦子完成"启示"后就离开。

最后，上下求索的培尔发现了索尔薇格：她就在森林深处，远在天边，近在眼前。这次，他没有受到心魔（勃格）的干扰，他把善与恶的纠结都扔掉了，他清楚地听到了自己内心真正的声音："这是一种狂烈的、无止无休的声音。我要进去，我要回去，我要回家！……困难再大，这次我也要走进去！"（5，10）培尔向茅屋奔去，索尔薇格就走了出来，宽恕了他，他终于看清楚了自己的灵魂，"一道光辉似乎照在培尔·金特身

---

① 田多多、谷亦安的中译本翻为"一个修道士"。

44

上。他哭出声来"（5，10）。

培尔是个"反现代"的现代人，他的身上流淌着古希腊和希伯来的血脉，它们一直在斗争，他的一生是一部十九世纪西方人的心灵史。他一直要保持自己的真正面目，"培尔·金特式的个人主义"是对自我力量的追求，这是培尔的努力，也是易卜生的努力，他要在虚无主义的荒原里走出一条通道来。那么，怎样才能保持自己的真正面目？或者说，什么是自己的真正面目？问题的答案或许就在问题本身。最终，培尔在个人主义的基础上走向现代宗教，从自由追问走向终极顺从，在传统断裂的废墟上建立了信仰，在他力的帮助下，获得拯救，获得安宁。这是《培尔·金特》的局限，也是它的时代担当。

易卜生曾在给《培尔·金特》德语版译者的信中说：

"我写的一切东西尽可能密切结合我体验过的事……在每一首新诗或每一部新剧本中，我的目标是针对自己的精神解放和心灵洁净，因为一个人要分担他所属的那个社会的责任与罪过。因此，有一次我在自己的一部书里写下了下面的献词：生活是跟腐蚀头脑与心灵的恶魔斗争，写作是对自己进行最后的审判[①]。"

现在，《培尔·金特》已经来到中国了，愿培尔一路走好，保持自己的真正面目。

---

① ［德］莎乐美著，马振骋译，《阁楼里的女人：莎乐美论易卜生笔下的女性》，华东师范大学出版社，2005年，P17。

# 生命的回声

——池莉作品的时间感觉

## 知春之年

一九八七年池莉发表小说《烦恼人生》并产生重要影响，成为名作家，那一年她三十岁，正是而立之年，这之后她的才情一发而不可收。一九九五年她的作品开始结集出版，至二〇〇〇年形成七卷本《池莉文集》，五年后池莉开始修订文集，与此同时，她的人生也有了一次重大修订。《熬至滴水成珠》记录了这样的重要时刻，该文作于二〇〇五年，那一年池莉四十八岁，已近知天命的年龄。

可以这样说，七卷本《池莉文集》是她三十岁的作品，是人生第一春；而"成珠"以后的作品（可包括之前的一部《有了快感你就喊》）是对三十岁的否定，是人生第二春，用池莉的话说叫

"知春"。知春就是知天命吗？

人生之春无法守候，也许会有一些隐秘的提示，能抓住就抓住，抓不住也就忽闪一下过去了。知春是一种人生的苏醒，通俗地说是"懂事"。某个时刻便悄然而至，"在密集的年轮里，我看见了自己，在深秋的季节，静静躺在床上，是一个四十八岁的女人"。她醒了，在时空坐标中找到了自己，"我是从前的自己遇上了现在的自己。我是人与人之间发生了一次真正意义的邂逅"。在这样的时刻，生出了质朴和至善，能承担父母的忧苦而没有惶然，看见女儿的朝气蓬勃而欣慰，明白有一种腐臭是奇异之香，而菜园里的蔬菜和小虫，都是现实生活的生机。这样的春是光明，是大方简洁，是与生活不再有恨，而是爱，是与睡在身边的那个爱人息息相通。池莉的知春是懂得自己的不足，懂得珍爱自己，也是对天命的一种颖悟和接受吧？

早在二〇〇〇年，池莉就已协议离婚，为了女儿，又同室分居。三年后这种局面被打破，池莉搬出去了，再也不"回家"。这一年池莉发表小说《有了快感你就喊》。对于这个题目，有不少"非议"，池莉的回应与其说是撇清，倒不如说是承认。有了快感你就喊嘛，就是要把那点"不好意思"的"意思"喊出来，放出来。小说的结尾写到主人公卞容大要远行去西藏，当晚妻子睡着了，她大约没有那点"意思"，卞容大就关在洗手间里自慰，强忍着不肯发出声音来，有了快感也不喊！这个憋屈的片段乃是整个婚姻生活的全部，卞容大因此决定再也不回来了。这个时期的池莉大约也是这种心情。二〇〇四年她决心向女儿和盘托出真相，没想到女儿早就知晓并给予善意理解。解决了这个心结，那个知春的时刻就悄然而至了，一个四十八岁的女子终于熬成了"水珠"，滴水成珠是生命的凝聚。

七卷本《池莉文集》无非是一卷卷"烦恼人生"，现实种种像小说一样虚幻，如同梦寐，只有烦恼真实；而《熬至滴水成珠》则是真实人生的开始，更多的是一种宽容和理解，它是一个能量点，在此前后的作品是对这颗"水珠"的演绎，都从这里出发，又回到这里，形成有益的补充，增添新的能量。

《所以》是部有深意的作品。主人公叶紫有过三次失败的婚姻，为了住房、户口和工作调动，叶紫受尽婚姻的"屈辱"，但小说的意思并不在此，就像题目所揭示的那样，这是对一种因果关系的认识。为什么会有这些失败呢？原因居然是"我"想做一个好女孩、好女人！也就是想做一个"好人"！（好人也包括那些"正确的人"。）淑女、贤妻、良母，这些"好"名目让多少女子受尽委屈，耗尽一生！但这也不是提倡做"坏人"，作家只是写出因果，读者可以自作判断，答案是在读者心里，而不是在作家手中。

池莉读《金刚经》，也引用一些经文。释迦牟尼在经中言道："如是灭度无量无数无边众生，实无众生得灭度者。"自以为做了好人好事而没有好报的人，都应该消解执着好报的念头。觉得自己是好人的往往都是错觉吧？而且做好人本身就是好报，用不着另外寻一个好报。可是好人难做，需要极高的智慧和福慧。池莉认识到自己连法海和尚都比不上，根本不是正义和道德的化身，充其量不过是一个善男子善女人罢了，因此她对自己不再"拧巴"，人生顿时圆通。

当然，因果之链极其复杂，有些能看清，有些看不清，有些根本看不见，《所以》中的因果关系是否透彻还需要再深思，但绝对有因果。对于叶紫来说，她已经不再是当初那个少不更事的女孩了，她"懂事"了，她成长起来了，但她越成功就越失败，有多成功就会有多失败，而离婚是将生命中的一部分予以切除，是对自己人生的重大否定，所以离婚对她而言是浴火重生，是打破障碍，是知春。能破一份障碍，就有一份知春。

相比于《熬至滴水成珠》的温情，《所以》写得很悲壮，很沉痛，也很激烈，相当于对整个人生做了一次"手术"，那一年池莉五十岁。到《她的城》完成，这口气就已经平复，内心的柔软弥满始终。

《她的城》几乎没有怨恨，令人印象最深的是宽容和理解。比如说蜜姐，她在外面有了"男人"，她的婆婆、丈夫居然都能够容忍，她的婆婆更是一个人精，那点男女之事根本不在她老人家的眼里。另一个女主人公逢春，她的丈夫后来成为一个同性恋者，她为此苦恼，但终于逢着了她的春天。小说对婚外情、同性恋给予了充分的同情和理解，反倒是对传统的、看起来光鲜的婚姻流露出有意无意的否定，这种否定乃是一种伤痕。

池莉小说风格明快，往往喜欢"解蔽"，但《她的城》却有意"遮蔽"，蜜姐的婆婆就是个"遮蔽"高手。当读者知道蜜姐在外面有"某人"以后，总以为小说会揭秘，小说也若隐若现地披露了若干信息，但作家就此打住，决不多言。逢春和骆良骥的故事刚开头，就不再展开。想想也是，日常生活潜流深静，不说也罢，反正也就是那些故事，揭开来看也不过如此，太阳底下并没有新鲜事。不过，"遮蔽"增添了生活的深度，仿佛一个宽厚的微笑。

令人感慨的是"她的城"，在这座城中，女人是主人，而男人在萎缩，在后退，一直退到相片背后，成为女人的背景。她们不是同性，毋宁说是复性的，用池莉的话说是"雌雄同体"；她们往往摆脱了对男人的依附，甚至成为男人的依附；婚姻是一种选择，而不是必须，"她的城"是敞的！这是四十八岁的生活方式，然其中有一种错位。

## 错位与缩影

在时间中找不到自己，被"标准时间"抛弃，就会有错位感，这是第一重错位；更进一步说，生命本身的消息与人的自觉并不同步，生命已经发生了变化，可是自己并没有意识到，没有跟上去或者超越，这是第二重错位。

池莉早期小说《你以为你是谁》写一个老工人家庭在时代变迁中问题重重，长子陆武桥苦苦支撑一切，而最终他也被击倒了，给了他致命打击的与其说是大学生宜欣，倒不如说是时间的错位。他看到了他是与宜欣不同的一种人，那种人都有一个时间表，他们的人生可以按照设计好的时间表准点到达预期目标。他呢？他对着宜欣感慨道：

"我们没有时间表。我们抓不住时间这个玩意儿！我想念书它搞'文化大革命'，我想上大学它搞知识青年上山下乡，我当了光荣的工人阶级它推崇文凭，我去读电视大学挣了文凭它搞改革开放。"

由此而去的还有婚姻标准的时代变迁，那种变迁也是一种时间错位。在"标准时间"宜欣面前，陆武桥终于认识到了自己的荒诞和无助，他向她透露了自己疲于奔命的人生状态，而这种沉重的时间感觉正是在宜欣面前才会产生。宜欣的最后离去再次表明错位的时间对人的沉重打击：被时间抛弃的人无法抛弃时间，他眼睁睁地看着过去的已经过去了，而面对新的时间进程他也同样无法把握，他在永恒中只能束手就擒。

在小说《乌鸦之歌》的结尾，池莉再次表达了时间的错位感，她写道："到了二十岁才觉得哪里不对劲，到了三十岁才开始重新梳理过去，到了四十岁才思考应该怎么与人相处。才知道想念。才知道遗憾。"这是池莉四十岁的作品。在另一部小说《致无尽岁月》中，作家遭遇到了她的青葱岁月："我的二十岁，分明就在一刻之前。"冷志超和大毛的爱情故事，是二十岁的故事，到了四十岁才会想念，才知道遗憾。

直到《熬至滴水成珠》，作家才真正面对自己，珍爱自己，这一切都与那个爱人息息相关，生命于此乾坤底定，人道确立，人对自身的存在方式予以确认。也就是说，到了四十八岁才刚刚明白三十岁，这是可能的吗？

在陆武桥和宜欣的生活中，有一个耐人寻味的故事情节：即将离去的宜欣精心安排了与陆武桥一天的生活，她刻意把这一天当作她和陆武桥一生的浓缩，她说这一天已经过完了他们俩的一生，今后再好的日子，也不会好过那一天了。她吻了吻陆武桥，转身就走了，在寂静的黎明中只听得见她下楼时的脚步声，而这正是那时间的声音，宜欣的离去也正是时间的离去，在这以后一切又都归于平静，这平静刚刚吞没了两个人的一天，也即他们的一生。

把一天当作一生来描写，这是池莉对当代文学的贡献。成名作《烦恼人生》写的就是普通人印家厚的一天，这一天仿佛便也是他的一生，烦恼的一天也是他烦恼的一生。时间一天一天过去了，在日常生活中烦恼的人们却没有相应的收获，没有接受到生命本身的信息，他们内在的生命没有动静，没有打开，更没有开花，几十年的岁月也不过是一天光景。《黑鸽子》中的马腾跃在梦醒后意识到自己还仅仅是个孩子，这大约也是作家的一种时间感觉吧？

池莉小说颇有侠客之风，其人物行事往往"不轨于正义"，尤其是女子，够狠，有心计，吉庆街的老板娘来双扬就是这类角色。相应地她的小说有两把剑：一把是刚剑，一把是软剑；刚剑好勇斗狠，软剑比技巧，比智计，聪明外露。金庸小说《神雕侠侣》中的独孤求败二十岁前用刚剑称雄地方，三十岁前用"紫薇软剑"，后来弃之不用；四十岁前用玄铁重剑，大巧不工，刚柔相济锋芒内敛，遂横行天下；四十岁以后不滞于物，渐渐臻于无剑境界，那已经不在人间了。

从总体上看，池莉小说偶见玄铁重剑的影子（近作《她的城》有一种内敛，但小说人物自我吹捧漏了气），但主要还是刚剑和软剑境界，这段时间乃是青春期，由恋爱而家庭，从工作到事业，其间多有忧患烦恼，但人道即立于此。小说人物主要纠结于情爱问题，纠结于善恶，这正是青春期的特征。如果把小说人物看作是作家本人的投影，那么，这个年龄段也在很大程度上反映出作家所认知的生命程度。

## 凋零与绽放

按《黄帝内经·上古天真论》，女子的生命周期是七，男子是八，也就是说，女子的成熟和衰老都比男人早。当女人的生命花团锦簇的时候，男人还没开放或者早谢，因此"她的城"中只剩下"逢春"的女人开放，男人退后。当然，情况也有可能正好相反。男人和女人就在这种时间的错位中互相调整、适应，这种错位也有两种，一种是自己的错位，一种是自己和他人的错位，爱情、婚姻和家庭就在这里调整，调整得好就是琴瑟和谐。

池莉小说里的男人女人就在时间错位中先后凋零和开放，其中最主要的还是女人。在小说中，像陆掌珠、段莉娜、徐红梅这些女子被时代抛弃，被岁月抛弃，被男人抛弃，凋零了；而另一些女人"觉醒"了，成长起来，生命之花有了不同程度的开放。

《一去永不回》中的温泉是一个类型，她从一个"朴素的神情安详的女孩子"变成一个没有人敢在背后议论她的"利害"的人；那个《紫陌红尘》里的女大学生眉红也是一去永不回了，她们都是在与社会的搏斗中成长起来，现实种种促成她们不得不狠（刚剑），八面玲珑（软剑），花开在社会之中，开在生命的表面。

还有一种花一夜盛开如玫瑰，年轻的高级知识分子苏素怀在一个晚上遭遇了一个出租车司机，他们之间有一个很长很长的很深入很深入的亲吻，这个亲吻分明就是一朵盛开的玫瑰。后来苏素怀经历了"精神崩溃"，那其实是内在生命受到了一次真正的触动，但周围的人不理解，把她送到了精神病医院。她当然是清醒的，只是生命开花的声音吓住了她，她几乎没有力量承受和消化，采取了消极的办法，错过了一直开花的时机，那朵一夜盛开的玫瑰转眼凋零。

　　《小姐你早》中的戚润物面对的是另一种情形：男人正是好时候，而女人已经过时了（四十五岁）。戚润物的最高成就当属她与国务院副总理单独合过影，她把合影放大挂在客厅的墙壁上，象征着人生之花开在客厅里，然而也就仅仅如此。她的"顿悟绝对来自心痛的时刻"，她发现，"正是好时候"的男人其实空虚腐朽，徒有其表，而女人即使五十岁也可以非常好看，"女人的年龄唯一不能够伤害的是女人的品质"，戚润物终于被另一个女人引导上了"回女人之家的道路"。后来三个女人唱了一台戏，巧施美人计（一把"紫薇软剑"），把离婚作为对男人的惩罚，而成为女人的解脱。这是一朵奇异的时代之花：女人的开放以爱情的凋零为代价。小说写道："男人糟透了，女人只有哭。"吊诡的是，这个哭比笑好。"只有爱情在女人心中消失以后，女人才比较地聪明起来，可以用脑子思考问题了。"在某种程度上能够化情为思。

　　池莉小说的爱情故事看起来不像是歌颂，像讽刺；虽然女人的主题离不开男人，但小说却暗含一个基本观点：不谈爱情。一直到四十出头，她都是爱情的"铁杆否定派"，爱情是不谈的；"知春"以后在一篇散文里谈"两个人的千年美丽"，肯定爱情，但谈出来的都似是而非，还是不谈好。《她的城》里藏有一个人，"但为君故，沉吟至今"，根本不必谈，就是这样才好。这不仅仅是中国式含蓄。

法国女作家玛格丽特·杜拉斯年近七十创作了《情人》，写了一个动人的爱情故事。在小说中，她回忆起了"我"的十五岁半，那正是青春开始的年龄。玛格丽特在回忆中寻找自己，她在一张被毁坏的脸庞上找到了繁花似锦的样子，在衰老的年纪向青春提取能量，文学成为焕发生命的一种可能，而丰富的生命也滋养了精彩的文学，玛格丽特的人生多姿多彩就像一部青春期小说，都与此有关。她的向度是两个，一个是对内，以回忆的方式向青春索取，这是文学；一个是对外，向男人要能量，或者说向爱情寻求活力，这是人生。

池莉的十五岁是什么样子？在整理好七卷《池莉文集》以后，四十出头的池莉回忆起十五岁写的一句诗："只为你燃烧。"十五岁就是这句诗，这正是有志于学的阶段。流行歌曲唱道："还记得年少时的梦吗？像朵永远不凋零的花。"(《爱的代价》)当初为文学献身的理想之花永不凋零，一直开满七卷文集，还将继续开下去。池莉志学的热情和玛格丽特十五岁半的爱情同源同质，都是生命自觉之始，浇灌了文学，文学反过来滋润了生命自身。与玛格丽特不同的是，池莉还可以从母爱中汲取营养，母爱也是女人生命活力所在，深厚的母爱也能让女人开花。我们在《来吧，孩子》中看到的是另一个池莉，那是当下的、鲜活的青春，她与孩子一起成长，与岁月同在。

在近知天命的年纪，池莉偶然发现自己的身体在毁坏，她目瞪口呆，然而"知春"的时刻也悄然而至。疾病、婚变看来不完全是坏事，它们从身心两个方面触及了另一个生命，这个生命一直都存在但以前从未真正触及，"知春"就是和这个生命打交道，隐隐约约听到某种声音。"诗歌的泉眼自然复活"，池莉又开始写诗了，时时得到诗句。这些诗句不论好坏，都可以看作是这个生命的回声，它们真诚热烈，不做作不甜媚，"你发生 你存在，/幸福就会来"，就是这样。

"只为你燃烧"是十五岁的文学初心，约三十年后还能激励作家坚守在年少时的文学世界里，成为她最初的也是最后的家园。但是不是一定要固守在宁静的感觉里，隔绝外界的干扰，全神贯注地写小说呢？也许书斋生活还是打破的好，作家和读者都可以像年老的奥德修斯一样，选择重新出发。实际上池莉也已经有了些变化，我们期待新的变化和生长。

# 从启蒙到召唤

——论曹征路小说

　　曹征路的小说主要扎根于底层、官场和高校等现实生活土壤，用文学的手法描绘了一幅中国新世纪以来的社会生活长卷。小说揭露和批判了当代中国在经济、政治和思想文化领域的黑暗面，并通过对天堂镇和文山岛的典型描写，向人们发出了一些陌生而又熟悉的文学召唤。

## 一、揭露和批判：小说的经济、政治和思想文化背景

　　小说《那儿》《问苍茫》等文学作品直接指向中国社会的经济基础。《那儿》的国内背景是发端于二十世纪九十年代中期的国企改革，矿机厂的命运是"抓大放小"战略的产物，其国际背景是冷战结束。冷战结束是经济全球化的开始，生产

和流通在全球范围内进行，这对国企的生产力形成了严重制约，生产关系被迫重新调整和组合，小说中的矿机厂是一个调整失败的案例，它的失败可以在《问苍茫》中找到答案。《问苍茫》指向外企和民企，在小说中，台资宝岛电子是"外资"，文念祖的幸福开发总公司是民企。幸福公司政企合一，是国企的另类转身；文念祖为台资服务，而台资又是为更大的外资（红宝石集团）进行贴牌生产，中国工人获取最低廉的劳动报酬（甚至连最低工资标准都不到），绝大部分利润被外资掠走，这一条食物链即经济全球化时代的生产关系。小说中底层工人的种种不幸，都与这条食物链密切相关。

《问苍茫》中的陈太是一个典型的国际资本形象。她是女性，以一种柔弱的、值得同情和可怜的姿态出现，但实际上基本不参与生产管理，她在世界各地旅游、消费，一旦涉及自身利益，不惜以色相诱人，以权钱笼络人，甚至抽身就走，无操守，无品格，根本不管中国工人的死活，这正是国际资本的特征。换言之，残酷无情的国际资本以一个职业女性的形象出现，以一种"和平、温情"的方式实现剥削和压迫。

宝岛电子的贴牌生产是一种低级的生产方式，在此基础上必然产生恶劣的劳资关系，但国际资本通过经济全球化把这种生产方式转移到中国，也就把他们的国内矛盾转嫁到中国。《问苍茫》中，工人的罢工只是换来陈太的逃跑，而工资和损失却全部由政府买单，小说揭示了这一事实却无能为力。跑路的陈太没有受到制裁，她很有可能在不久的将来以另一种方式重新登陆。

曹征路的官场小说范围小至村长，大至市长和副省长，目标指向上层建筑。《豆选事件》写农村基层民主选举，豆选是传统的，"民主"是现代的，豆选而成为"事件"显示了政治意义，这种选举可以看作是当代中国在政治领域的变革和实验。《非典型黑马》有点特别，小说批判了官场的腐败和黑暗，但小说描写官场斗争的种种惯用伎俩并不令人意外，意外的是小说"引进"现代传媒力量作为关键的斗争武器。市长陈启秀（关心民众疾苦，有政治家风范）通过现代传媒的造势和公共舆论迫使政治对手让步，看似新颖独到，实际上是现代民主政治的基本手段，它的特点是政府权力受到监督，尤其是公众的监督。小说指出陈启秀的"海归派"背景，此外，帮她出谋划策的记者也自称是半个海归，海归派的胜利在某种程度上可以说是民主政治的胜利。

《贪污指南》是一部别有深意的作品。小说设计了一个侦破故事，这个故事其实比较老套，表达的思想主题也并无多大深意，但意味深长的是，贪官肖建国把"后路"留在国外尤其是美国，而现代科技为这种"资本外逃"提供了多种方便和渠道。在这种背景下，个人的居住地变得空前广阔，金钱和权力变得更加重要，而伴随着资本流失的，是政治信仰迷失。

曹征路既是作家，也是大学教授，对于高校的弊端自然有切身体会。《大学诗》写了一个S大申报博士点失败的故事，小说反映出来的教育产业化问题令人啼笑皆非，而历史系的老马挥刀自宫寓意大学精神的被阉割昭然若揭。《南方麻雀》里的大学党委书记居然迷信风水，搞"开光仪式"，而副教授侯川则坚守着大学精神却最终死去。《有个圈套叫成功》写一位女教授取得"成功"：名利双收，还有一个时髦的"情人"，但她最后却精神崩溃等。这些小说从正面揭露了高校在行政、教学、科研等各方面的弊端，还有一些小说从侧面进行反映。

像《问苍茫》中的赵学尧教授，从一个独立的知识分子沦为资本的附庸，几乎看不到任何有意义的"思想挣扎"，很快就完成了"堕落"过程，在资本面前轻易缴械，人文精神不堪一击。老师如此，学生也如此，马明阳等大学毕业生在市场经济、政治操作面前，只看到他们的"技术"手段，丝毫不见人文精神和道德良知，只有欲望，不见灵魂。

## 二、文学转向：从启蒙到召唤

现代文学发端于二十世纪初的新文化运动，那次运动本质上是企求中国现代化的思想启蒙运动，其特点是以文学为表现形式，要从西方请进德先生和赛先生来救治中国的一切黑暗[①]。不管这种启蒙是否山寨[②]，总是以西方为准绳和目标，可以说，中国百年来的启蒙运动是以西方的"先进"形象为重要旨归。但新世纪以来中国的现代化进程日益发展，其弊端已经显现；而当代国际资本和政治的罪恶日益彰显，曾经的"美好"形象

---

① 钱理群、温儒敏、吴福辉著《中国现代文学三十年》(修订本)，北京大学出版社，1998 年，P5。

② 张汝伦在《启蒙与人性》一文中认为，五四以来的"进步知识分子"理解的启蒙不是真启蒙，宣传的是山寨西学，《东方早报·上海书评》，2011 年 10 月 23 日。

正在消失，启蒙者丧失了启蒙的道德高地和技术可能，反映在文学领域就是启蒙角色的退位。

《那儿》中的小舅和《问苍茫》中的常来临带有启蒙者的色彩，前者是省劳模，后者是国企党委书记，到外企做职业经理人，都是工会主席，善于做思想政治工作。做思想政治工作可不就是中国式启蒙？（中国共产党的首任总书记陈独秀就是一位启蒙者。）他们可以发表热情洋溢的言说，为大众谋利益，但他们注定孤独、不被大众理解甚至误解，政府不可信，资本家不可信，也没有任何思想学说，没有任何可以承诺的东西，他们只能独自面对虚无，自杀或者坐牢，以悲剧收场。

《问苍茫》最后一部分写打工妹柳叶叶到看守所看望常来临，只是为了做一个了断，相当于一个告别仪式，这也意味着常来临原有的思想资源和情感资源全部耗尽，他的"启蒙"工作彻底失败。但小舅的死却完成了从启蒙到召唤的转换，他的悲剧的死具有一种崇高的仪式感，唤醒了人们自身一些美好的东西，而不是给予。

小说写得极为精彩的是，小舅的死与一条名叫罗蒂的狗有某种神秘联系。罗蒂是一条品质极为优良的纯种狗，但它被主人无情地抛弃了，在经过千辛万苦终于回家以后，主人却依然要抛弃它，它伤心地选择了自杀。很显然，罗蒂有深刻的隐喻意义，它的死让人震撼。小说写道："其实他的方式正是罗蒂的方式，他的绝望正是罗蒂的绝望，他的命运罗蒂早就暗示给他了。"小舅对罗蒂的方式进行了模仿，这个模仿就是仪式，在仪式进行中，命运性的东西被暗示，被召唤，被复制，也因此重复发生，这个发生是自身善与美的苏醒。《那儿》描绘了这个仪式，使得自身也成为一种仪式，成为一种文学的召唤，以一种悲剧性的形式召唤人心。

就启蒙而言，启蒙者与被启蒙者是施与受的关系。召唤不同，它毋宁说是一种模仿，其文学形式相当于《诗经》中的"颂"，立意在自救，"要解放全人类，最终还是要先解放自己"。《问苍茫》最后落笔唐源的服务社，鼓励工人通过法律途径进行合法斗争，虽不得已，但精神指向是自救，"从来就没有什么救世主，更不靠神仙皇帝！要创造人类的幸福，全靠我们自己"。这即是对隐逝灵魂的文学召唤。

这种召唤使得曹征路的小说具有一种仪式感，这种感觉又往往通过死亡事件表达出来。小舅之死引起上级重视，保住了矿机厂；毛妹之死唤醒了工人的维权意识；大学副教授侯川英年早逝，多少唤醒了一部分知识分子的良知。在《豆选事件》中，被侮辱和被损害的菊子只能一死了之，而她的死促成了豆选逆转、坏人受惩，那场基层民主选举由于她的死更具有仪式特征。《红云》中的文叔是随着红云一起去了，那更是一个寓意深刻的民间仪式。其他死亡事件还有李固之死，叶三虎之死及死而复生，《测谎仪》《霓虹》中的谋杀等，死亡在曹征路的小说中是一个重要现象，它们都具有某种暗示意义，小说为此进行的叙述和铺垫，故事情节的跌宕起伏，则是这个仪式的全过程。死亡事件加强了小说的力度，表明了深切的抵抗和反思。

《那儿》《问苍茫》等小说是对左翼文学精神的召唤，是一种新左翼文学①。左翼文学与思想启蒙是同盟军，旨归是革命；曹征路小说承担的任务是召唤而非启蒙，是解释而非改造，这种分别由历史造成。《支左轶事》表达了一种深刻的精神创伤，但是在这种创伤中又有某种明亮的东西在苏醒。人们对于资本的罪恶心知肚明，再熟悉不过，但握紧拳头的同时又牵动了心中隐痛，不敢向前一步，大家就在左右不是的状态中彷徨和犹豫，痛苦或堕落，任由信仰迷失，精神溃败。曹征路小说的背后就是这种困惑、焦虑，他在现实批判中发出了本能的呼喊，在深切反思中发出了良知的召唤。

《支左轶事》的结尾充满了疑虑、担心和忧郁，这一切都来源于一个沉重的历史包袱，它像一片巨大的江崖压迫着想飞的渴望，人们只能大声疾呼，在酝酿、积累和忍耐中，等待着历史包袱被历史解决，迎接一次新的解放。

## 三、典型与希望：天堂镇与文山岛的隐喻意义

曹征路对现代都市的黑暗面进行了揭露和批判，在他的笔下，以特区为代表的现代都市人情淡漠，道德沦丧，金钱至上，"对外是生意，对内是主义"，物质丰富了，幸福和快乐却意外地缺席，夜晚流行"疲惫美"。与此同时，作家饱含深情地描绘了乡土中国的人情美和风俗美。

---

① 李云雷，"曹征路与'新左翼文学'的可能性"，左岸文化网，http://www.eduww.com/Article/200902/22916.html。

天堂山（镇）在曹征路的多部小说中反复出现，类似沈从文笔下的湘西，是文学乡土的主要背景。天堂山自古就是避乱求安的地方，当地人活得快活，故名天堂。他们的生产方式是男人学手艺女人做田，镇上五行八作样样都有，还有傩戏。天堂镇古老但不落后，封闭而不保守，重人情，讲仁义，有一种独特的风俗叫插花。在小说《天堂》里，县政府要树蝉儿为先进典型、道德模范，视插花为"落后"习俗，但天堂人还是遵循着天堂镇的习俗。蝉儿看见天堂山的一棵"母树"就晓得，"天连着山，山连着海，海连着生命，生命连着人心"。领不领结婚证，孩子姓什么，都不算上大事，天堂人心里不纠结，他们是自然的，心里干净。

　　但天堂镇并非世外桃源，在市场化的浪潮中也未能置身事外。《赶尸匠的子孙》写天堂山要发展旅游经济，土葬改火葬，任义是赶尸匠的后代，被迫重操祖业，干起挖坟盗尸的勾当，美其名曰"文明丧葬礼仪服务公司"，还实现了经济全球化，把生意做到埃及。任义大赚黑心钱但心中不安。小说最后写几个政府官员和老板在一起展望经济全球化，任义仿佛听到他妻子在唱歌："哥喂你是那空心的菜，良心卖光你才家来。"歌声明亮，任义受到触动，就在众人面前主动表演了一段赶尸，这一段表演分明就是一个意味深长的仪式。在表演过程中，任义泪水喷涌，不停地赶和喊，妻子的倩影和歌声如在眼前，是控诉，是召唤，是纯朴与美好的情愫在复苏。小说主人公取名任义，意在仁义，他的经历可以看作是"仁义"在市场经济中的遭遇，在一定程度上暗含了作家对经济发展负面影响的谴责和反思。

短篇小说《保险》的主人公也叫任义，他与前一个任义出身相同，早年经历相同，不同的是对市场经济发展的反应不同。这个任义并不坐井观天，也有全球视野，他游遍欧洲、美国、澳洲、亚洲等地，但他的方式很独特，每到一个地方只是炸油条，攒够了钱就接着游历，游遍世界还是觉得天堂山好，回归故里。镇领导以为他发了财，希望他投资，可他没攒钱，只是暗中为老婆买了一个金额巨大的保险。小说写任义意外地死了，但他的活法令人深思。

两个任义，意味着两种反应，两种生活方式。前一个任义利用市场经济大赚黑心钱，但他总还是良心不安；后一个任义不想赚大钱，钱财只是手段而不是目的，他一边挣钱，一边游历世界，生前活得洒脱，死后于人有益。前者活着是为了赚钱，后者赚钱是为了活着，这两种人在天堂镇都大有人在，究竟怎样取舍？很难说，似乎也不必说。

《红云》中的文山岛是另一个隐喻。文山岛是客家人（文氏家族）的祖居地，祖上可以追溯到宋代的文天祥，客家人也是曹征路小说不断出现的文学背景。他在《问苍茫》中描写过客家人的习俗，其代代相传的家族灵魂是"惜命"。在经济全球化时代，岛上的客家人都不打渔了，上岸了，发财了，只有一个老族长文叔固守在岛上，被媒体称为"一个拒绝现代生活的人"。小说提出的问题是：留岛还是上岸？留岛似乎是保守的，上岸意味着现代和进步。为了赚钱，文山岛的后代不惜炸岛挖珊瑚礁，后来又要搞文山岛开发，实际上是盯住一片红树林，他们用一种"挖祖坟"（文叔语）的方式来发展经济（和赶尸匠任义的发展模式异曲同工）。文山岛满目疮痍，祖先从大陆带来的土壤全部流失，曾经的家园被毫不可惜地抛弃了。

在这里，文山岛象征当代中国，上岸寓指市场经济发展，但留岛和上岸本来可以不矛盾，文化保守和经济开发可以并存。小说最后用一种神秘主义的文学手法，让传说中寓意灾祸的红云出现，表达了一种谴责，一种警示；而文叔用他的死保住了文山岛最后一片红树林，则是一个文学意义上的美好希望和深情召唤，这个召唤显然是面向当代中国，面向未来。

# 平衡的力量

## ——读尹学芸小说

尹学芸的中篇小说《李海叔叔》一开始就设置了一个悬念：当年的座上宾李海叔叔，如今成了一个不受欢迎的客人，可是李海不在意大家的白眼，依然不把自己当外人，"把别人的家当成自己的家，把别人的东西当成自己的"。

这是怎么回事？随着小说的展开，我们发现了一个颇为惊人的现象：在上个世纪六七十年代，李海与"我"的父亲结拜为兄弟，此后的二十多年中，每年大年初一，李海都到义兄家去"打秋风"，他随身带了很多袋子，而义兄一家也总是让他满载而归，但李海除了第一次登门带了几块奶糖外，他一直都是空着手到义兄家的，包括小说开头的那次久别重逢。

如何处理这种人世恩怨？是否能够打开心结？在阅读过程中我有些担心小说会按照普通的"报恩"套路进行，但又很有些期待，因为知恩报恩委实难得。可是直至小说结尾，我们也没有看到作者放出报恩的"大招"来，小说似乎是按照"因恩成怨"的模式发展。而就在我们认为小说就此结束的时候，小说又开启了第二代人的一段交往，似乎是要对往事作一个交代，但是恩怨难平，相互纠结，小说始终没有说清楚，或者说不打算讲清楚，有一种听之任之的态度。

这可以说是尹学芸中篇小说的一个重要特点，她的小说往往围绕一个人或一件事情展开叙事，这个人（或事情）就是一个中心点，她左一拳右一拳，看上去似乎要解决问题，但小说结尾往往不是问题的最后解决，倒像是回到了问题的初始状态，或者以另一种样貌重新出现。在这种叙事中，作家不是最后的审判者，而毋宁是作为一个旁观者存在。《呼啦圈》一开始就埋下伏笔，虚晃一枪以后就把焦点对准女主人公林怡和一条名叫丹妮的宠物狗，一人一狗成为一道特别的风景，"她们走在霞光与树影的交映中，世界完美得就像定做的一般"。接下来就是一起凶杀案，林怡被害，警方介入以后确定了嫌疑人，并告侦破，"凶手"也很快伏法。但小说结尾忽然冒出来一个"真凶"，杀人动机令人啼笑皆非，可是小说结尾却并没有写冤案的平反昭雪，居然就以"小道消息"为由，把一切都掩盖了。小说最后出现的是一个叫林青眉的女人（林怡的闺蜜），她牵着丹妮在小区里散步，又成为小区里的风景，仿佛所有事情重新回到起点。

小说《士别十年》中也有一起谋杀案，大家都以为陈丹果是"自杀"，但实际上是"他杀"，女主人公郭樱子不知不觉中做了关键的"伪证"，但真凶却云里雾里，不清不楚。事情怎么办呢？小说最后写道："郭缨子没有理他，只是懵里懵懂地往前走，脑子里一锅粥。"然后有一个小孩把皮球提到了郭樱子身上，还关切地问："阿姨，你被皮球撞疼了？"这个皮球不仅撞疼了小说人物，恐怕也撞着了读者；那"一锅粥"和皮球不仅仅属于小说人物，还会属于读者。不过这也许是小说有意造成的效果，作家只是努力叙述事实，而把价值判断交给读者，自己尽量隐藏得不动声色。

在这种写法中，小说家对她笔下的世界倾向于"不干涉"，但思想与情感却并非"零度"，而是在"零度"上下波动；有某些情绪会自然流露，但总体上保持了一种无动于衷。《纪念公元1972》写了一个名叫七二的女孩，她是个"私生子"，未出生之前，父亲就成了"烈士"；出生不久，她的母亲就跳河自尽了；长大后又离过三次婚，她的人生简直就是一汪倒不完的苦水，可是作为她的长辈，听了她的故事，"我只是鼻子一酸，就过去了"。在小说里，七二是一个缺心眼、没有教养的乡村女孩子形象，这个形象若有若无地呈现出一种"遗传"的品质，仿佛天生如此，就该如此。在小说最后，七二也被谋杀了，死于上一代人遗留下来的仇恨，而凶手曹大拿居然是一个等死的老瘫子。案子虽然破了，可是警察也拿凶手没办法。小说最后写道："曹大拿到现在还活着。"这冷冷的一笔或者只是冷静地叙述世界的凶残和愚昧，又似乎是在讽刺，有一种无可奈何花落去的惆怅。

尹学芸的小说文字有时灼热，但眼光始终冷峻。她的小说无意表达一种"中心思想"，也没有必须坚持的文学主义，有时候不愿、或回避作正面价值判断，这使得她的小说世界看上去有些混沌，各种社会现象与历史都需要重新评估，似乎没有人能够说清楚怎么回事，到底该怎么办。

我们能感觉到小说的犹豫、摇摆，甚至困惑，仿佛一切都在未定之中。《呼啦圈》中的林怡，不仅仅是一个人，她"还是一种活法"，什么样的活法？简单地讲就是一种"自由"生活，被人"包养"（经济自由），还可以和自己愿意的人上床（身体自由）。但林怡死于非命，似乎是对这种活法的否定，尽管那只是一个意外。《渡尽劫波》的女主人公香芝与网络情人偷情，极尽鱼水之欢，但小说最后又让香芝回到她丈夫身边，可当别人称赞他们两口子的时候，她又忽然很伤心地哭了出来。这是一种什么样的状态？小说《三个人》中的小琴发现："越来越觉得自己官不像官，民不像民，不像女人，可又不像男人……我更想说的是，妻子不像妻子，母亲不像母亲，什么都不像什么的日子，人是悬浮的，忧伤的，甚至悲惨的……"因此，小琴想要做回小琴，换一种活法。可是换了一种活法就会好吗？难说，就像香芝、林怡，她们实际上并不能确立自己新的生活方式，正在拥有的会被否定，已经消逝的会被怀念。

## 二

在"什么都不像什么的日子"里，"悬浮的"人就像尼采诗里找不到立足之地的那个人，"注定要在这寒冬中迷失方向，如同那直上的炊烟，在不停地寻找更加寒冷的空间"（尼采诗《孤独》）。这些孤独的人（或许也包括尼采本人）撞见了虚无，不过，尹学芸的小说并不虚无，这不仅仅是因为她的小说"接地气"，有生活和历史气息，而是说她撞见了另外一种力量，即平衡的力量。

《庄子·齐物论》曰："是以圣人和之以是非而休乎天钧，是之谓两行。"圣人对是非的态度是"调和"，把它们放到"天钧"里边。(《释文》："钧，本又作均。"）"天钧"是什么？成玄英《疏》曰："天均者，自然均平之理也。"自然中有一种平衡的力量在起作用，具体到尹学芸的小说中，这种力量时隐时现，若有意识若无意识，在尹学芸的小说中显得尤为可贵，并在诸多力量冲突中渐渐突出与显豁。

从尹学芸小说对待刑事案件的态度来看，"正义"并不具有特别重要的力量，或者说伸张正义并非"当务之急"。林怡、七二、陈丹果都死于谋杀，可是杀害林怡的凶手是自己招了供，真正冤死的人没有昭雪；七二死了，凶手还活着；陈丹果跳了楼，真凶昭然若揭可就是有一层窗户纸不捅破。读者可以看到事件的总体，可是"盖子"始终揭不开，或者说不揭开。

从香芝、林怡等"新女性"的私生活来看，传统道德观念几乎没有约束力，甚至在崩溃，而"新道德"正在建立中，它们突出地表现在两个方面，一个是婚姻生活，一个是人与狗的关系。读了小说《给老舅找个媳妇》，再看《渡尽劫波》中的香芝，颇能生出几分理解和同情。老舅打了一辈子光棍，为了说上个媳妇受尽磨难，我们不仅设想，如果他有香芝一般的"新观念"，社会也支持，他的人生也许就不至于凋零凄惨了，尽管香芝等人的"新生活"也值得怀疑。人与狗的关系是尹学芸小说的一个重要内容。《活在他们中间》写一个老妇人和一条狗的故事，颇让人产生"人不如狗"的感慨，对"家庭养老"产生怀疑，但小说最后让老人与狗和解，仿佛是建立了某种"新道德"，不过这种"新道德"更多地倾向于狗，对于"养老"并没有产生"新力量"，"陈小妹"（一条狗的人名）的"安乐死"是否可以延伸到人？小说只是一闪念而已。

尹学芸的小说中还有一种"神鬼"的力量。《宗少波的未了情》写宗少波出了车祸，他的"魂魄"未散，在人间还有许多牵绊（特别是他的哑巴儿子），由此演绎出中国版的"人鬼情未了"。《我是罗先生》写人们迷信扶乱，"可怜夜半虚前席，不问苍生问鬼神"。因为"我"是"罗先生"（即小说里的神鬼），所以知道一切不过是戏论，但又有点以假乱真。《纪念一九七二》游走在宿命论的边缘，《为老舅说个媳妇》让人只能徒叹命运的不公和无奈，这其中，"神鬼"的力量若存若无，不肯定，不否定。

难道说小说已经判断不了对与错、好与坏了吗？或者只是缺乏坚定的信念？我们不能轻易下结论，我们更愿意相信尹学芸的小说是一种对新秩序构建力量的认真探索。她的小说对传统秩序产生怀疑，对即将产生的力量犹豫不决，小说呈现出来的是一种"文学上"的自然状态，它们可以是生活本身，但又试图超越其上，离开现实独自存在。难能可贵的是，当小说回到自然状态，小说也就撞见了自然的力量，这在小说中表现为平衡的力量。

尹学芸的小说绵密内敛，篇幅不长，笔调舒缓，承载的内容较为丰盈，有一种厚重感。她笔下的人物在行动时不是一个人在动，是一个人带了长长的影子，包裹着历史和现实在活动。这个包裹，"粉红只在外墙表，内里却是老旧的灰，这种灰色一下就让人置身在遥远里，有历史尘埃的味道"（《士别十年》）。尹学芸在她的小说里一边包裹，一边拆开包裹。

小说《四月很美》有一个很美的外壳："四月的罕村是一个大花园"，百岁老人四虎奶奶爱看花，而且还组织一群老人去看花，那种情景恰像一幅"夕阳红"。拆开以后看见什么？一种"老旧的灰"。围绕四虎奶奶的养老和房产有一场斗争，或者说是一场算计，这其实也不算什么新鲜事。然后四虎奶奶摔了一跤，这一跤摔出了一桩陈年往事，四虎奶奶年轻的时候有没有偷邻村的衣服？"我"（云丫）的出现解决了这个问题，云丫和小葵在四虎奶奶前演了一出戏，表明她们知道到底是谁"偷"了衣服，而四虎奶奶当年也知道但瞒住了不说。拔出了心里的这根"刺"，老人家就安心地归天了。善于算计的张德培最后只落得竹篮子打水一场空，没有得到四虎奶奶房产的继承权。

罕村的故事印证了那句老话："人算不如天算。"小说里的主要人物都有"天算"在等着他，但小说又没有明白地写出来，似乎有一些微妙的意思在里边。那句老话写进了小说，看起来是显豁了，但又何尝不是更深的隐藏？而小说《花匠与看门人》写了一个掩埋的故事，但实际上可以说是一种深刻的揭露。花匠老陈与门卫老胡，在一个风雨之夜帮助局长在菜园里埋了一位女子，这个女子突然死在局长的办公室里。小说家大可以对这件事进行渲染、揭露，但《花匠与看门人》似乎并不在意破案，虽然有警察、家属来找过，但这件事在小说里不了了之，家属还以为女子是因为生活不如意而离家出走。在读者熟知各种人间悲喜剧的当下，人们对局长与情人这样的剧情并不缺乏想象力，小说的沉默也许是一种更高的宣示，在这种宣示里我们可以读到小说的另一种声音：人在做，天在看。在人间的力量之上，始终有一种天道的力量在运作，在平衡世间的一切人与事。

## 三

尹学芸的小说只有两种，一种是有云丫直接参与的，一种没有。云丫就是小说里的"我"，她可以进去，也可以退出来。当云丫在场的时候，她要解蔽，同时把一些什么东西放进去；当云丫退场时，小说家冷静地站在一边进行遮蔽，而遮蔽的同时实际上在解蔽。与此相应的是，小说中的平衡力量可以分为两种，一种是自我与自我的平衡，一种是自我与外界（包括他人）的平衡。大致说来，云丫在场的时候，是自我平衡；云丫退场的时候，这个"我"已经置身事外，是"我"与"我之外"的平衡。

《李海叔叔》是一部自我平衡的作品。如果站在传统的道德观念来读这篇小说，就很有可能陷入其中，为报恩和负义的问题纠缠不清，而小说的努力恰恰就是要从那里挣脱出来，这个挣脱不是别的，不是要增加或者减少些什么，它毋宁是要达成一种平衡。这是《李海叔叔》极为可贵的品质。

小说一开始就设置了悬念，悬念是一个问题，是一种不平衡状态的表达。小说是否能够解决问题，走通从不平衡到平衡的路？尹学芸的中篇小说常常设置悬念，不过她并不倾向直接解决，而是用另一个问题或者另一个不平衡来取代原来的状态，当新的问题出现时，老问题就不存在，或者说退出（淡出）人们的视线。

李海叔叔与"我"（云丫）爸爸之间的问题，一直到两人去世都没有解决，他们之间的最后一场相见在小说开始就已经发生了，李海空手而来，拿点东西而去；云丫爸爸到死都不愿再见李海，死了也不通知他。小说写到这里可以结束了：一切都是未完成的状态，仿佛这才是人世间的真实写照。不过小说意犹未尽，说到平生恩怨事，"到底意难平"，还想再走几步，就像小说里的云丫，"计划走十步试试"，结果走这十步就让她碰着了李海叔叔的女儿：海棠妹妹。

这时候的故事场景变了，故事在下一代人之间展开。李海的后人在回忆中揭示了当年的艰难，解释了李海"怪异"行为的原因：只有经历过贫穷和饥饿的人才会有那样的举动；他们也表达了报恩，还有一些实际行动，比如带云丫一家人游历避暑山庄，将云丫的车厢塞满土特产品等。不过这并不是一个皆大欢喜的大团圆结局，就像云丫和海棠时隔多年以后的重逢并不和谐，小说在这里触及了另一个不平衡：李海临死前想见云丫也不可得，或者说云丫不愿去见临死的李海。就像一个跷跷板的两端，小说前半段的重心在云丫爸爸，后半段实际上是把焦点对准了李海，在这里，怨与恩都没有得到交代，最后都没有化解。

在小说里，云丫主动找到了海棠，似乎表明她要了却这段恩怨，从那里脱开身来。她发现，当年爸爸借用了李海叔叔的"势"，而李海也顺"势"取得了"实利"；多年后，李海后人也有了"实利"，这时候云丫反而站在"势"的一边，就像她在海棠面前显出来的矜持。

原来这个不平衡始终都是平衡的，如果把时间稍微放长一点，把心量稍微扩大一点，或者就可以见到这个平衡。"大钧无私力，万理自森著。"失衡的是人心，因为人心有"私力"，有"私力"未必错，可是容易引发不平衡。

从尹学芸的小说来看，这种不平衡集中体现在历史与现实的不平衡，归根到底又只是个人的不平衡，是青少年云丫与中年云丫的不平衡。小说《李海叔叔》有两条线，明线是李海叔叔的故事，云丫的成长是一条暗线。社会、时代的发展太过迅猛，云丫不仅走过了她的人生青少年，步入中年，而且与时代一起转折，时代的古今之别恰好也相当于个人的"前世今生"。从时代的角度看，物质社会发展太快了，精神有点跟不上，古与今并不能平衡。小说《李海叔叔》表达的是这样一种不平衡，或者说是一种亏欠感，其中包括个人对历史的亏欠，对他人的亏欠，反过来也可以说是历史和他人对自己的亏欠，甚至是自己对自己的亏欠。

在云丫的青少年时代，李海叔叔曾经是她的"精神支柱"，他们之间有过很多书信来往，那个时候的精神鼓励不能说是空虚，可是当她回过头来看时，看见的是一个不堪回首的时代和自己。就像小说《渡尽劫波》里的香芝，她与外人偷情，对丈夫老薛有一种亏欠感，同时又觉得对不起自己，"香芝的心长成了一只老的苦瓜，结了硬硬实实的梓"。因为有这种心灵上的"硬伤"，很难放下过去，对现实的不满足，往往都以历史为背景，人们很难与历史讲和，与自己讲和。也许会有内疚、反省，可是也不愿让这种反省走到另一面去，从而否定自己。

社会时代一跃而上，留下一个巨大的精神缺口。云丫知道自己应该往前走，不要再去理会李海叔叔，哪怕是他临终前痛彻人心的呼唤，可是她在感情上没能这么快跟得上，她回想起来的时候还是流下了泪水。这泪水是为一个时代而流，要来填补跳空的缺口，这缺口也仿佛是时间在她身上撕裂开来的伤口，她站在古今之间，人是朝前走，可是扭过头来往回看，要在历史与现实中间找到平衡。而这个平衡是否能够实现，实现到什么程度，就要看她看得有多远，站得有多高。

# 让流浪者归来

## ——李娟《深处的那些地方》① 及其他

　　我读李娟的文章，不由自主地会想到一些生活经验和经典文献。她的文章仿佛激活了在我心底沉睡的一些角落，翻出一个新鲜的东西来，虽然这个新鲜的东西依然是旧的。比如说《深处的那些地方》，读起来有一种很深的满足感，好像我自己也亲临其境一样。

　　文章共有九节，看起来随意，实际上思想情感一以贯之，层层深入"深处的那些地方"。深处的那些地方全部都是"深处的风景"，几乎可以串起李娟现有的全部文字。文章一个片段接着一个片段，围绕深处的那些地方展开，而究其实，那些地方只是一个点，作者不停地点击它，抚摸它，不同的内容只是繁复。可是这种繁复非常必要，

---

① 李娟，《阿勒泰的角落》，万卷出版公司，2010 年，P118—130。

经过繁复，某种情绪一次次地加深，一次次地推进，终于越积越厚，而思路也随之开阔清晰起来，核心乍现，一览无遗却又意味深长。

一

最先呈现出来的，是些日常的、普通的东西，或者说是些表面的事物。第一节简单地介绍了山里的生活，这里的生活不需要钟表，"日出而作，日落而息"。作者本人每天下午都会有一次漫长的散步，在森林、河流、山谷间游荡，睡觉，天天如此。日常生活像森林、河流一样形成背景，周而复始，恒常如是，乃是一切生活生起和发展的基础。没有钟表的生活完全按照自然节律进行，外婆根据太阳的脚步来安排晚饭，仿佛掌握了时间的秘密，她的出现构成一种"深"。李娟在多篇文章中写到外婆，在外婆身上附着童年和童年的秘密，还有一种古老的、行将消逝的生活，外婆、妈妈和"我"是一个命运性的系列。

这里是新疆阿勒泰地区，人们生活在自然深处，就像有些人生活在城市深处。李娟见过真正的蓝天、白云和风，以及各种自然事物，还有过许多"奇异"的经历，始终脚踏大地，勤恳、认真地生活。那些努力活过来的人，都是活在深处里的人吧？

第二节一变，在经常性的日子里有一个"有时候"：上午出去散步。她经历了两种情景：一种是没有人，也没有声音；另一种有人迹，也有声音。首先是油锯采伐时的轰鸣，接着，她突然听到身后有"花儿"（一种歌声）陡然抛出："尖锐地、笔直地抵达它自己的理想去处——上方蓝天中准确的一点，准确地击中它！"这种感觉，是空谷足音吗？庄子曰："夫逃空虚者……闻人足音跫然而喜矣。"然而在她听来，歌声像烟花一样绚烂又缥缈，更多的只是孤独。不过，足音很快就在下一节出现了（有人笔直地向她走来），而且还会在后面的文字里以别样的面目出现。

虽然她经常散步，可还是保留了一个空白："唯一没有去过的地方是北面的那条山谷。"但为了找妈妈，她还是去了那条山谷，这次，有一个小孩向她笔直跑来，她们之间有过一些简单的对话，然后她就离开了，简直是逃离。于是她看见浩瀚的山林莽野间，一个小人儿孤零零地坐在那里，"以此为中心，四面八方全是如同时间一般荒茫的风景、气象……"这条山谷里如果没有人，也显不出孤独，有了那个小孩，孤独才倏然可见。小孩子的孤独气象岂不正是作者本人？她看见的是自己。

虽然涉足了那条山谷，她实际上不曾深入，未能抵达更深的地方。在栖居和游牧的地方始终存在一个令人敬畏的所在，在她看来，那是一处"永远"和"转瞬即逝"的地方，而正因为有了这样一处空白，有了一个未能穷尽和不可能穷尽的地方，自然和生活才显得更加深密。有了这种地方，文章才可以叫作"深处的那些地方"。

二

前三节的内容大体上可以说是作者出去寻找风景，第四、

第五节则是那些风景向自己走来，其中第四节写实，第五节虚写，核心意象是：有一个骑马的人向"我"走来，笔直地向着我而来。

开始是实写，可是实写中也有虚意，她通过一块水晶观看世界，"光在水晶中变幻莫测地晃动……天空成了梦幻般的紫色"。这时，她就看到，"一个骑马的人从山谷尽头恍恍惚惚地过来了，整条山谷像是在甜美地燃烧"。这不由得让人疑惑起来，她看见的到底是梦幻还是现实？她放下水晶，没错，"风景瞬时清醒过来似的，那个骑马的人也清晰无比，越走越近"。于是，她就开始等待，时间仿佛静止了，"手心空空的"，一抬头，那个骑马的人来到了近前："他歪着肩膀，手边垂着鞭子，缓辔而行。"真感人呐！只有天空惊人的蓝，还有不远处森林的深厚力量，才可以稳稳地托住这种感觉，而"我所能感觉到的那些悲伤，又更像是幸福"。

接下来从实到虚，从外境过渡到内心：透过水晶看到那个骑马的人，那个人又准确地走进内心。"他牙齿雪白，眼睛明亮。他向我走来的样子仿佛从一开始他就是这样笔直向着我而来的。"他是"笔直"地，从一开始就"笔直"地走向"我"的，从外面一直走到心里。"笔直"也是深处的表现，心深了，看见的事物也是笔直地向着自己敞开。

"我"怎么办呢？"我前去迎接他，走着走着就跑了起来。"那种情感是真实的呀，"怎么能说我没有爱情呢"？两个骑马的人，一个在现实里，一个在心里，他们都真实地存在着："他歪着肩膀，手边垂着鞭子，缓辔而行。"再到近前一看，"他牙齿雪白，眼睛明亮"，于是"我在深绿浩荡的草场上走着走着就跑了起来"，前去迎接属于自己的命运。可是，"又突然地转身，总是会看到，世界几乎也在一刹那间同时转过身去……"世界几乎和"我"同步，在一刹那间同步，现实和心里的影像几乎要统一起来，可是会突然转过身去。"总是差一点就知道一切了"，但总是在那时，"有人笔直地向我走来"，于是，从梦想回到现实，两个世界不再统一。

## 三

经由前五节铺垫，从外到内的风景描写，世界形成了，显出了它的脉络和骨架，露出了核心。这个世界有一扇门，妈妈是钥匙，当她还在"我"的视野范围内时，世界是"敞开"着的；当她外出散步消失在森林里时，"世界一下子静悄悄地关上了门"。妈妈不在时多么寂寞，寂寞的意思是：现在世界是一个人的了，只剩下"我"一个人，"我"不是这个世界的核心，而就是这个世界本身。

现在作者的视线转移到了门口外面的草上，野草长得非常旺盛，"到处枝枝叶叶，生机盎然的"。看见草，就留意到风，可是看久了就观察到草们的"动"，不是因为风而动，"而是因为自身的生长"而"动"似的。草自身在动，"似的"表明一种趋势，是一种动态，她进而发现，整个世界都在"动态"当中：

天空的蓝也正竭力想逃离自己的蓝，想要更

蓝、更蓝、更蓝……森林也是如此，森林的茂密也在自己的茂密中膨胀，聚集着力量，每一瞬间都处在即将喷薄的状态之中……河流也在那么急湍，像是要从自己之中奔流出去；而河中央静止的大石头，被河水一波又一波地撞击，纹丝不动，我却看到它的这种纹丝不动——它的这种静，也正在它自己本身的静中，向着无限的方向扩散……

　　这是"我"看到的世界：从上到下都在动。而"我"呢？"如同哑了一般，如同死去了一般"，只能"不停地细心感知，其实却是毫无知觉的一个"。是进入"无我"状态了吗？可以说是，也可以说不是，世界只是在"我"心里无边无际地展开。这时，"突然心有所动"，又因为这个"动"，世界不动了，"突然什么也感觉不到了，世界突然进入不了我的心里了"。这个点是什么？是妈妈回来了，就像前文说过的那样，"有人笔直地走向我"，她的心捕捉到了这个信息，"被什么更熟悉的东西一下子填满了"，世界因此敞开来，或者说"我的世界"消失了，只是这个世界的一个部分，不是全部，而就在刚才，她还拥有全部世界。

　　这个过程简略地说就是：不是风动，是草动；不是草动，是我心动。它是"我"的世界的生成法则，以"我心"为基础呈现出来。这一点，作者在文章最后总为两段，两段其实是一段。第一段："我是说：世界是由两部分组成的，一部分是我所看到、所感知的世界，另一部分就是孤零零的我……"两部分即是我与我所，"所看到的"是外部世界，"所感知的"是内在世界，两部分都统一在"孤零零的我"身上，"我"是世界之基。最后一段："这时，不远处蓝天下的草地上，有人向我笔直地走来。"这个意象在前文已经出现了，它就是"突然心动"。这个"心动"是什么？李娟在文章里写到那些花草树木的"动"：

什么都在竭力摆脱自己，什么都正极力倾向自己触摸不到的某处，竭力想要更靠近那处一些……

如果把主语换成人，也可以的吧？那些天空、森林、河流还有石头的"动"，不都是"人心"在动吗？动是一个基本状态，万物与人心都在动态当中，它们在动态中得以统一，然而有个突然的东西打破了这个统一，"世界的'动'一下子停了，戛然休止"。在文章里，那个引起心动的东西，一个是骑马的人，一个是妈妈，还有没有其他的人或事物？他们是不是意味着某种特别强大的，或者特别重要的力量？不知道，也不妨不知道。接下来，这样的事情还会重复出现，在重复中情绪逐渐加深，又从作者传递到读者。

# 四

第七节的意象在第三节已经出现过："那么多的地方我都不曾去过！"这也许不仅仅是作者个人的经验。在我们的世界里总有一些"空白"，它们仿佛与自己的生活无关，但一直都存在，它使得人们"始终侧身而行"。世界敞开着，但又步步阻碍，逼仄不已，是因为有这样的地方存在。在李娟的文章里，这个地方只是一个绿茸茸的青草小坡，实在只是一个小地方。

第三节出现的那个空白是一处山谷，"我"虽然涉足，但几乎是逃离了那个地方，那里意味着孤独。这里出现的青草小坡并不可怕，让人想要逃离的居然是它的"干净清澈"！原来"美好"的事物也可能会"伤人"？这是一种什么样的"美好"？"白石头裸露在蓝天下、绿地上——白、蓝、绿，三种颜色异样地锐利着。"这里出现的白、蓝、绿是最接近于真实的颜色吧？真实得具有摄人的力量，似乎多看一眼就消失了。

但终于是要走过去了，快要到了，停下来看了一会儿，这次再也不会有意外了吧？可是总是那样，这时，"有人在身后喊我"，"我回过头来，看到有人向我笔直地走来"。又重复了，不知道什么在动，又把"我"唤回来了。"我想，这不是偶然的。"当然不是偶然的，这是命运性的东西。

我们不知道她最终有没有走过去，这似乎并不重要。她当然可以走过去，那里不会有什么特别的东西，什么也不会发生。但即使走过去了，这样的"青草小坡"还会以另一种样貌出现，它可能是一处河湾，或者一条羊肠小道，或者就是一座小桥，但就是过不去。那些小孩子可以在青草小坡上随意戏耍，于"我"却是一个绕不过去的"坎"。也许干净清澈只是一个假象？蓝天、白石头、绿草地，它们不晓得自己干净清澈，人们也许只是舍不得那种干净清澈的感觉罢了。

# 五

最后两节回到妈妈。妈妈有个特点，远近深山没有不敢去的地方，无论什么都敢往嘴里放。在李娟看来，妈妈"脚步自由，神情自由"。这个自由是什么？自由是自然？是孤独？还是对什么都无所谓？其实都可以，不过还可以说：自由意味着远离伤害，自由意味着安全。

第八节出现了一个比较，阿勒泰与南方的比较：阿勒泰"万物坦荡，不投阴影"，而南方"有巨大的舒适，也潜伏着巨大的伤害"。很显然，自然本身无所谓坦荡和伤害，这里的阿勒泰和南方是想象之物，它们说的是人心和社会。在心的深处有两个地方，一个是自由和安全的（也有一个保留，即妈妈差点就吃到有毒的食物），一个潜伏着巨大的伤害，它们分别对应着自然和现实的世界。

两个世界有关联，这一点，李娟在《木耳》①中有详细的描写。《木耳》开篇写的那个森林世界元气淋漓，木耳是森林里"最神秘最敏感的耳朵"，自身能够发出半透明的光。在这里生活会怎样？"似乎已经不知该拿惯常所认为的生活怎么办才好了。"没有了惯常，通常所认为的生活在这里失去了意义，活着是最简单的一件事，"而在活着之外，其他的事情大多都是可笑的"。比如说扫地，扫着扫着就有了疑问："为什么要扫地呢？"

---

① 李娟，《我的阿勒泰》，云南人民出版社，2010年，P160—183。

荒山野岭浑然一块，"还有什么东西能够被扫除被剔弃呢"？人与自然浑然一体，整个是统一的，混沌未分。

而木耳，也"像个混混沌沌、懵懂未开的小妖怪"，养在深山人未知。当地的哈萨克族牧民虽然认得木耳，可是不知道"木耳"是什么，木耳在他们那里没有被命名，直到妈妈灵机一动创造出一个新词：喀拉蘑菇。从此，"木耳"在阿勒泰地区哈萨克牧民那里就有了名字，被"发现"了！

命名的同时，它的经济价值也被发现，随后而来的是一拨又一拨寻找野生木耳的人。有意思的是，最适合用来采摘木耳的，是那种五彩斑斓的塑料编织袋，这种"现代性"的袋子是一次性的，用完就可以扔掉；与之对应的，是牧民们手工制作的褡裢，那是一种传统的、古老的袋子，它们能够"以很多年、很多年的时光"存在于生活当中。两种不同的袋子意味着两种不同的生活方式，看，那些背着编织袋的人离开了家乡，来到新疆挖起了木耳，当地人也随之加入了挖木耳的行列——褡裢和使用褡裢的生活，似乎可以随意地、轻易地就被舍弃。

可以想见的是，因为挖木耳，草场、森林、河流等遭到了破坏，"原本天遥地远、远离世事的山野，突然全部敞开了似的，哑口无言"。大自然作出了"回应"，在疯狂采摘木耳的第三年，爆发了牲畜的大规模瘟疫，那是一种"从未有过的新类型的"瘟疫。山里的生活一片混乱，出现了抢劫，后来还出现打斗、赌钱、娼妓等，多年来靠心灵自我约束的纯朴社会崩溃了。

木耳没有命名之前，世界元气淋漓，自由自在；命名之后，世界崩溃了。这命名，是不是"突然心动"的时刻？

在被"发现"的第四、第五年，木耳突然消失了。只有"我"看见："不远的地方有一朵木耳，那是整个世界上的最后一朵，静静地生长着，倾听着。"为它命名的妈妈始终没有发现，女儿有意"隐藏"了它，她是想回到木耳命名前的世界吧？最后一朵木耳躲过了它的命名者，仿佛回到了原初。在作者笔下，木耳是一群流浪者带进来的，木耳也是流浪者，它的突然消失就是回家。它经历了两个世界，一个是未命名之前，一个是命名之后，它的回家就是回到未命名之前，回到本来如是的时候。

《深处的那些地方》的最后一节写"我"在帐篷里等候妈妈回家，在等候过程中陷入深深的沉思，她发现，世界是由两部分组成：我与我所。这时，"有人向我笔直地走来"。这是同时的：世界分裂与有人向我走来是同时发生的事情。这个分裂是什么情况？"在我之外，其他的一切都是在一起的……"世界本来是统一的，"我"为何在这之外？有人向我笔直地走来，是要弥补这一切吗？就像我等妈妈回来，妈妈回来意味着家的团聚？原来"我"一直以来就是一个流浪者，在一切之外，在等着回家。

我们可以依着李娟的文章，沿着她的妈妈上溯到外婆，就可以循着来路回到她的童年。她外婆的旧居前后都有竹林，正是"我"没有命名之前的世界。"我从上往下看到旧屋天井里的青石台阶，看到一根竹管从后山伸向屋檐下的石槽，细细的清泉注满了石槽。世界似乎一开始就如此古老。"（《想起外婆吐舌头的样子》①）从外婆身上，"我"能体会到"最初的、宽广的安静感"。这是回家的感觉吧?

外婆曾经有一只猫，被外公舍弃了，可是它不断地回到家来，直至最后被外公卖到很远的地方，也许再也找不到回家的路了。可是多年以后，李娟还在《我家过去年代的一只猫》里呼唤它的归来:

> 总有一天，它绕过堰塘边的青青竹林，突然看到院子空地上那台熟悉的石磨，看到石磨后屋檐下的水缸——流浪的日子全部结束了! 它飞快地窜进院子，径直去到自己往日吃食的石钵边，大口大口地痛饮起来。也不管这水是谁为它注入的，不管是谁，在这些年里正如它从不曾忘记过家一样，家从不曾忘记过它。②

这只流浪猫的故事岂非也是流浪者、漂泊者的故事? 他们生活在别处，在一切之外，可是心底一直在渴望回归，而李娟的呼唤连同她的所有文章一道，都汇成了一首流浪者之歌，字字句句都在深情言说:归来兮，流浪者!

---

① 李娟，《我的阿勒泰》，云南人民出版社，2010 年，P35。
② 同上，P41。

# 寻找源头的努力

一

自鸦片战争以来的中国近代史是一部不堪回首的历史。以前读到这段历史，总想跳过去或者合书不观。现在读到胡小远、陈小萍合著的《蝉蜕——寂寞大师孙诒让和近代变局中的经学家》①（以下简称《蝉蜕》），有机会再一次面对近代史，却对这段历史及历史中的风云人物油然而生一种深厚的敬意。

《蝉蜕》是一部"新历史小说"，对它的阅读是一次独特的体验，我不久就意识到，必须抛开"历史或者小说"的纠缠，直面这本书提到的历史问题。而且自晚清以来，中国经历的"三千年未

---

① 胡小远、陈小萍，《蝉蜕——寂寞大师孙诒让和近代变局中的经学家》，北京大学出版社，2018年。

有之大变局"迄今尚未结束，《蝉蜕》从经学的角度深入触及了它，也再次提醒了读者，由此而产生的阅读和思考不仅仅是历史性的，也是当下的，而且还属于未来。

把小说当作历史来读算得上是一种阅读传统，然而历史本身就是最好的小说家。《蝉蜕》涉及的近代历史人物及重要事件众多，有极好的小说题材，也有很强的戏剧性，问题是如何讲述这段历史。《蝉蜕》以朴学大师孙诒让的一生为主线，串起了中国近代最为惨痛的一段历史，有意思的是，孙诒让生于清道光二十年（1848），此时鸦片战争已经过去八年；逝于光绪三十四年（1908），此时离大清亡国仅差三年，晚清历史几乎成为孙诒让的精神肉身，那些重大历史事件直接或间接与他血肉相连。

在小说《蝉蜕》中，历史并非人的"背景"，而毋宁是真正的"主角"，它裹挟着无数个体一道奔流，泥沙俱下，谁也不知道它到底要去向何方。但从小说的第二十二章开始，历史与个人似乎渐行渐远，这一年是甲午年（1894），孙诒让四十七岁，第八次考进士不中，他终于放弃了科举入仕的"正途"，将眼光从朝廷转向了民间；而历史也遭遇到了甲午之殇，跟跟跄跄当中耗尽精力，把历史这座舞台拱手献给了历史人物。在《蝉蜕》之前的二十一章中，孙诒让的形象比较模糊，反倒是历史比较生动，个人输给历史；而这之后的十四章里，一代朴学大师孙诒让的形象才开始丰满生动起来，历史人物创造属于自己的历史。

我读到的《蝉蜕》改定稿中，正文右边常有"批注"，它提醒读者那些"小说文字"有真实的历史事件作为"后盾"，不可

"轻视"。不过也可以反过来看，不是小说搭上了历史的顺风车，而是历史进入了小说。历史作为历史，并非都要走进"历史"，束之高阁，有些历史还走进了"小说"，比如三国历史写成《三国演义》，那些历史人物就以小说的样貌成为人们日常生活的一部分。

饶有兴味的是，在《蝉蜕》中，有哪些历史进入了小说？更为特别的是，有哪些经学史进入了小说？从学术的角度来看，经学是一种专门的学问，它在《蝉蜕》里的大量出现几乎让人疑心该书是本学术著作，但《蝉蜕》的文学性又显而易见，它只是让经学以文学的面貌出现，在一种野老讲古式的小说语境中，那些专门的经学知识仿佛也成了普通人的常识。

## 二

《蝉蜕》中的经学到底呈现为一种怎样的样貌？我们不妨从孙诒让的学术来源进行考察，进而描绘《蝉蜕》乃至孙诒让的经学图景。这主要有三个方面。首先是他的父亲孙衣言，孙衣言也是一代鸿儒，小说第一章就写他带着孙诒让兄弟去拜谒孔庙，在进士题名碑前澄怀明志。

这个小说开头意蕴丰富。《蝉蜕》的核心人物是经学家，开篇就把孙衣言孙诒让父子置于孔庙，是明确了经学源头在孔子。孙衣言对孙诒让说："要当一位称职的帝王，就该按孔子说的去做。"这是把经学当成了"帝王术"，是中世纪中国的统治学说（朱维铮）。孙衣言还借用了一位南宋诗人的诗句，说道："唯有炳然周孔教，至今仁义洽生民。"说"周孔"，落笔还是在孔子，以区别于宋儒提出的"孔孟"；说"周孔教"，已经是"洽民"的统治术了。孙诒让很早就有志于治《周礼》，以后写成《周礼正义》，把《周礼》的作者考定为周公，其思想伏笔就已经在孙衣言的引诗里了。

在第二章"入宫应对"中，孙衣言向兰贵人（慈禧太后）介绍了永嘉学派，这可以说是孙诒让的"家学"。要说清楚永嘉学派殊非易事，孙衣言也只是泛泛而谈，但小说用了一段典故却颇能道出其中奥义。

南宋叶水心是永嘉学派集大成者，他的殿试文章有两句写道："臣闻以庸君行善政，天下未乱也；以圣君行弊政，天下不可治矣。"但宋孝宗皇帝有疑问："是圣君行弊政？还是庸君行善政？"那意思是说，圣君行了弊政，而庸君反倒行了善政，这不是自相矛盾吗？在小说里，九岁的孙诒让忽然插话，说叶水心的意思是这样："即使是才能平庸的君主，如果实行的是善政，天下就不会大乱；反过来讲，即使是聪明绝顶的君主，如果实行的是弊政，天下反而要大乱。"

这自然是小说家言，也是小说家的方便，他不必长篇大论，洞幽烛微，却可以通过一个九岁孩童的"胡言乱语"来表达思想。在这个故事中，叶水心提了一个问题："是要一个好皇帝？还是要一个好结果（善政）？"孝宗看出了其中矛盾，但他自己给出了答案，对叶水心略加惩戒表明，他要做"圣君"。叶水心逝后约三百年，意大利的马基雅维利著《君主论》讨论了这个问题，他认为，皇帝不需要受到道德准则的束缚，可以不择手段，只需要考虑效果。因此，只要是行了善政（天下太平），那就是对的，不必在意是圣君还是庸君。这样看来，永嘉学派的思想适合于从古典向现代的转型，它构成孙诒让思想的重要组成部分，绝非因为只是"家学"，而且也表明它响应了时代的发展呼唤。

孙诒让主治经古文学，虽然孙衣言和俞樾都曾对他有过教授，算得上是"师传"，但他没有正式拜师。孙诒让早年学习的是《汉学师承记》和《皇清经解》，他的经学基础在汉学。作为一部以经学家为主的小说，对经学的交代和叙述似乎不可避免。《蝉蜕》通过孙衣言和俞樾在书院的两次讲课予以勾勒，他们侃侃而谈，如数家珍，把经学谱系告诉读者。孙衣言的说法还能够兼容汉学与宋学，俞樾则旗帜分明，偏向汉学。较之皮锡瑞、梁启超、章太炎、刘师培等人，《蝉蜕》未免粗疏，但其说有据，大致不差。

小说还通过俞樾举了一个例子，让普通读者对汉学有一个初步了解。俞樾举《论语·微子》章句："四体不勤，五谷不分，孰为夫子？"他引《诗经》中的"不"有时作语气词，也将这里的"不"训为语气词，不是否定的意思。因此，"四体不勤，五谷不分"，反而变成"四体勤，五谷分"了，而且，荷蓧丈人就不是骂夫子，而是指向自身。这样一来，读书人（包括孔子）庶几可免"四体不勤，五谷不分"之讥。

暂且不论俞樾此处的训诂是否合适，小说只是通过举例简要说明汉学的治学方法，即"所谓训诂名物以求义理，其基础要通晓古代语言，懂得古代制度，这样才能寻找出经学中的微言大义"。不过,《蝉蜕》只是一种通俗的说法,至于汉学到底怎样?还需要另外的专门知识。

孙诒让的学问还受到朋友的启发。小说通过曾国藩兴办的金陵书局牵出戴望,进而介绍清代学术中的经今文学和常州学派,虽然笔墨不多,但基本补齐了清代汉学版图。孙诒让与戴望关系很好,他们"家法"不同,但有共同的金石学爱好,由此可观经古文学与经今文学之合;后来孙诒让接触到魏源的《海国图志》,还有康有为的维新学说等,他大都不能同意,甚至有激烈的批评,则又可见及经古文学与经今文学之争。此外,《蝉蜕》还通过容闳接触西学,虽然此时的西学尚不够深入全面;与曾国藩(理学家)的交往则可视为对宋学的接洽。《蝉蜕》对清代学术的描绘不是通过学术本身,而是通过孙诒让的"朋友圈"梳理出来的,这个"朋友圈"也恰好可以勾勒孙诒让本人的经学面貌。

《论语》开篇就说:"学而时习之,不亦说乎?有朋自远方来,不亦乐乎?人不知而不愠,不亦君子乎?"从孙诒让的学问进步路线来看,他的"家学"可相应"学而时习之";朋友之间研讨学问,扩大格局,可当"有朋自远方来";至于孙诒让治古文经,尤其是著述《周礼正义》,寂寞自修,可当"人不知而不愠"。这样看来,《论语》开篇三问,可相当于传统儒者获取学问并上出(也是教育)的三种方式:家学、有朋和自修,而《蝉蜕》中的孙诒让尤其如此。

孙衣言为孙诒让建了一座玉海楼以藏书,玉海楼或可看作孙诒让毕生积学所成之象。据《蝉蜕》介绍,玉海楼的藏书来源有三：一是孙衣言父子历年购买散落在民间的私家藏书，二是遍求永嘉先贤的著作，其三来自师友馈赠，三种来源大致相应三种教育。令人感慨的是，通过三种教育得到传统学问的孙诒让却只有科举入仕一条"正途"。八次会试失利对他是个重大打击，然而，他也因此毅然转身，戊戌变法那一年，五十岁的孙诒让就积极开办新式学校，倡导"新学"，开出人生与学问的新境界。

清代学术以鸦片战争为分水岭，清初诸子顾炎武、黄宗羲、王夫之、颜元等有开创之功，鼎盛期诸子如惠栋、戴震、王念孙、王引之等人的生活年代都在一八四〇年之前。作为清学殿军的孙诒让通过三种教育完成了经学，标志事件是写成《周礼正义》，戊戌之后他有一个转向，虽然这个转向并不彻底，但极具隐喻意义。他治墨子，写成《墨子闲诂》，隐然以中国先秦文化相应西方现代科技文明，表达了中国传统文化在大变革时代的自生力量与不竭动力。

## 三

《蝉蜕》第二十四章"甲午之殇"写得很沉痛。这一年，孙诒让科举再次失利，父亲孙衣言去世，北洋海军覆灭，个人、家事、国事，事事沉沦，孙诒让痛不欲生，自沉于水池，而且把他多年心血写成的《周礼正义》稿也沉了水。救上来之后，他感慨："那些书太古旧了，我也太老了，对这世界没有用了。"

他彻底否定了自己，这个否定是对一生所学的否定。他对身边人说道:"你以为这些书能救北洋水师吗?你以为这些书能救社稷吗?你以为这些书能救中国吗?"

这段文学描写非常生动,让人很自然地联想到王国维自沉昆明湖的故事。对于王国维的自沉,陈寅恪有一种"同情的理解",他在《王观堂先生挽词并序》中说:"凡一种文化值衰落之时,为此文化所化之人必感苦痛,其表现此文化之程量愈宏,则其所受之苦痛亦愈甚;迨既达极深之度,殆非出于自杀无以求一己之心安而义尽也。"这种"文化说"也可用来解释小说里孙诒让的自沉行为,并借此传递出个人和近代史的痛感。

《蝉蜕》的文学性就在于,它营造了或者说复原了一种"悲凉之雾,遍被华林"的时代氛围,而"呼吸领会"之人非文人莫属。小说摹写了一些传统的文人情怀,如寺庙里的文人雅集,泛舟湖上听歌女等,其中尤以"踏雪寻梅"最为典型。《蝉蜕》"爱梅",甚至连"杨梅"都包括了进来,以"梅"为题的章节就有四章,分别是:茶山品梅、扬州寻梅、香消梅园、颐园听梅等;而且一些小说人物尤其是女性,往往以"梅"命名,如梅娘的丫鬟叫梅香,孙诒让的身边人也起名叫"倚梅"。梅花象征品格高洁,高雅脱俗,但小说写到这些梅花与人时,总有一种清绝、苦寒的滋味,正像孙诒让在梅园里感慨的那样:"轰轰烈烈的开始,凄凄清清的结束,梅花如此,人也如此,概莫能外。"

印象鲜明的文学形象还有宛如惊弓之鸟的孙老夫人(孙诒让的祖母)。孙家历经变乱和打击,孙老夫人卧病不起,她在深夜产生错觉,以为家里的大门还开着,常常惊叫,让人把大门关紧。她的临终遗言就是:"门怎么开着,啊?把门关紧,快，快把门关紧！"

如果把这个细节置于近代史背景，就显得意味深长。家门（乃至国门）确实是被"打开"了，而且再也关不紧，闭关锁国的时代一去不复返，而且作为学人安身立命的传统文化在巨变面前显得苍白无力，为文化所化之学人必然深感挫折和痛苦，近代史的"苦情戏"无需渲染便已十分充足。更重要的问题是，在经历长久的艰难、失败和变革之后，人们依然看不到出路。

读近代史或有一种沉重的压迫感，读《蝉蜕》则可以喘口气，这不仅仅因为它的文学性叙述拓展了空间，也因为小说并没有在失败的泪水中过多淹留，它总有一种振作。《蝉蜕》写到中法马尾之战，福建水师的覆灭令人扼腕叹息，然而新任两广总督张之洞说道："一时不胜，则谋再战；再战不胜，则谋屡战！"这种"屡败屡战"的精神鼓舞了孙衣言孙诒让父子，在外敌入侵时，文弱书生孙诒让竟也亲上战场，击鼓御敌。

孙诒让的个人命运折射了历史与文化的命运，而且在饱经挫折与磨难之后，个人和历史还能自强不息，不断寻找向上的路径，因此近代史就不仅仅是一种悲催的屈辱史，而且也是一部不断振拔、自我更新的历史，呈现出一种壮烈的面貌和向上的精神。因为有了这种精神，当我们在小说里看到，僧格林沁率领一万蒙古铁骑向现代英法联军发起冲锋时，我们便不忍心去责备他们的莽撞与愚昧，也不以失败去取笑那些殉国的英雄。同样，当我们看到李鸿章在与列强谈判时委曲求全，丧权辱国，虽然义愤填膺，但也不由得生发一种历史的同情。

《蝉蜕》在某种程度上更正了我对近代史的态度，从而愿意去面对历史的屈辱与失败。由此而来的思考是，一个人乃至一个国家如何面对他（它）的失败？一种文化如何面对它的衰亡？一个人如何在自己身上克服所处的时代？

孙诒让连同他那个时代的学者面临了这些问题。小说第二十二章写文廷式家里的一次文人聚会，在江南士林中号称"南孙北张"的孙诒让和张謇都在。会上大家讨论康有为的《新学伪经考》，皮锡瑞认为这本书"虽有门户之见"，但对于变法开智、破除守旧而言是一帖"猛药"，所谓"乱世用重典"。孙诒让愤然痛骂，认为该书"否定周公，否定传世数千年的圣贤之书"，是一副"毒药"。

《新学伪经考》及康有为的学术到底怎样？这并不是《蝉蜕》要解决的问题，小说绕过学术，用文学手法来表现人物。孙诒让对康有为有一个批评，他说："更令人不齿的是，此人自开办万木草堂以来，竟然自号'康长素'。'素王'者，孔圣人也，'长素'者，长于素王也。更为甚者，赐弟子梁启超号，曰'轶赐'，'轶'义为超车，启超超过子贡也；赐弟子陈子秋号，曰'超回'，子秋超过颜回也；赐弟子麦孟华号，曰'驾孟'，孟华骑在孟子头上也。如此狂妄之徒，纵然成了高官新宠，诒让亦不屑与其为伍！"这段话似有人身攻击之嫌，但通过对名号的解读，却颇能形象地窥见康有为的经今文学立场，"包涵着对中世纪学说的否定，对消逝已久的古典传统的梦想，对未来世界的乌托邦式设计 ①"，他的"托古改制"意不在"古"而在

---

① 朱维铮，《中国经学史十讲》之《重评〈新学伪经考〉》，复旦大学出版社，2002年，P192。

"今"。与此相对的是，孙诒让提出了"西学中源"说，认为西方"制度常常源自于《周礼》，其技艺每每学出于《墨子》"。所谓"古已有之"。他提倡向西方学习军事、天文、化学、工学、商学及农家种植等，可是，"中国的政教则自古有之，齐全而完备，何须取法于夷人"。他的意见就是，改革政制要向《周礼》取经，要法先王。

小说里的这场文人聚会最终不欢而散，无果而终，却形象地表达了经今文学与经古文学之争。而且晚清时期的这种论争已不仅仅是门户之见，"盖学术之争，延为政争矣[①]。"虽然是政争，但晚清时期的经今古文学却有一个共识，那即是要"变"。所谓"《易》穷则变，变则通，通则久"（《系辞》下）。"屡败屡战"就已经是在变了，在变中探索，在探索中求变。廖平一生所学凡六变，梁启超"不惜以今日之我，难昔日之我"，孙诒让在甲午之后也有变化，可以说，"变"是晚清以降学界与政坛最突出的现象。

那么到底该怎么变？首先是变法，"百日维新"是政治上的变法，廖平六变是学术上的变法，变法不触及根本，而根本则是经典，"变经"是根本性的"变革"。在经典上的努力，是在源头处的努力，是方向性的努力。据《史记·孔子世家》载，"孔子之时，周室微而礼乐废，《诗》《书》缺。"因此孔子"追迹三代之礼，序《书》传，上纪唐虞之际，下至秦穆，编次其事"。然后孔子删《诗》，将三千余篇删为三百〇五篇，"皆弦歌之"（相

---

① 梁启超，《清代学术概论》，上海古籍出版社，1998 年，P85。

当于作《乐》）；接着又"序《彖》《系》《象》《说卦》《文言》"等。最后因史记作《春秋》，"至于为《春秋》，笔则笔，削则削，子夏之徒不能赞一辞"。可以说，孔子周游列国意在"变法"，而晚年回到家乡删述六经，相当于他在春秋大变局时代的一次"变经"行为，是对中国古代文化源头的一次精神回眸，而六经也成为后代儒家文化的源头。

一九一二年"中华民国"招牌挂起来后，经今古文学的争论，逐渐成为人文学者才愿探讨的课题①。在"新文化"运动中，"孔家店"的招牌也被打倒了，六经也成了"变经"的对象，而百年来西学经典逐渐引入并成熟，融入新的文化品格，成为新的文化血脉。从历史的发展来看，康有为和孙诒让都有他们的局限性，然而他们的努力非常可贵，这些努力不能省略，也没有白费，中国文化与社会的发展之路，不是凭空走出来的，都有血与泪的浸染和升华。如果说康有为体现了"变法"的努力，那么孙诒让著《周礼正义》《墨子闲诂》可以看作是一种再造经典、再溯源头的"变经"行为，而这个"变"是以厘清经典面目的方式进行的。

## 四

《蝉蜕》有两种溯源行为。一个是孙诒让，他治《周礼》，著《墨子闲诂》，向古寻找政制变革和科技发展的源头；他又爱好

---

① 朱维铮，《中国经学史十讲》之《晚清的经今文学》，复旦大学出版社，2002年，P183。

金石文字，乃至对甲骨文产生兴趣，进而溯源考流，研究中国文字演化过程及规律，著有《契文举例》《名原》等，其学术兴趣始终有强烈的"复古"倾向。政治学著作《周礼政要》援引周代制度，提出废除跪拜、太监等，还要求设立议院伸民权（亦引西法），所谓"殷周国粹，法美民权"。有趣的是，《蝉蜕》第二十六章还写孙诒让和他的妹婿宋子平打算"扬帆蓬莱"，要到海外去寻一个荒无人烟的孤岛，"造新世界以施行周官之制、墨子之学说"。这些政治理想有浓厚的"乌托邦"色彩，当然没有实施的可能，不过，孙诒让兴办新式学校的计划却有幸得以实现。

光绪二十八年（1902），孙诒让兴办瑞安普通学堂。学堂共有中文、西文、算术三个班，从各班的教授内容来看，大致可分为文科（中文和西文）和理科（算术），与《周礼正义》和《墨子闲诂》也有某种对应关系。三班通授国文、伦理、体操三门课，这些基础课大致上与周代"三公"对应，即德（太师）、智（太傅）、体（太保）三方面发展。可以说，新学堂暗合了孙诒让"周官之制，墨子学说"的理想。

新式学堂不仅仅是一种溯源行动，而且本身也成为中国现代教育的源头，进而言之，《蝉蜕》一书也是对中国现代性源头的一次探索，不仅仅是教育，但又可以归诸教育。传统教育失败了，现代教育刚刚开始，孙诒让的一生刚好就处在转折时期，而且他本人顺应了某种时代变化。我们今天看近代史，觉得老大帝国转身太慢，没有像日本那样迅速跟上世界潮流，但历史的巨变实则仓促，有些问题并没有得到解决，它成为当下诸多现代性问题的起源。

《蝉蜕》最后两章分别写俞樾和孙诒让的去世，标题则为"乾嘉绝学"和"光无能灭"，颇有为清代朴学唱一曲挽歌的意思。小说引了俞樾临终前的一段话，说道："积钱以与子孙，子孙未必能用；积书以与子孙，子孙未必能读；惟积德以与子孙，子孙或得而食。凡事从根本上做起，根本茂则枝叶自然茂盛。"所谓的"根本"就是德，但《蝉蜕》通过孙诒让的反思提了一个问题，传统学问重德行和德政，然而，章太炎投身革命，孙诒让兴办新学，是无德还是有德呢？这个问题实质上等同孙诒让自沉时的锥心之问：那些古典经书到底有什么用？

有用无用之争，由来已久。孟子去见梁惠王，王问他："叟，不远千里而来，亦将有以利吾国乎？"梁王要的是"利"。孟子答曰："王何必曰利？亦有仁义而已矣。"孟子要用"仁义"来代替"利"，在"义利之辨"中倾向于德行德政。为什么要这样问？春秋无义战，所以孔子要讲"仁"；到了战国时代，孟子就讲"仁义"。东周时代重"利"，利成为祸乱的根源，所以孔孟开出"仁义"的药方；宋明理学崇孔孟、重"仁义"，但到了清代面对列强的坚船利炮就根本行不通。宋代永嘉学术、清初颜李学派等，都重实学，所谓"经世致用"，通俗地说就是要讲"利"，以功利来决定道义。晚清以来的学术思想争论中，"义利之辨"是人们挥之不去的存在。

近代以来的中国历史发展表明，在"义利之辨"中，"利"胜出，GDP主义决定一切，甚至连学术衡量标准也带有明显的GDP色彩。在这种背景下，《蝉蜕》回到了现代史开始的地方，重温了那段令人心碎的历史，将一代经学家乃至经学的命运，呈现在人们面前，让我们看到那个问题的来源并重新思考，可以说是"切问而近思"。

《蝉蜕》的书名让我想起一位诗人同学，他毕业后变成了"鸟人"，专门观察、拍摄进而保护鸟类。我读到他发在微信公众号里的一篇文章《观蝉·羽化》，文中有几张照片，非常直观地记录了"蝉蜕"的过程。他写道："当碧玉般的蝉身终于脱壳而出，孩子们发自内心为之欢呼鼓掌！"我读《蝉蜕》的时候，总会想到他拍摄到的"羽化"照片，还有那一阵孩子们的欢呼声，觉得《蝉蜕》也是近代中国"羽化"的一种记录，它不仅沉重、艰难，而且也是轻盈、美丽的，虽柔嫩而振拔，虽弱小而不息。

"鸟人"在发这篇公众号文章的时候，也引了泰戈尔《吉檀迦利》中的一首诗（冰心译），诗写道：

> 若是你不说话，我就含忍着，以你的沉默来填满我的心。
>
> 我要沉静地等候，像黑夜在星光中无眠，忍耐地低首。
>
> 清晨一定会来，黑暗也要消隐，你的声音将划破天空从金泉中下注。
>
> 那时你的话语，要在我的每一鸟巢中生翼发声，你的音乐，要在我林丛繁花中盛开怒放。

他认为这是描写蝉最好的诗歌，我觉得这是《蝉蜕》至为隐秘的面目。

# 浮生若梦，小说如歌

## ——读东君小说

### 一

东君小说林林总总，看似纷纭散漫，要而言之则不出三记，这便是他的长篇小说《浮世三记》的内容：《解结记》《述异记》和《出尘记》。《解结记》祖述"阿爷"，《述异记》记述"阿婆"，《出尘记》则宪章"外公"和"舅舅"。这三记既是人生血脉的来路，又可以用来建构小说脉络："解结记"，"解"与"结"音韵相同，都是一口气，只是调子不同，一仄一平，一解一结；"述异记"是这口气的变化，"出尘记"则点明气的归处，三记形成东君小说的总体气象。

三记不仅是总体，也构成东君单篇小说的内在理路：解结——述异——出尘，它们推动小说情节发展，又寄寓了作家的情感与思想。小说

《长生》开篇就写"我"是个闲人，工作单位不大不小，换岗后生活单调，不料身体上的一些小毛病慢慢出现，于是他就开始徒步上班，是为"解结"。接着他遇到了长生，又通过长生带出了胡老爷的家族史，这一部分是小说主体，与"我"并无直接关系，可称"述异"。最后，小说又把"我"带回河边晒太阳，顺着河流慢慢前行，在下午的散漫中想着看戏，吃鱼丸面，长生及其故事譬如浮生一梦，而从梦中醒来则是"出尘"。

三记也可以说是一记，即"解结记"，它们是三而一、一而三的关系。《某年某月某先生》中有位东先生，他在不惑之年困惑起来了。这些困惑有思想方面的，比如最近出的一些事情让他无法解释，但从小说来看，主要是身体性的，而且他想女人，可是与他交往的三位女性突然间都消失了。于是东先生就住到了南方的一座山上去，把手机埋在地里。他的"出尘"能够解开他的结吗？与《长生》不同的是，接下来发生的故事与东先生有关，不像《长生》是借别人的酒来浇自己心中的块垒。东先生在山里有一场"艳遇"，但这场艳遇实在不像艳遇，倒像两个人在清谈，从中又引出了女子的另一段"艳遇"。当东先生吹着风，想抚摸她头发的时候，她又消失了，一场"异遇"就此结束。东先生对自己说："到任何一个地方，生留恋之心都不是一件好事。不为什么而来，也不为什么而离开。这样子就行了。"他挖出了埋藏起来的手机，开机发现先前的三个女人居然同时发给他内容相似的短信，不过，他只是静默了片刻，就把手机关掉，彻底埋葬。这似乎可以说东先生解了他的结，只不过是以"出尘"之思来实现的，在小说里，解结，述异，出尘，最后都指向"解结"。

人生百态，各种心结，是否可以解开？小说《解结记》写阿爷死后，一个道士来唱"解结歌"，这种歌"是为死者解除一切世上的冤孽和怨恨"，仿佛一了真的可以百了；而"我"与小伙伴们的仇怨也在最后得到了和解。这种"解结"情怀以各种面目出现在东君小说里，就连《苏蕙园先生年谱》这类不以"解结"为主要情节的小说，作家也不忘在小说结尾安排弥留之际的苏蕙园与同父异母的妹妹相见，譬如唱一首"解结歌"。《阿拙仙传》中，一位日本老兵晚年来华忏悔，他的忏悔书也算是一首"解结歌"吧？进而言之，那位苏蕙园先生的年谱，还有阿拙仙的传记，也都不妨看作是传主一生"心结"及其"解结"的过程。小说集《东瓯小史》里的人物大抵如是，只不过"结"到什么程度，"解"到什么程度，小说各有不同。

有些时候，"解结"作为一种技巧在小说中得到应用。《范老师，还带我们去看火车吗？》（下文简称《范老师》）开篇就写道："林大溪的女人死在林小溪的床上，林小溪死在林大溪的女人的身上。"然后小说就围绕这句话来展开，一步步揭开真相。《在肉上》的小说主人公林晨夕醉酒后被人"强奸"，她要找出真相，解开心结。《回煞》开篇就设置一个悬念：禅房里的一位法师情不自禁地念出了一个女人的名字，这让读者很容易产生"解结"的阅读动力。

不过东君小说对于"解结"不求甚解，有时候是一边解一边结，解了再结，结了再解，甚或不了了之。小说《左手·右手》写得很短，却正因为短显得简洁有力，恰成"解结记"之核心原型。小说写东瓯有一个怪人，左右手互为仇敌，左手常常趁右手不备陷害右手，如抠其皮肉，或者放在火上烤。怪人无奈，请问看相先生，先生说是左右手前世已结夙仇，若要解结，应去请教高僧。高僧让怪人每日听他说法，以图化解。怪人每次绑着左手听经，有一日高僧让他松绑，未料左手一获自由就突然发狂，掐死了高僧。怪人只好用右手举刀，砍掉左手，自此消了恶念，出家为僧。但是，右手还常常伸到空荡荡的左袖中摸索，似有愧意。

小说开篇附会了左右手的善恶之别，左手为恶，右手为善，这是第一重结，可当先天；其二即是双手的前世今生多有结怨，可当后天。结有两重，解是三解，看相是第一解，高僧深入一层进入心地，虽然都不能解，但次第似不可免。最后是自解，方向正确，但方法有误，右手断左手，好像是解了，一了百了；但意犹未尽（也不可能尽），不是简单的除恶为善，何况还欠高僧一条命，最后只能不了了之。

东君小说里的"解结记"往往如此，若已解，若未解，若已结，若未结。小说里的各类人物、事件大都有因有果，却也不是简单的因果报应。《回煞》里的僧俗二途、《相忘书》中的父子恩怨、《拳师之死》的情与仇等，因果互倒，解与结陈陈相因，若有解，若无解。

从某种意义上说，东君小说及其写作过程也可以看作是小说家本人的一个"解结记"，它包含了解结、述异和出尘。写作是一抒胸臆，作品内容是述异，成果则是一种不同程度的对自身和时代的"超越"，可当"出尘"之思。因为三记，他的小说具有某种力量。他在《浮世三记》的"序"里说道:"我相信文字的水滴可以穿透石头般坚硬的现实,深入人心,给我们的生活带来一点点温润。就是为了这一点信念,我愿意用一生的时间来慢慢打磨我的作品。"这一点信念其实很强大,那"一点点温润"也相当了不起,它们赋予东君小说一种难能可贵的"认真"的品质,只是,短篇小说是否具有水滴石穿般的能量?人生与作品是否能够在时间的长河中同生共长?这一点信念或者也构成一种"心结"吧?

## 二

东君小说的风景几乎全在路上,在"述异"。故事情节有时候是不重要的,一些边边角角、枝枝杈杈的地方反而更有趣味。少数时候,通篇小说反倒不如某些段落、某些句子来得有趣。《先生与小姐》的结尾写道:"这屋檐上的瓦片、屋后的竹叶,都是世间的无情之物,但被夜雨打过之后,就变得有声有色、有情有味了。"就像这篇小说里写到的"笑贫不笑娼",故事本身并不稀奇,可是经过"夜雨打过"(即小说家的渲染)之后,就有些声情并茂的意思了。这里的"夜雨打过"正是一篇"述异记",而且小说里关于"雨"的描写格外动人。

《述异记》中的阿婆,被人们视为"仙姑",其行事也无非是说魂道鬼。这类小说在东君小说中为数不少,不妨通称为"述异小说",它们在一定程度上继承了中国古典志怪小说、笔记小说的传统,不过东君的"述异小说"并不以鬼神为主角,而是人在那里装神弄鬼，神神叨叨，又或者痴人说梦，颠三倒四。小说《恍兮惚兮》的核心故事是：一个女人死了男人，她以为男人的灵魂附在另一个男人身上，这另一个男人就以此行骗。小说写得恍兮惚兮，如梦似幻，倒也符合"述异小说"的总体氛围。长篇小说《树巢》，从"序言"看立意很好，以家族叙事反思传统文化，可是开篇就写马老爷的吃与拉，然后接下来写女人竞斗"小脚"，还要请评委来"相脚"，然后就是大傻、大力士、怪兽、神灵、上帝、仙姑等粉墨登场，"序言"里的一点好意思几乎全部淹没在一群愚痴当中，令人惊异这是一个多么荒诞的世界！

对于熟悉现代文学的读者来说，这类荒诞感并不陌生，看到东君小说《夜宴杂谈》写人们在苦等顾先生而顾先生始终不出现，会自然地想起《等待戈多》里的那一幕吧？《鼻子考》"考证"鼻子与性欲的关系，小说主人公一个喷嚏就破坏了一桩"好事"，令人啼笑皆非。《昆虫记》中的"我"以跳蚤之眼看世界，看到一个奇怪的世界，仿佛卡夫卡《变形记》中的甲壳虫再次变形，跑到东君小说中去历险。《鼻子考》与《昆虫记》是东君早期小说，虽然近期小说有意向中国古典传统回归，但这种荒诞感仍然以新的面目延续了下来。

需要指出的是，东君"述异小说"里的荒诞感并不具有"西西弗斯神话"式的气质，但也不完全是"仙姑式"的装神弄鬼，它的特征可以用东君小说里的语言来讲，就是"实事求是地撒谎"。在小说里，这是"苏教授"的特征。东君小说有好几篇都写到"苏教授"，如《苏静安教授晚年谈话录》《苏教授的腰》

《我能跟你谈谈吗？》等，虽然不是同一篇小说，但其中的"苏教授"不妨看作是同一个人，他辗转于人生各个战场，面对情场失意、子女不肖、生死考验，表现出各类人格，但都有这种"实事求是地撒谎"的风格，一本正经地说一些"不正经"的话，一本正经地干一些无聊之事。在《夜宴杂谈》中，一批高人雅士非常严肃、非常学术性地讨论《崔莺莺别传》的版本问题，宴会结束，苏教授"蹲"在一扇屏风后面，"默默地做着提肛肌收缩运动"，这个动作无意中赋予了小说的某种荒诞气息，深于他的一切语言和论文。

东君"述异小说"的另一个重要内容就是记述"异人"，像《侠隐记》中怀有"绝艺"的民间"高人"如"剑圣""盗圣"等，又或者是《异人小传》中性格、行事迥异于人的平民、官员、手艺人等，这类"述异记"一般篇幅不长，却足见东君的小说家才能，《异人小传》里的短篇甚至可以说是东君最好的短篇小说。其中有一位"寂寞"的理发师，自己给自己理发，剃了头发，揭开头皮，又把手伸进脑浆，取出一块腐烂的肉核，然后又把脑浆放回去，缝上头皮，粘上头发。整个过程写得不动声色，却读来令人屏住呼吸。小说最后还要搭上一笔，写理发师接近"透明的虚无"，冬日里晒太阳的时候，脑海里"再也没有旧日恋人的影子了"。如此解结、述异和出尘，确有几分水滴石穿之感。

"述异记"有时候成为"变异记"，这有两个方面，一方面是小说写作的需要，情节发展一变再变。《范老师》的开篇写一个凶杀事件，后来当事人林大溪出来指证人们看到的并不是真相，可警察不相信，认为林大溪被吓出了毛病，但小说并没有接着往下写，一变变成范老师杀人。这篇小说里的人物几乎个个都不可理喻，然而这对于小说来说却非常方便趁手，因为每到不合常理之处，只要一"变异"，小说就可以接下去了，而读者往往并不深究。

"变异记"的另一个方面是人物性情的变异，小说人物一旦经历重大事件的变故，性情立刻大变，这个变往往是向"异"的方向变，或者说是向"不好"的方面变化。《出尘记》中的"舅舅"得知"外公"并非自己的亲生父亲，当即离家出走，混迹街头，最后死于非命。苏教授发现妻子又回到她的老情人（也是他的老对手）那里，几近崩溃。更有甚者，《在肉上》的冯国平一直郁郁不得志，遂成变态人格。"变异记"中也有"正变"，即是从不正常变成正常，从浑浑噩噩的状态中清醒过来，变"异"为"不异"，相当于"拨乱反正"。这往往发生在生死时刻，譬如苏教授在遭遇绝症时思考生与死，荒诞之中亦有几分庄严和平实。

"述异记"中还有一些"异人"，如慧业文人苏蕙园、琴者洪素手、僧人左耳等，他们的"异"恰恰是"正"，只是因为异于流俗而显得卓然不群，因为不肯同流合污而显得超然尘外，因此，"述异记"也不妨是"出尘记"。

三

如果东君小说只有"解结记"和"述异记"，那就并无足观，东君小说的卓异在于"出尘记",有了"出尘记",三记才有了成为一座小说"大厦"的可能。需要指出的是,这里的"出尘"并非指出离红尘,而毋宁说是走出人生之谜潭。倘若浮生如梦,则小说如歌,写作是一种向上、振拔的努力。

小说《出尘记》写的是"外公"和"舅舅"之死,题目中的"出尘"完全可以当作是死亡的另一个说法,但也并非仅仅如此,如"外公"竹庵先生确有"仙气"。他是大名鼎鼎的书法家,喝酒能喝出茶趣;住在竹庵里,种竹是为了能听到风吹竹叶的声音;他在天井里安置水缸,是为了映照天心的月亮;养鹤,是养一种在野的心气;种花,种的是善念等,这些风雅之姿确有几分"出尘"气象。

不唯《出尘记》,东君的多数小说都有一种超然物外的闲情逸致,小说里的"我"是个"最不紧要之人",当然也就做一些"最不紧要之事"。他往往是个旁观者,对现世若即若离,在介入一段红尘后,末尾总能抽身而出。《他是何人我是谁》中的"我"与两位诗人一同到了拉萨,到了拉萨或相当于一次"出尘"吧?小说的核心故事发生在两位诗人之间,"我"是个旁观者;故事里的人往往梦醒不分,或者说处在"梦醒两界",而关键又在于"梦"。"我"最终是辞职了,跑到拉萨"郊外"的一个村庄,"在陌生人中游荡",真是"出尘"之至。这种感觉,可用小说里的话说:"我们紧紧地拥抱了一下,迅速分开,彼此间也没留下一点余温。"这里的"我们"固然是指人与人,也可以引申为人与世界的关系吧?

"出尘记"的总体气质,用东君自己的话来说,就是"飘然思不群"，它是小说家暗暗向往的精神状态："思"寓于"群"，而又能飘然而出。"飘然思不群"是东君小说至为可贵的精神品质，然而不无遗憾的是，"出尘记"偏向"不群"，未能安然地回到人群当中。小说《听洪素手弹琴》写得通体风雅，琴者洪素手品格高洁，颇有出淤泥而不染的意味，但她不群是不群了，却未能"寓于群"，这使得小说有一种孤高、清绝、悲情，弱化了小说力量，洪素手雅人深致，反不如竹庵先生的几分迂阔来得活泼。《子虚先生在乌有乡》写的是东君小说中常见的僧与俗，然而，高僧不见得高，俗人其实还是俗，世间与出世间含含糊糊，不辨僧俗，何况子虚与乌有。因此，"出尘记"或者成为"困尘记"，又回到"解结记"中，要脱困而出，必须另寻出路。

东君小说有格局，有意境，有向上振拔之路，小说才能亦好，但他的小说似乎欠缺一种把人心拔亮的东西，一旦有了这光明，即在尘泥中也是出尘，而这恰恰是"出尘记"应该做到也能够做到的。

我们读东君小说，往往欣赏其淡然悠远的意境，仿佛窗明几净，月色如水，有一种阴柔的美。实际上，东君小说的"暴力感"充足，有一种杀心凛然刚烈，虽说不是杀气腾腾，但按捺不住一肚无明之火。《在肉上》罕见地写了一个性变态，小说写得不动声色，可是冯国平的"性暴力"呼之欲出，而林晨夕一刀捅死"性侵者"（实际上是她丈夫），若有快感。东君小说不少地方写到用刀杀人，好像很痛快，有些场面可称血腥，多数小说则写得"如一抹淡远的秋山"，暴力掩盖在那些"旧而静"

的行文风格里，"冲淡"得闻不见血腥味，只是偶尔一露峥嵘。或者与之相应，东君小说常常写到"死亡"，一个人莫名其妙就死掉了。但这些死亡有些是必要的，有些就不一定，洪素手的丈夫就没必要死，《梦是怎么来的》中的王大木也是活着才好。

东君小说大约受到明清世情小说的影响，在写到女性时，很多地方不用名字，直接用"妇人""女人"来指代，女性面目模糊不清。有些闲笔大约是写得手滑，还有些手笔则可能是为了小说写得好看，一味求变，最后只能用"怪异"来弥补故事能量的不足，它们在有意无意之间流露出来的姿态、气味，给东君小说总体上的明净添了一层阴影。

另一层阴影或者来自小说的用典与讨论。我们不能把小说写成思想论文，但正如东君自己所说，好的文字背后必须有"独立思想、个体经验、生命能量"。可是如果小说家的思想并未澄清，经验、能量不足就用知识、怪异来凑，则讨论往往容易流于皮相，那对小说反而是一种损害。

要见万物之明，需要将力量一点点地收进去，收藏至密之时，也许是光明大放之日。《震·大象》曰："君子以恐惧修省。"令人恐惧的东西不是别的，或者就是埋藏在人心中的"洪荒之力"；"以恐惧修省"者，不是要去释放、夸大或者变异，而毋宁是戒而慎之，密而藏之，澄而清之，纯而又纯。

# 暗夜中的行者 [①]

## ——读艾玛小说

一

艾玛首先是法学博士、律师，然后才是小说家，她的法学背景形成了她独特的书写方式，这种方式可以用她小说里的一只鸟类动物——白耳夜鹭来形容，这只鸟：

> 不喜群居，白天深藏于密林，夜晚独自出行，飞翔时无声无息，宛如幽灵。

这也可以说是一个作家的行为方式吧？《白

---

[①] 本文发表时原题为：《白耳夜鹭、海棠花与涔水河》，收入本集时修改。

耳夜鹭》中的"我"（文艺青年），《与马德说再见》中的咏立（网络写手），都是类似人物，而且这种工作方式像侦探，但艾玛小说（譬如《白耳夜鹭》）不同于一般的侦探小说，她侦探的重点是人心和人生。

白耳夜鹭是一种稀有鸟类，很多年前就已经登上了灭绝动物名录，可是最近这些年居然给人拍到，在艾玛小说里这个人是摄影师秦后来。这只号称"世界上最神秘的"鸟，恰到好处地将一种深密的气氛赋予了小说，在这种气氛中，我们禁不住也会有侦探般的推想：摄影师不仅拍摄到了白耳夜鹭，而且也拍到了与白耳夜鹭类似生活的人——一位潜逃多年的一桩凶杀案的嫌疑犯。

虽然小说并没有明确指出谁是嫌疑犯，但答案似乎是昭然若揭的。在这里，"白耳夜鹭"不只是作为一只鸟，而是作为一个名词，在艾玛的小说里有了安身之所。艾玛善于使用这类意蕴丰富的语言，精炼、简洁，常用双关、象征、隐喻、对应、重复等手法，又有诗化现象，往往于平淡无奇中，忽有一语产生余味，把人往回拉，带到现场，这使得她的小说具有张力，可以涵容语言以外的广阔天地。

在《白耳夜鹭》中，"我"就隐在语言里。"我"离开 C 城的最初几年，说话很注意，在说"一壶老酒"时，不会把"壶"念成"浮"，因为"浮"是 C 城人特有的口音。可是后来，酒与色让"我"放松了警惕，露出破绽，被秦后来敏锐地捕捉到，就像他拍到那只白耳夜鹭。一段故事在言说之中逐渐展开，木歌失踪案因此若沉若浮。就在我们认为小说最后会真相大白之时，

"我"又把泄露的这口气收好，咬住口音。"壶"还是"壶"，这是真言，可是具体到小说是"谎言"（要藏住 C 城人口音，不让人认出来）；念成"浮"是"谎言"（发音不准），可是是"真言"（当地人口音），但"愈真实的语言愈是透亮，人们几乎无处可藏"。因此艾玛爱用密语，她把钢琴的诉说比成密语，"人们在琴声中的相遇，巧妙得像个精心构思的暗语"（《四季录》)，而真相就在这些语言的空隙里存身。

这样的真相是一个共相，揭露共相而不是个别，才是小说《白耳夜鹭》"不喜群居"的独特气质。短篇小说《白耳夜鹭》一共写了三个谋杀案，一件是一百多年前的案件，嫌疑人是法国人普林斯——早期电影之父；一件是十多年前发生在 C 城的木歌失踪案，小说主要笔墨在此，"我"是嫌疑人；还有一件是可能发生，或者说将要发生的谋杀，小说里的宁兰芬想要杀掉她的丈夫。三案分别指向过去、现在与未来，内容都是一样的：因为有第三者介入导致情杀。

真相若明若暗，栖息在三种语言之中：谎言、谣言和真言。在普林斯案中，关于普林斯这个人，历史留下一句话："他的性情极其温和敦厚，任何事都激怒不了他。""我"看到这句话就认定，历史谜团就藏在这里，因为这是一句"谎言"；而且受害人临死前的电报遗言，也是"谎言"。用"谎言"来掩盖真相，可以说是历史传统。在木歌失踪案中，虽然案子没有破，但是老百姓相信，木歌失踪是因为搞女人，案子没破是因为女人的男友是市委副书记的儿子，这是谣言，谣言障住了真相，而谣言后面有一个更大的真相。宁兰芬多次说起要杀掉搞小三的丈夫，这是真言，可是有多少人当真？未来的真相就在真言里，现在是用真言来哄人，将来它会逐渐变成谎言。

艾玛小说的选材和剪裁也颇具匠心，举凡爱恨情仇、器官移植、人口失踪、自杀、少年犯、黄昏恋、婚外恋、历史案件、斩白鸭、冤假错案、腐败、宠物狗、环境保护、乡愁等，莫不踩中时代脉搏。这大约与艾玛的法学背景和实践有关，但她的小说显然不是法律文书，也不同于一般的以揭秘为旨归的侦探小说、黑幕小说等，她的小说好就好在"能守"，不在"敢揭"。

## 二

作为小说家的艾玛善于写情，文学主情是常识，至于写什么情、写到什么程度各有差别。艾玛笔下的女子多情而且个性鲜明，往往心事重重，亦不愿为人所知，就像海棠无香，然而机缘凑巧，我们就能闻到它那"隐秘的令人心颤的幽香"。那些生活中无言的损伤，不大懂的忧郁，屈辱或者幸福，快乐或者疼痛，时而清晰又时而幽玄，有些女子自己也不大明白，小说也不愿道破说尽，毋宁是以一种揭秘的方式来守护。

这是一种什么样的花？

> 海棠也是怕人道破某种不愿为人知的心事，所以才将香味隐藏。

小说《诉与何人》开篇就说："夜里下了一场雨，晨起只见海棠落了一地。"一位姓周的老作家捡起了几瓣落花，放到口袋里。后来，他读起一位女读者的来信，才又将落花掏出来闻了闻。都说海棠无香，"可他还是从花瓣上闻到了那淡淡的沁人心脾的香味"。可不可以说，他闻到的海棠香味，是他读到的某种不愿为人知的女子的心事？《红楼梦》里有一个海棠诗社，大观园的女儿们写的海棠诗没有一个说到花香，可是海棠诗本身不就是海棠花的香味？

《路上的浔水镇》主要写了两个女人，一个是梁裁缝的妻子李兰珍，一个是他的相好叶红梅。李兰珍买了一双马靴，生牛皮，鞋底钉铁掌，小个子的她穿上马靴，"整个人就像搁在两只假肢上"，可她自己不知道，而且大约还有些得意。梁裁缝连夜赶做了一件长衫，下摆齐到小腿肚，把马靴遮了遮。第二天，叶红梅看见"穿着长衫、显得十分精神的李兰珍"，一句话也没有说，只是惊讶地望向梁裁缝。在那一眼里，她懂了梁裁缝的心事，自己的心事也就随即显露。他们早已相知，后来的发展也合乎自然。叶红梅怀了梁裁缝的孩子，事情因此败露，梁裁缝却甘愿认了强奸罪领死，而叶红梅作为军属去投奔远方的丈夫。

梁裁缝为什么这样做？他是不是闻到了海棠花香？这似乎是不必说的。在小说里，"我"的丈夫——一位学界新贵，对梁裁缝的故事毫无兴趣，更不用说一位下岗女工。这个女工来到法律援助中心，忸怩半天才吐露心声，要离婚，要为她的余生争取一双筷子，获得独立和尊严。"我"想起梁裁缝，就秒懂了那个女工的委屈，决定为她争取到一把叉子。

女工的故事没有展开，这个展开是在小说《白日梦》里，女工变成了大学教师孟香，她的丈夫钱喜乐教授有了小三，他们的婚姻遭遇危机。离，还是不离？这真是一个问题。小三对她说："你不过是爱了他你想爱的那部分……"另外一部分在哪儿？在钱教授的老家张河村，那里有孟香不知道的钱教授的秘密。孟香决定驱车前往，她一步一步抵达核心，在张河边望见村子的时候，她停住了，没有进入张河村。小说另起一段，写孟香从高速公路上下来，回学校观看学生的戏剧演出。

这个调头也是孟香的转折，这个女子最终选择走向自身，而不是走向男人。她的母亲"用忍耐为自己留住了别人不能给予她的一点体面"，她能理解，但不接受。她不期望那个男人能闻到海棠花香，现在重要的是能认识自己，理解自己，成为自己，而不是成为"喜乐家的""喜乐媳妇"。学生排演了《红楼梦》里的"葫芦僧乱判葫芦案"，剧中有歌次第唱道："我是别人""我还是我""我得变成我啊"，这个过程几乎就是孟香挣扎、努力、奋斗的过程。那么，我如何变成我？歌里继续唱道："那如花儿般易凋的香魂，那如一缕清风吹过的一生。"人生苦短，香魂易凋，孟香最终明白了自己的心事，她想成为孟香，而不是做喜乐家的媳妇，这是不是可以说她闻到了海棠花香？

孟香的转向是从法学到文学，就像学生演出《红楼梦》里的官司，主演的中心是"情"，而不是"法"。"情"当然没有什么不好，只是看了戏的孟香虽然能看懂心事，但还是只能"黯然"离去，隐于一片海雾之中。我们不由得想起艾玛小说里女人的

121

哭：药学院的实验员小林是小声抽泣（《书生相》）；痴娘王小荷是放声哀号（《痴娘》）；网络写手咏立写着写着就把自己写哭了（《跟马德说再见》）；"我"坐在高椅上一动不动默默流泪（《路上的浔水镇》）；《遇到》中的女子幺姐是痛苦至极、欲哭无泪，反而说了一句林黛玉式的遗言"这下好了，好了"，最后伤心至绝（自杀）。还有袁宝的妈妈，只念佛，不哭，是"一些不为人知的哭泣方式，只有那些真正心碎过的人才会懂"（《四季录》）。不仅女子好哭，男人也哭。这些小说里的人物为何如此悲伤？以至于悲凉之雾，遍布小说？

艾玛写下了那些不为人知的心事，又将它们隐藏。唐寅诗曰："褪尽东风满面妆，可怜蝶粉与蜂狂。自今意思谁能说，一片春心付海棠。"海棠无香也罢，是否与闻也罢，且将海棠泪收起，或者就能闻到自己的香味，懂得自己的感情，同时明白他人的心事。


# 三

人们常说："法不容情。"又说："人情大于王法。"看起来法学和文学难以协调，甚至对立，不过，我们可以越过小说家和法学博士，直接回到艾玛的文学故乡浔水镇，回到小说家和法学家之前，就能看到一条河水包容了一切。

河滩只是无数的生与生，无数的生与死。

涔水镇是艾玛的文学故乡，艾玛在多篇小说里饱含深情地写到了它，描绘出一幅湖南古镇的历史人物风情画卷，为中国现代文学地图添了一个新地标。那里有崔记米粉店（米线店）、泥砖青瓦房，还有绿浦来的新娘、爱吃狗肉的派出所所长，更有那一山黄花、空地上的紫苏、一只叫得顺的狗、夏日流萤与秋日虫鸣，它们都被那条叫作涔水河的河水浇灌着、滋养着，日复一日地演绎着生与生、生与死的故事。

　　《小强的六月天》是一篇独特的作品，全篇分为七小节，记叙了少年崔小强的生与死、崔木元的生与生。七节分别题为：午后、夜雨、晨曦、河滩、祭奠、新米、将来，次第井然，以文学的形式表达了强烈的仪式感。第一节题为"午后"，午后阳极阴生（何况是六月天），这是以"死"开题，又以一个瞎子算命切题，说小强姆妈无论生多少个，"最后都只是一个"！经历一轮"夜雨"和"晨曦"，到"河滩"时已经是无数个生与死，"祭奠"时阴极阳生；然后崔家姆妈以一次无与伦比的新米饭开启新生，第七节"将来"的中心已经是崔木元了，他是"将来"，是新生的力量，也应了"七日来复"之意，有复卦义。

　　这七小节的内容及次序昭示了艾玛小说的生死观，她写了生与死的两端，但没有把它们割裂开来。就像长篇小说《四季录》的确写了四季，可是四个标题的时间指向分别是夏、春、夏、秋，以"夏"开始，而"冬"则反映在小说的楔子和尾声里，夏对应"午后"，阳极阴生；而冬则是"藏"，阴极阳生，春天已经不远了。在这里，死中有生，生中有死，生死相续是因为有生机，甚至死亡都有生机，都有乐，如此人世间才是生命的庄严。

艾玛擅长写情（不仅仅是男女之情），尤其是写女子至为隐秘的心事，笔锋常带感情，犀利而又温柔。情是生命的重要特征，然而"情得其是"是生中生，"不得其是"是生中死，这里的死是一种向下走的力量，它瓦解生命的凝聚。哭未必不正，不过度就好，所谓"乐而不淫，哀而不伤"。短篇小说《菊花枕》有女人哭，也有男人泪，但写得神完气足，因为小说里的人情都"得其是"。德生和咏立同母不同父，小说里的所有事情都围绕它来写。咏立的所为是情不得已，德生是情得其正，都"是其所是"。最好的人物是四婆婆和桂子（德生之妻），桂子"愿意把自己的苦忘却掉，做一个手里有刀、心里有慈悲的人"（四婆婆也是）。小说写桂子磨杀猪刀，霍霍有声，淡淡有笑，仿佛把所有的苦都磨掉，刀锋明亮，慈悲生起。

《菊花枕》写四婆婆一点点地死去，但这并不是一个悲伤的死亡，艾玛把这个过程写得很庄严，与此类似的是《出山记》。《出山记》中寡居的张阿婆自知大限将至，她想要再去看一眼孙儿孙女，自从大儿子死后，孩子们就跟着改嫁的母亲到了涔水镇。《出山记》回眸了张阿婆令人心碎的一生，如今来日无多，爱是最深的牵挂。她步步出山，向死而去，不过小说就写到她出山为止，没有写她见到孙儿孙女（那很可能又遭一次羞辱），但有一个桂老爹的相伴，似乎足矣，或者这个隐秘的情人才是她出山的真正目的？爱是她平凡一生最好的庄严。

艾玛小说的整体气氛有些伤感，但有生机，这使得她的小说有一种明亮，不至于坠入黑暗。而小说的生机是因为"言之有物"，有人与物的相亲，物与物的相亲。《浮生记》写少年屠夫新米，小说的全副精神都在屠夫的毛竹挑子以及杀猪的过程上，与之相较，毛屠夫的潸然泪下是不必要的，应该磨掉。新米是涔水镇人的至爱，"是这世上最珍贵的恩物，它能驱除农人在漫长耕耘中的辛劳，还有伤痛"，他们叹息一个人的早死，就说他至少还有多少年的新米没有吃。在《小强的六月天》里，崔家姆妈用甑做新米饭，像过年一样，"有辞旧迎新的庄严"（也是生的庄严），而饭香似乎能溢出文字，使人感到一种"舒适的温暖"。如此种种，凡是小说"言之有物"的地方，都"有人"，人与物的亲密无间才是人物。万金是这样的"人物"，他是个"黑孩子"，没有户口（《万金寻师》），崔忠伯自己教他，首先教的就是要摸清土地的脾性，万金也因此识得每一花每一草，知道它们的奇妙用处，而且还会看云相。在这里，人与物之间插不进第三者，他们心气相通，就像油茶，"你用心对它，它就生根、发芽、拔高、开花结果给你看"，小万金的快活、生机盎然可想而知。

## 四

现在，我们在艾玛的小说里能够认出那位叫木莲的女子来，木莲当然不是艾玛，她只是艾玛创造出来的人物，不过，她有白耳夜鹭式的侦探气质，像海棠花一样深藏花香，而她本人又时时刻刻都在生死当中，像一个暗夜中的行者。

## 在最黑的夜里我也能认出你——献给X

这是小说《四季录》的题辞，它再现了艾玛小说"白耳夜鹭"式的风格，那只宛如幽灵的鸟在暗夜里来去自如，知晓一切秘密又深藏于密。它往往以秘密开始（最黑的夜），然后是揭秘（我也能认出你），最后又归于密（献给X）。

《四季录》围绕器官移植这个核心来写，写一个叫木莲的法制史学副教授移植了一颗肾脏，这位兰心蕙质的女子无意之中发现她的肾源来自一个冤死的少年，故事由此开枝散叶，长成一棵大树。这个题材敏感、尖锐、深刻，又有点神秘，《四季录》面对了它，碰触了它，并试图带着这个问题向前走几步。她会把读者带到哪里？我们翻遍小说的字里行间，得到的不会比我们想象的更多更远，小说也不提供答案，它只是努力接近真实，用文学还原真实，真实本身就是力量。

木莲独自面对了、接受了时代问题，还有她的身体和感情问题，而这两个问题可以是同一个问题。如果把"移植"意象的内涵与外延扩大，《四季录》中小市村的城市化（包括像王小金这样的农民工进城）不就是一个移植？只是不知道到底是乡村植入了城市，还是城市植入了乡村？婚姻也是移植，配对成功就是幸福美满，而第三者插足则是破坏了原配。这些现象看起来风马牛不相及，但道是无关却有关，那些器官黑市交易与产业链、土地的严重污染、教育学术腐败以及婚姻的无序重组等，它们构成了"最黑的夜"，这个黑夜与精神空虚、信仰迷失有关，或者说物质性的变化发生了，可是精神力量跟不上。譬如袁宝不喜欢城市化，他抱着一匹被鞭打的马痛哭，体验到身体性的疼痛，可是他的思想精神只限于武侠小说。罗浩与木莲是知识分子家庭，当木莲植入第三颗肾脏时，他们却发现婚姻生活的"正当性"丧失了，身心不能合一，生机无由产生，婚姻也就走到了尽头。

这个女子该怎样面对她的命运？小说写她从高校里出走（病退），到一个琴行去做钢琴教师，开始新的人生。《四季录》的末尾"植入"了木莲的六篇访问日记，这些日记记录了器官移植者的生活与心声，木莲以此收集材料，便于向有关部门呼吁立法，这标志了她的精神追求与升华，身体不再是一个人的身体，而精神也从个人走向了人群。与这样的女子相比，罗浩的远走异国他乡虽情有可原，但显得软弱。艾玛小说里的男人形象大多不能令人满意，似乎只有一些少年才生机活泼，那些成年男性大多找小三，从女人身上汲取力量，或者说他们依靠身体性的力量才能生存，罗浩教授也不例外，他的学术不能滋养他的精神，只把眼泪洒在一位异国女子的胸间以求安慰。

在这里，木莲代表了精神，罗浩代表了身体（欲望），木莲的身体出了问题，但精神获得了生长，是死中生；罗浩身体无恙，但精神已经淘空，是生中死。我们在《浮生记》里见识过精神生长的模样，那时候，毛屠夫在新米身上看到了另一个打谷（新米的父亲），他回过神来看，就看见当年打谷的脸上竟然有当前新米一样的神情。这一样的神情不仅仅是血脉流注，更是血脉和精神的同生共长，因为新米有根，来自父亲（打了谷以后才会有新米），而且这个新的"打谷"（即新米）在温和的外表下，"有着刀一样的刚强和观音一样的慈悲"！这是新米真正成长的时刻，或者也可以当成艾玛小说人物成长的标志。

现在木莲的形象在"最黑的夜里"显现了：一个忘掉痛苦，手上有刀，心里有慈悲，隐在密语（琴音）里的女子。木莲是否能在她的身上克服这个时代？不知道。她只能守在暗夜里，守住自身微弱的光明。故乡已经回不去了（甚至过去的生活也已连根拔起），法律是否可以有效调节新的秩序？不清楚。小说《四季录》宽容了一切，或者说接受了一切，几乎所有人都得到了不同程度的原谅，或者说，被允许了。就像那条涔水河接受了无数的生与生、无数的生与死，这些来路不同、去向不一的生死，最终都成了生命的庄严。

# 质朴与开阔

## ——雷默小说论

### 一

我在阅读雷默小说的时候，总是不由自主地想起张新颖关于"味精"的比喻，待到我把这篇文章找出来读时，禁不住惊叹好的比喻令人精神焕发，能够打通人与物之间的阻隔。

张新颖在《大地守夜人——张炜论》中写道："以前零零碎碎地看那些中短篇小说，常常觉得不太够味，形式上缺乏'创新'，内容也说不上有多么'深刻'，现在把这些作品连贯起来重读，才反省自己也许是吃惯了放了太多味精的东西，口味变坏了也难说[1]。"

这几乎也是我初读雷默小说的感觉，只是我

---

[1] 张新颖，《大地守夜人——张炜论》，《上海文学》，1994年第2期。

的反省有鉴于张新颖，而他的省察则是一种原初的经验。这步反省很关键。张新颖在读写张炜小说的过程中感到了"阻塞"，他意识到自己必须在克服阻塞的过程中完成表达，而动力则是来自于"一种复活的快乐"。他读张炜，"从最初的情形看，并不出于某种深思熟虑的动机，而是不能自抑的欢乐使然[1]。"然后，他找到了这个比喻，很快就接通了小说，尘封的记忆被打开，在《采树鳔》中复活了童年经验，"还给我一段生活"。这之后的行文也就顺理成章了。

这里的审美经验不仅是个人的，而且也可以说已成为一般经验。我在意识到自己可能吃了太多"味精"之后才重读雷默小说，这时候我读到了《你好，妈妈》。说来也巧，最先复活的也是童年经验，金甲金乙两兄弟爬上树，并排而谈小男孩长胡子、长毛的事情，一下子就把一段生活"还给我了"。而关于妈妈的思念也悄无声息地在心里滋长，最终温暖了我，打动了我。

张新颖说："然而简单的道理在当下越来越难以被理解和接受，朴素的东西在离朴素越来越远的现代人眼里竟成了最不易弄懂的东西了[2]。"这个朴素，它的反面是夸张、煽情、刺激。尼采在《人性的，太人性的》一文中说："由于百年来过度的情感，所有话语都变得云遮雾障、浮夸不堪了……过火乃是现代著述的共同特点，即使写得比较简单，其中的话语还是给

---

[1] 张新颖，《大地守夜人——张炜论》，《上海文学》，1994 年第 2 期。

[2] 同上。

人以怪癖之感①。"这种过于"人性化"的现代观念及"浮夸"的表现手法（加味精）在文学领域也相当流行。

不知道从什么时候起，描写人心的复杂黑暗、情感的多变善变、思想的尖锐斗争等成为一种"文学正确"，仿佛不如此就写不出好的文学作品，小说不写点吸毒、乱伦、犯罪、暴力、变态，就不能引起人们的注意和兴趣，仿佛那种作品寓意了某种"深刻"，而简单温良、清楚明白的文学事物似乎是肤浅的。因此，对人的思想、情绪、感官进行刺激就成了当今重要的文学事实。可以想见的是，经过语言刺激的读者如同经过一阵短暂的休克，这之后获得的只能是疲劳和厌倦，丧失对作品，乃至对生活的感受力，最终受损害的乃是文学本身。

尼采反对刺激，他推崇的是"缓慢的美之箭"，他认为最高贵的美是这样一种美，它"并不发起醉人的猛攻（这种进攻容易引起厌恶），而是潜移默化，使人几乎不知不觉地受影响。这种美毫不张扬地浸润人心，终于在梦境中重逢后彻底征服了我们，使我们的眼里充满热泪，使我们的心里充满向往②"。尼采提出的补救方法就是"取法希腊"："唯有慎思、紧凑、冷静、朴素，甚至有意使之臻于极致，唯有把握情感，要言不烦，才能改变局面。"但他同时也警告，严寒和高温一样都是兴奋剂③。

读雷默小说，我们不用提防它会作"醉人的猛攻"，虽然所

---

① 尼采著，魏育青译，《人性的，太人性的：一本献给自由精神的书》（上卷）第四章，第195条，P170—171。

② 同上，第149条，P145—146。

③ 同上，第195条，P171。

有的事物都有一个终将到来的"时刻"，但"那一刻"的到来也并非天崩地裂，也只是这样的平常。相对于结果而言，雷默小说是一种"未完成"时态，他努力抒写的是"潜移默化"的过程，至于它能到什么程度，是否能够完全占有读者的心灵，从而给予美的抚慰和幸福的憧憬？那是一个以文学为志业的作家需要终身思考和追求的问题。

二

雷默小说的叙事不靠情节取胜，而是善于描写气氛、控制节奏，若有一种扣人心弦的力量带着人走。《深蓝》就是这样的小说，情节简单，小说的力量全在气氛的渲染上。雷默小说的故事核往往集中，表现为一个关键意象、场景、心理或者动作，小说渐渐地逼近它，在不像悬念、没有悬念的地方制造了悬念。

《风景如画》写"我"偷偷抽烟，到被浩明发现，中间有一大段描写，非常精彩。"我"首先是发现了空的石头屋，没有人但有陌生的人声，这时候"烟瘾"适时发作，就偷偷地抽了一支，小说写道：

> 抽烟的过程中，我一直竖起耳朵，听着屋外的动静，说实话，我从来没有这么紧张过，宁静的氛围，心跳声大得像面鼓。①

---

① 雷默，《追火车的人》之《风景如画》，北京时代华文书局，2017 年，P160—161。

这样写已经够紧张的了，然后小说还写有一个农民模样的人经过，"我"掐灭香烟，发现他只是餐厅工作人员，又反身回石头屋继续抽，这时候气氛已经轻松了不少，然而，浩明就在此时出现。"我"赶紧往外走，却忘了把烟头踩住，被浩明发现。浩明的反应先是一惊，然后下意识地往外走，大约是撞见别人的"秘密"不好意思，又想起自己是来找同学的，就回过身来，但又不直接拆穿。

这里的描写算得上是语文教科书式的文学手法，好像现在不少作家不愿意这样费力地描写人物心理及场景的细致变化，他们大都省略过渡，快速推进，或者弄巧，用反转、巧合、变异、天灾人祸等来弥补事件进程。《风景如画》里的这一段也是"巧合"，但经过小说的铺垫，每一个字都显得合情合理，由于是"慢动作"，读者看清楚了每一个细节以及动作带来的结果，并由此产生感受，不由自主地追随小说的节奏。

除此之外，《风景如画》写他们同学之间的离别也不肯草草，别出心裁地写"我"去超市购物，购物的经历并不愉快，有点"堵"，仿佛折射了这次旅途。如此一来也颇能"拉长"离别的时刻，渲染出一种难以言明的离愁别绪让人"品尝"，这才是一个合理的、正常的，又文学化了的离别。《密码》写什么？不是写密码，密码其实是个引子，小说写一对大学恋人毕业后最终分手。为了写离别，先写他们有进一步的结合，甚至于谈婚论嫁，把女友带回家，最后由于不得已又显而易见的原因，女友坚决离开。虽然结尾略显仓促，但这样写一段感情，不轻佻。

雷默小说善于表现生离死别，他仿佛把人物置于"实验室"中，在"黑暗来临"之前考察他们的心性。小说有一种特别的认真，不肯敷衍了事，也因此显得郑重，重情重义。所有的离别最终都会来到，但是因为小说有充分的酝酿时间，使得离别并不成为一个即时的、短暂的休止符，而像是一个气息悠长的呼吸，一呼一吸之间，有某种东西绵绵不绝，充分、开阔。

《追火车的人》写到死别。程啸为什么会去追火车？因为他的父亲被火车撞死，他为了让父亲有个全尸，决定去追寻可能被火车卷走的一只左手。追火车的过程有些荒诞色彩，但不妨看作是一个追悼仪式，它延续了丧父之痛、丧根之哀，而正因为有了一个漫长、曲折又不无艰辛的追火车过程，人的哀痛之情也就有了充分的沉淀和依托。

这种伤痛在《祖先与小丑》《飘雪的冬天》等小说中都有反映，由于呼吸开阔，气息绵长，使得死亡并不像一个悲伤的死亡，而人的深烈情感也逐渐得到释放。《祖先与小丑》最后写儿子小丑出生，长至五岁，"我"带他去扫墓，小丑的天真和亲情让"我"禁不住流泪，而小丑惊得不知所措又不好意思，"我"抱着他的那一刻，就觉得"失去的都已经回来了"，或者说重新确立了正常的父子关系。在这里，生与死完成了循环，生的欢乐取代了死的悲伤，而死亡仪式才真正完成。

三

雷默有"构建属于自己世界"的志向，他的小说探寻人性，关注灵魂，是为了光明而不是为了黑暗而写作，他希望他的小说能够给一些人带去安慰，哪怕收效甚微，但也是值得的[①]。这种文学理想塑造了小说人物形象，最终也塑造了作家的文学风格。博尔赫斯说道："一个人，给自己定下了描绘世界的任务。多年以来他一直用各种意象填塞一个空间：省郡、王国、山脉、港湾、船只、岛屿、鱼类、房间、器具、星辰、马匹，以及人物。死前不久，他发现这座耐心的线条迷宫勾勒出了他面孔的模样[②]。"那也可以说，一个作家笔下的人与物总是息息相通，他们逐渐长出大致相同的面貌，形成内在一致的精神气质。

　　对雷默而言，现有的三本小说集《黑暗来临》《气味》和《追火车的人》初步形成了他的世界，这个世界有它的悲伤和烦恼，但它们的底色是如此质朴，以至于我们容易忽视那显而易见却又深深隐藏着的好意思。

　　《苍蝇馆子》的故事与情感都不复杂。刀锋是"我"的初中同学，没毕业就辍学了，跟他爸爸学祖传的"打面"技术，渐渐地，他能够青出于蓝而胜于蓝了，苍蝇馆子的生意也在他手里越来越好。后来，刀锋因为赌博败了家，跑到外地躲债，被人打折了一条腿，无路可走之时又回到家乡，重操旧业，苍蝇馆子再次开张。

　　小说写的是一个现代版"浪子回头"的故事，但它的主要笔墨在于"我"与刀锋的数次交往。第一次，"我"去吃打面，刀

①　雷默，《气味》后记，宁波出版社，2013 年。
②　转引自［美］迈克尔·伍德著，顾钧译，《沉默之子：论当代小说》，三联书店，2003 年，P111—112。

锋亲自做，打面端上来的时候，他说："不好意思，我没有我爸爸烧得那么好。"结账的时候，刀锋不肯收钱，把老同学往外推，声称下次再说，这让"我"很为难。最后，刀锋的爸爸出面收了点成本费。小说《苍蝇馆子》写道：

> 我见刀锋又回到了缩手缩脚的状态，似乎收了我的钱，让他颜面无存。我担心逗留久了会让他更难堪，就赶紧离开了苍蝇馆子。

这里的描写完全是生活化的，没有任何添油加醋的成分，一个"不好意思"，一个"很为难"，都是人之常情，而且也恰是人情之美，省略这些容易忽略的情感，小说或者生活都将显得冰冷、无情。有意思的是，"我"第二次去吃打面的时候，刀锋已经觉得面馆这个行业"太没意思"了，他把"不好意思"的那点"好意思"丢掉了，做的打面自然就不好吃了，这时候"不好意思"的反倒是"我"，不愿意指出打面味道的变差。后来，刀锋父子反目，在大街上演了一出"武戏"，他们老同学再次见面，结果不欢而散，一点意思都没有。

在他们的第四次接触中（电话联系），刀锋又"不好意思"起来，因为他要开口借钱，而"我"显然又"很为难"，但鉴于刀锋名声不好，"我"拒绝了他，而拒绝之后就有了很深的内疚。这是一个心地质朴良善之人的正常表现，而小说最后写他们老同学再次相逢，刀锋露出度尽劫波后的笑容，也是对这种善意的呼应，让人感觉人间情谊的温暖，如同那碗重新有了味道的打面，小说也因此获得了动人的力量。

《苍蝇馆子》没有用谎言来掩饰真实，而是坦然地表达了那个"不好意思"。《风景如画》的情况略有些不同，"我"不由自主地陷入一个"骗局"。小说主人公抽烟不喝酒，但他还没来得及说明情况，他母亲就不由分说地对外宣称他不抽烟不喝酒，而他岳母也相信了。这好像是件小事情，小说却处理得很郑重，因为他不愿意让两个妈妈失望、担忧或者想得更多，何况他妈妈罹患肺癌。为了治病，他带妈妈到大学同学浩明家去，浩明让抽烟，他"很为难"（也是不好意思），就谎称自己已经戒烟了，用一个谎言"掩盖"了另一个谎言。后来他忍不住烟瘾发作，偷偷地抽了一支烟，但恰好被浩明发现。

这大约是《风景如画》的故事"梗"了，小说如何处理这种情景与作家的心性有关，也关系着小说本身的品性。解释与不解释都是可以的，雷默小说选择了不解释。不是不愿意，而是"一句话也说不出来"，因为"我"已经陷入了"虚伪"的自责当中，越解释就越显得"虚伪"，而且那点"不好意思"说出来就更像"虚伪"了。对诚实的严格要求使得两个人都沉默了，浩明也不问，大约是不好意思责问同学，而"我"的为难则是沉重自责的表现。在这里，小说通过细腻的描写，体现了对人物与情感的质朴要求，它反复体味又格外珍惜的是人的良善。小说写道："我又看到了浩明红通通的眼神，像牛的眼神，善良，又有点让人心疼[1]。"

---

① 雷默，《风景如画》，《作品》，2016年第4期。

关注和表达这点"让人心疼"的东西是雷默小说的重要品质，是好小说的标志之一。我们注意到，在《风景如画》的结尾，浩明临别前送了一个包裹，不仅有海鲜干货，而且还有一条香烟。在小说的整体气氛中，这条香烟并不是意味着讽刺和责备，而是一个心胸开阔之人的善意包容，而"我"决定戒烟，更像是一个真诚的忏悔和誓言。

在雷默的小说里，流淌着一股不绝如缕的善意、善念，像跳动的火焰般传递。他写过婚外情，写过背叛，也写发廊里的小姐，但小说笔墨清澈朴实，主要表现人物的知惭愧和有耻感，就像《深蓝》里的一个小偷留言："偷完这一次，我希望做个干净的人。"小说里也写到恶，《告密者》有杀人，也有校园霸凌，但相比起小说人物经历过的善，那些恶并没有大肆渲染，仿佛很快就得到了遏制。

《我们》写消防队员肖林牺牲了，他的妻子杨洋意外发现他有一个红颜知己安虹。怎么办？在烈士追授仪式上，报告人对肖林的事迹有些夸大，杨洋对政委说，肖林其实是个普通人，而政委也居然尴尬地点头承认，他们都有些"心虚"，或者不好意思。小说最后也写了一场火灾，安虹生死未卜，杨洋想去见她又有些犹豫，当她在医院看到救死扶伤的场面时，她禁不住流泪了。一些柔软的东西触动了她。她经过一座教堂，在一种启示性的氛围中，她想起自己也曾经背着肖林，和一个同事去了一个陌生的地方。经此忏悔，她放松了，当初她对安虹的紧张其实也是在紧张自己吧？而她的放松或者解脱，也可以说是小说的就此放下。

小说《药》让人想到鲁迅的同名小说《药》。小说写孤镇的药店伙计叶南是一个会脸红的年轻人，老板娘也是个脸皮很薄的人。这天孤镇来了一个做小姐的，围绕着这件事，小镇起了一些波澜。叶南对那位小姐的观感几经变化，也都是人之常情，后来，他去看望生了恶病的她，给她送药。再后来，他发现曾经恶骂过小姐的吴嫂也过来帮忙，替她梳头。小说写道：

　　　　很多人开始反省自己，是不是自己的心肠太硬了？ ①

善的东西很难存在，《药》的反省保留了一个可能性。雷默将小说命名为《药》，大约也是向鲁迅先生学习，在烈士的坟头"凭空添一个花环"。"这是作家的立场，我不相信有作家为了黑暗写作②。"《药》是向善的，《一念之间》也是，小说写一位服刑犯在关键时刻选择了救助警察，而不是逃跑，为自己争取一个好好做人的机会。这个一念之间的向善选择在小说《深蓝》中，就表现为王武舍身救人；在《小二》中就是一个小偷不怨不尤，把机会让给别人；在《盲人图书馆》中，就有一位普通的图书管理员，无私地帮助一位盲人读者；而《信》里的记者也愿意拿起铅笔、信纸，耐心地给一位老人写信。可以说，这些质朴的善意是雷默小说世界里的背景光明，它照耀和温暖了那个世

---

① 雷默，《气味》之《药》，宁波出版社，2013 年，P253—254。
② 雷默，《气味》"后记"，宁波出版社，2013 年，P256。

界的山川与大海、村镇与都市。

## 四

《药》里的伙计叶南是个老实人，老板娘就对他说："做生意，善良真是致命的！"虽然她自己也是个软心肠的人。在雷默的小说世界里，善比较容易就实现了，比如叶南就去救治患了重病的小姐。这里边有他的思考，他曾说："文学作品中那些纯良美好的人物太少，可能不是写作者不愿意写，而是能力和情怀的问题[①]。"然而，"花环"毕竟是"花环"，在历史和现实中，个人和社会都会经历不同层次的成长，小说人物也概莫能外。

善的成长不是从善走向恶的蜕变，或者走向善恶不分，质朴也不需要变得更加复杂。很多人认同的宫斗剧里的甄嬛，她的成长则是良善和质朴逐渐失落的过程。雷默小说里的人物成长并未丧失他的本来天真，他有一条隐秘的成长通道，那即是对父亲的超越。

上世纪八十年代的文化场景中存在一个"父／子"关系的文化隐喻，意味着传统与反传统，权威与反权威，并形成"普泛化"的"弑父情结"，结果又造成一个"无父与寻父"的文化主题意向[②]。在先锋文学领域，余华具有强烈的反传统个性，常采

---

① 李德南，《健康的审美必须是多元的——雷默访谈录》，《名作欣赏》，2017 年第 16 期。
② 吴琼，《父与子：八十年代的文化隐喻》，《中国学术论坛》，2006 年 5 月 27 日。

用"弑父"的叙事策略，父亲作为权威的象征遭到了虚化、弱化和丑化，并因此被摧毁[①]。在苏童的小说里，隐伏着一条"寻父·审父·弑父"的叙事情节，然而，在父亲形象被颠覆之后，余华、苏童等先锋作家又陷入了"失父"的不安和惶恐当中，就又开始"寻父"的过程，这意味着新的伦理关系与文化本源的"父性文化"逐渐得以寻回[②]。

颇具先锋色彩的雷默接着这个问题进行了思考，他发现从上世纪七十年代末以来的"弑父"情结迄今依然盛行，正常的社会伦理依旧没有得到修复，他的小说就从"无父"之后开始，接着八十年代先锋小说开辟的方向继续写。《深蓝》一开始就写"我"的叛逆，在船上碰到王武，王武发现"我"与他儿子相类似（这或是王武救人的深层原因），他在反思"怎样做一个称职的父亲"，实际上他就是"父亲"形象。王武最后跳下大海救了"我"，自己却死去，意味着叛逆的"我"完成了"弑父"。不过，这只是雷默小说的起始，他的目的不在颠覆，而在重建。以父子关系修复为中心，雷默小说以其质朴和良善一点一滴地搭建起新的社会伦理，对父子、母子、师生、夫妻、同学、老板和员工等关系，以及离异、再婚、背叛、告密等社会现象予以关怀和探索，并以温和而不激烈、宽容而不狭隘的文学情怀灌注在他的小说里，形成一系列风格独特的文学书写。

---

① 卞加林、司同，《先锋的感情——余华先锋小说中的"弑父"情结及其动因的解读》，《社科纵横》，2010年第6期。

② 李莎，《寻父·审父·弑父——论苏童小说对父亲形象的颠覆》，《当代文坛》，2014年第3期。

需要指出的是，雷默恰好是上世纪七十年代末生人，而且也刚遭受过"丧父"之痛，历史和现实无意中赋予了他担负起"寻父"的责任。《追火车的人》其实就是"寻父"的过程，不过，经历了文化"弑父"时代的小说家并没有沿着弗洛伊德式的路线走下去，实际上，也只有从"弑父"的西化背景中走出来，以中国文化传统和社会现实为背景，才有可能重建新的伦理日常。

《追火车的人》暗藏有一个中国传统的成人仪式。小说先写程啸眼盲，后来有人捐献眼角膜才得以复明，而捐献者正是死去的父亲。父亲给了他生命，现在又给了光明，这恰是父亲的角色。因为火化时发现父亲少了一只手，程啸执意去找，就有了追火车的故事，也被他找到了。那只手到底是不是真的？其实可疑，但小说并没有追究，即使是假的，也能弥补程啸心理的缺憾。经历各种波折，眼看就要到家了，那只手又被人弄丢了。没有得到治愈的程啸做了一个疯狂的举动，把自己的左手剁下来，而且把它火化掉，他相信"爹能收到那只手"。

这里的小说叙事完全中国化，没有西方文化里的"俄狄甫斯情结"（那是弗洛伊德、拉康等精神分析学说的源头），相反，程啸剁手相当于哪吒的"剔肉还骨"，是中国传统的"对抗父权"模式，它的目的不在于消灭"父权"，而毋宁是从中解放出来，成为独立的、平等的、强大的个体，是一次"革命"。

《光芒》中张乐的父亲也是被火车撞死的，他发现火化时没有带上眼镜，心中不安，觉得眼镜跟他父亲身上的器官一样不可或缺，和程啸一样，他执意要火化眼镜，被拒绝后精神几近崩溃。有一天他戴起那副眼镜,"仿佛看到了他爹,过上了他爹的生活",他甚至走上父亲撞火车的路线,差点死掉。这是"父权"最强盛的时刻,可是也因此发生转折,就像月盈则亏,他在生死关头被人拽了回来,从此,他身上的束缚开始减轻。他妻子偷偷地把眼镜埋在了父亲的坟前,骗张乐说,"爹可能已经收到了吧"。当张乐决定相信老婆,放弃寻找那副眼镜的时候,他就从父亲的影响中走了出来,获得了第二次生命的成长。第一次是父亲给的,第二次则是在剔除父亲影响的解放过程中获得的。

《光芒》的写作早于《追火车的人》,因为雷默觉得"送眼镜"在逻辑上不成立,就再写了一篇小说,改送"断肢"。其实没关系,送眼镜与送断肢并无根本差别,但这种"认真劲"倒是雷默小说的重要特点。以探索和思考而言,《光芒》的价值不输给《追火车的人》,张乐对父亲产生"自我认同"(或者说理解和回应父亲),在到达顶点时解脱;程啸跳过了这一段,他是一步步地走向裂变,断手的瞬间就已经从"父体"中"分娩"出来了。

雷默小说对母子关系也进行了思考。《三七市》是个短篇小说,故事的核心在于:"我"只有七岁,爸爸去世了,妈妈能不能、会不会改嫁?经过一番曲折,"我"默许了妈妈接受奎叔,在小说结尾,"我"看到三七市的贞节牌坊,感觉自己像只蚂蚁,可是,"我很想从它的石基上咬下一块,看着它轰然倒地①"。这是从另一个角度解构了"父权",带有鲜明的现代性

---

① 雷默,《气味》之《三七市》,宁波出版社,2013年,P151。

平等色彩。《祖母复活》用上了科幻手段，死了五十年的祖母复活了，小说没有让祖父祖母"复合"，祖父还在，却让祖母嫁了别人。《殿堂里灯火通明》里许诺的父母已经离异，可是在他的结婚仪式上，他邀请了生母来参加。小说让父亲、生母、继母在许诺的婚姻殿堂上同框出镜，是不是标志着一个人的真正长大？

《革》卦上六曰："君子豹变，小人革面。"潘雨廷释曰："革旁通蒙，蒙上卦艮为君子为豹，变成革，君子从大人而更，故君子豹变也①。"那也是说，这里的"革命"是"从大人"而变，是从蒙卦变到革卦。至于"小人革面"，虞翻注曰："阴称小人也。面谓四，革为离，以顺承五，故小人革面②。"这里的小人并不是俗语里的坏人，革之九四为小人，它的变是在本卦内变，其要在"顺承五"，顺以从君。以小说而言，"君子豹变"为阳，可指向父子；"小人革面"为阴，可指向母子。

从卦象来看，雷默的上述几篇小说都有《革·上六》之"豹变"意象，由此走通君子的自我革新、自我成长之路，亦不失本来的君子面目。对父亲的超越是革命，但是是以顺从的方式实现，并非是打倒或者消灭。《祖先与小丑》中当"我"抱起儿子小丑，就是一个超越的时刻，以新的父子关系代替了旧的父子关系，所谓新陈代谢，这既是变，而变中又有不变，生命以此顺天应人，自强不息。

---

① 潘雨廷著，张文江整理，《周易虞氏易象释易则》，上海古籍出版社，2009年，P273。
② 同上。

# 小说空间与人 ①

——读黄咏梅小说

一

诗人让·佩尔兰写道:"门嗅出了我,它犹豫着。"一扇犹豫的门半隐半现,但并不意味着门开了一半,或者关了一半,它只是一种临界状态:同时敞开着,又同时封闭,就像箱子里那只"薛定谔的猫",生死同在。然而,"门嗅出了我",诗人被发现了!但他却不知道门在哪里,开向何方?他被世界挡在门外。

当我们打开一本书时,也许会遇到一扇"犹豫"的门。没有发现或者意识到门的"犹豫",或者是不得其门而入,或者是未能深入,好书总是"善闭无关键而不可开"。

---

① 本文发表时原题为:《田字形的人》,收入本集时修改。

并不是所有小说都在寻求读者，有些小说还具备了筛选读者、淘汰读者的能力和勇气。对于我试图进入的一些小说世界，我有时会感到一种暗暗的力量在抵抗，这种力量显现为"门"，"向着田野开放的门仿佛在世界的背后提供自由"（拉蒙）。它是开放的，但又在世界的背后；它在小说里，又可以在我这里。

我在加斯东《空间的诗学》里读到佩尔兰的这句诗时，忽然理解了作为一个文学评论者的阅读感觉。小说是自由自在的，它也许并不欢迎一个评论者，因为它并不知道评论者会把它塑造成什么模样。门很轻易就能嗅出"我"，但它也会"犹豫"。当我明白门的"犹豫"时，门也明白了我。我们从"后门"进入"门后"的空间，观察小说里的人和物，那个隐藏的世界因此向我们显现，所有的焦灼和不安顿时宁静，人与小说达成和解，同时获得自由。

我进入房间，看见了"卧室"。这是个什么样的世界？加斯东举例说："布朗肖的卧室是一个内心空间的居所，它是他的内在卧室。"换句话说，这间小说里的"卧室"是灵魂的安放之地，它可以是实在的卧室，也可以是客厅、书房，或者是别的什么空间。

二

小军是黄咏梅小说《骑楼》里的一名空调装修工人，他在小说临近结尾时跳楼自杀了。"我"作为他的女友，晓得此事跟一个叫"简单"的高三女生有关。她来到二十三楼出事地点，进入了简单的房间：

> 我看到了客厅上小军说过的那张巨大的黑白照
> 片，简单在那里对每个人笑。我也看到了简单的书
> 房，那么宽，光线很好，很安静，很大的书桌。

对于小军来说，简单就是一个"诗意的存在"，而这个存在是通过一个简单的空间形式表现出来的：巨大的黑白照片，那么宽的书房，很大的书桌。但对于简单而言，小军如同一个闯入者，她曾经嘀咕，"好好的墙硬要打个洞"，把一根白色的塑料管硬生生地探进来，"像是什么东西强行侵犯了她"。嗅觉灵敏的她"犹豫"了，可是不打洞，就没法安装空调。因此，墙上的洞和塑料管成了这个"诗意空间"最不协调的地方。

小军曾是高中校园里有名气的诗人，然而，他的职业却似乎在破坏一切空间的诗意。骑楼里的阁楼才是他真正的安身之所，那里有女友等他回来，他可以梦见大海，在梦中听到海涛的声音。可他无意中"闯入"简单的房间，它与散发着"酸笋紫苏"气味的阁楼完全不同，他被那里的"诗意"感染，重新开始写诗。当他和女友做爱时，他会半途停下来写几句诗，女友本能地感觉得到，那些诗句不属于阁楼，而是属于简单的房间，他酝酿的诗意正在破坏另一种诗意。

在这之前，小军与一位做保险的女子上了床，而在这之后，他的精神和爱恋也都离开了阁楼。这时候我们发现，小军是没有出处的，女友就是他的阁楼，阁楼也是他的女友。他离

开了阁楼，来到简单的房间，而简单根本不会留意到一个空调装修工人，小军留不下来，他从楼上跳了下去，双脚踏空。

作为一份可能的保险受益者，小军女友来到现场，但她始终没有见着简单本人，她只看见：

> 简单在墙上。当我关上门离开的那一刻，我竟然有一种绝望。

现场的绝望情绪或者也是小军的，这一刻他们心有灵犀，他们同时看见了那个墙上的简单：近在眼前，远在天边，可望而不可即。我们发现，小军对简单的凝望，在黄咏梅的小说里已成为一个现象，简单的房间就是"诗意空间"的简单缩影，而《骑楼》里的绝望情绪也若有若无、或深或浅地晕染其中。

## 三

现在我们来看一间卧室。小说《小姨》写道：

> 在小姨的卧室里，摆着一张躺椅，椅子正前方墙上，除了挂着一台电视机外，还挂着一张画。

这幅画是复制品，名字叫《自由引导人民》，画面核心是一位半裸着身子的女人，举着红白蓝三色旗帜，号召人民跟着她向前进。小姨把它挂在正前方墙上，不是因为它举世闻名，而是因为这张画是师哥（遥不可及的暗恋对象）送给她的。我们不禁要揣测，当单身小姨独居卧室，凝望墙上的画时，她是在想念师哥，还是在仰慕自由女神？

在小说结尾，小姨为了争取小区的合法权益，组织发起了一场抗议活动。当人群开始有些松动时，花坛上的小姨忽然把小红旗扔向人群，脱掉上衣，"裸露着上身，举手向天空，两只干瘦的乳房挂在两排明显的肋骨之间，如同钢铁焊接般纹丝不动"。这个画面令人吃惊却又不出意料，仿佛是世界名画的"小区版"，但画风根本不同，小姨眼中看到的是绝望的记忆和绝望的伤痛，"我"（也包括观众）看小姨则如同滑稽小丑。

小姨的卧室很简单，但它是满的，而且越简单，"满"的程度就越高。只要有了人的存在，一间空房子都可以说是满的，或者说它随时需要被充满，可以被充满，而这个"满"并不是用一些物件来填塞空间。我们说，是墙上的画充满了小姨的卧室，充满了她的灵魂和日常。小说最后，小姨表现出的是"女神"形象，但这与"师哥"并无分别，一个显，一个隐，"女神"的背后是"师哥"，在小姨成为"女神"的瞬间，她其实是在表现"师哥"带给她的伤痛和绝望。"灵魂附体"只是个假象，她显然不具备那样的"自由"气质，她只是需要被填充，哪怕是想象，虽然她的卧室一直在被想象填满。

《负一层》中的阿甘，是个近四十岁的单身女子，她迷恋香港歌星张国荣，在她的房间里，挂满了张国荣的照片，深夜的时候，阿甘会对着张国荣的照片，跟他说话，用手去抚摸他的眼睛和唇。小说随后写一个叫"张国荣"的摩托车手来到她身边，成为她的追求者。我们有理由相信，这是阿甘的想象，或者说幻觉。在阿甘被辞退后，"张国荣"消失了，实际上是她的幻觉消失，她回到现实中却难以接受，像张国荣一样跳楼了。

这是一个平凡又怯懦的灵魂，世界太轻率，懒得面对她的柔情、细腻还有委屈，没人来爱她。家是妈妈的家，她的爸爸也挂到墙上去了，她只能退守至卧室，还有酒店的负一层（地下车库），用"张国荣"来填满人生。她是没有"现实"的，这并不是说她是个小说人物，也不是指她在小说的现实里被埋没，甚至也不意味着她在想象中生活，她只是没有"现实"来展开人生，就像张国荣电影里的那只无脚的鸟，永远离地，总是绝望地在空中飞行，世界与它毫无关系，最后一次坠落就是死亡，就是亲吻"现实"。

也有人要努力填满想象和现实的距离，比如《粉丝》里的王梦，她是一个不折不扣的追星族，从十七岁就开始"粉"一个男歌星，一直到近三十岁，可谓痴心不改。这一次，小说并没有写她"空空的公寓"，而是描绘了另一种形式的空间：

> 这个闪亮的荧屏把她吸进了一个没有时间和空间的地带。

画像、相片升级成"荧屏"了，它是闪亮的，因而也是"活"的。"没有时间和空间"，也可以说有无量的时间和空间，能把她"吸"进去。王梦不满足于在照片和荧屏上"看"见歌星，她要零距离地接近他，拥抱他，她差点就实现了，但她由于过分激动晕倒了，倒在一个职业粉丝黎轩昂的身上。

王梦是"幸运"的，由于歌星的一桩"丑闻"，她多多少少从梦中醒过神来。而黎轩昂打扮成歌星的样子，穿着歌星穿过的晚礼服，出现在她的生活里，成为她的追求者和梦想的实现者。黎轩昂知道，即使他们结婚了，他依然只是王梦想象中的人，他的位置只是在墙上，是墙上的一幅肖像，可他心甘情愿。

小姨、阿甘都失败了，她们被世界或者说被"世界图像"打败，她们需要被填满，"把梦想喂肥"，而世界图像作为一个整体满足了她们，征服了她们。王梦不同，她不是意欲填满，而是意欲占有，对偶像的疯狂崇拜不是表现为顺从的德性，而是表现为强烈的征服，黎轩昂是她的"战利品"，他被"图像化"了。

# 四

乐宜决意走出多宝路的巷子时，她禁不住回眸一望，这个生于斯钓于斯的巷子顿时发生了变化：

> 就剩下了一个孔，窄小的幽暗的，像从一个刻成"田"字形的玉坠看进去一样，所有的声音、光线、生活诸如此类的东西，就像魔术一般地变成了一个玉坠，贴身地挂在乐宜身上。(《多宝路的风》)

世界收摄成了一个孔，方形，又重叠为二，二变成四，成为一个"田"字形玉坠，贴在人的身上，像一个标签。走出巷子的乐宜遇到了一个有家室的男人，他又将乐宜逼回了那个黑暗的、逼仄的巷子里，这时候她再次发现，"多宝路以及多宝路的岁月"，早在她回眸的那一刻就已化身玉坠，如影随形，将自己标记成了"田"字形的人。这枚玉坠，

　　　　在挤压和揉搓之下，硌得她一边疼痛一边欢愉。

世界是相对的，一边疼痛一边欢愉，疼痛、欢愉同时扩大，或者同时缩小，每一次都是双份，但它们的比例未必对等。"多宝路以及多宝路的岁月"相当于一个原点，原点没有形状，但它含藏空间和时间，当乐宜回望时，它首先显现为两条边（疼痛和欢愉），然后构成一个方孔，渐次变成"田"字形的玉佩，挂在人的身上，成为人的象征。

"田"字形意味着缺憾、伤痛和不满足，永远不会圆满，仿佛"院子里高墙上四角的天空"（鲁迅《故乡》）。《达人》里的丘处机，原名孙毅，但他要改名，改名了也无济于事，只能"梦见自己成为书中人"。《文艺女青年杨念真》中的文青被人叫作普鲁斯特杨，《负一层》中的杨甘香被人叫作阿甘，但她们都成不了那个名字，或者说填不满那个名字。名字也是一个图像，是贴在人身上的一幅画、一枚玉坠。姓名，就是要成为一个人，当我们说"名不符实"时，其实也是"实不符名"。现实和

想象都不能满足人心，世界总是欲壑难填，填满了还想填，占有了还要有。

黄咏梅善于描写人的隐痛，每一份疼痛都是隐藏着的，就像小姨躲在柜子里哭泣，她也只是点到为止，不忍揭破、渲染，而欢愉则大方、明朗、铺张，几乎让人忘却疼痛，只有在我们回眸的时刻，才能发现那枚"田"字形的玉坠。在她的小说世界里，每一个残缺灵魂的居所都是方形的，是不圆满的。因为残缺，所以不圆满；因为不圆满，所以残缺。

《暖死亡》里的林求安是一个体重近两百公斤的大胖子，但他起初并不是这样。他在一个写字楼上班，工作间是一个不到两平方的"方格子"，他又穿行于复印区、传真区、茶水间、卫生间等"方格区"，他的身体"被四面八方扯住了"，感觉随时都有缺血窒息的危险。终于，最后一根稻草压垮了他，由于一件小事情，他被上司训斥，他愤怒地把一个文件袋咬掉一角，也因此被炒了鱿鱼。世界"残缺"了，他的愤怒和伤痛都无济于事，想"求安"而不可得，他的妻子想方设法去满足他的胃，这不可能的满足成了唯一的欢愉，也造成了他的"病态"，越欢愉就越疼痛，欢愉越大，疼痛就埋得越深。

因为伤痛而成"病态"，在黄咏梅的小说中并非个案。小军还算正常，只是在最后一刻失态，像小姨、阿甘、王梦等，都非"常态"。还有一些"异人"，像《契爷》中的卢本，住在一个"黑乎乎的小屋里"，命硬，能捉"坏信息"，最后真真假假地"疯"了。《单双》里的李小多在父母的责骂和暴打中心理扭曲，却因此获得"异能"，能看见数字，在赌场大显身手，她的弟弟则是个智障。《何似在人间》里的廖远昆专门给死人抹澡，非常人非常事，又有一段童年的"黑暗往事"，不过小说却意不在此，极写廖远昆与一位小青寡妇偷欢。在这里，我们又见到了黄咏梅的小说笔法，轻描淡写却又沉重忧伤，一边疼痛又一边欢愉，仿佛欢愉是为了填补疼痛，而疼痛则变化为各式各样、或深或浅的"病态"，一边戏谑，一边沉重。

## 五

QQ空间是一个特别的存在，这里用它泛指一切"虚拟空间"，比如MSN、短信、微信等。有人说，O被打破就变成了Q。如果说O是圆满状态，那么Q则显然是不圆满，是残缺。当加斯东说"两个自闭的存在通过同一个符号相互交流"时，他不会预料到有QQ空间，它能在技术上实现两个存在的相互交流。但这种交流能否达到相互"理解"？加斯东所说的"理解"是指："不用告诉对方，不用说出来，不用知道。"这里有一条可能的化方为圆、将Q还原为O的路径，就是从交流达到理解，可奇怪的是，要想达到理解却无需交流，就像"兰花与兰花，各自独语"（保罗·策兰）。

"田"字形的人住在方形空间里，他们可以重叠而不能融合，往往与世界"格格不入"。他们像一个一个的Q，当他们QQ在一起时，是否能实现真正的交流乃至理解？

《隐身登录》中的小末是个癫痫病人，网名"风中百合"，她在QQ上认识了一位网友老M（一个晚期癌症病人），他们"网恋”了。故事新鲜又熟悉，颇有一些曲折隐微的心事让人流连，但让人印象深刻的倒是小说里的三个空间。

一个是网上的聊天包房。“风中百合”与“猎人”在网上开了房间“做爱”，正当他们要进入“高潮”的时刻，有一个偷窥者闯了进来，是“猎人”故意打开包房的门让他进来“观赏”。在这里，两个Q共同创建了一个空间，似乎可以托付最隐秘的心事，达到一时相融的境地，但冷不防房间就被打破，然后就是一片狼藉，甚至“鲜血淋漓”。可以说，打开了的门永远无法关闭，因为总有“后门”，个体的Q通过QQ回不到O。

故事还有一层隐喻。在“风中百合”与老M的爱恋中，老M的太太作为“偷窥者”闯了进来，“我”也只好熄火、下线，这与“包房”里的情节是一样的，现实与虚拟并无分别。

现在我们来看小末母亲的房间。自从得知女儿患病之后，她就沉默了，信佛，把自己关在房间里，贴上封条，进入冥想。小说最后，小末的病在公众场合有一次发作，并且被人拍下来，在本市电视节目中播出了，引发万众瞩目，拍摄者（是不是偷窥者？）还得到三百元奖金。这时候，家里母亲的门打开了，小末走了进去，她没有看到母亲在某个角落里心存慈悲，念念有词，她只看到：“一片深处，烛光没有，香火没有……人影都没有一只。”这是世界崩溃后的呜咽，狂欢之后的凄凉。

那扇门是可以打开的。在这里，O是封闭，Q则是打开，打开之后就回不去了，也许是因为打开的“姿势”不正确，但似乎也可以不用回去，或者需要有另外的途径。

小末有过一次独特的体验。有天晚上她受到网络信息的攻击，感觉自己"就像笼子里的鸟在扑腾，也像鱼缸里的鱼敏感地在缸的四壁逃窜"，她差点就要发作了，这时候，

　　我感到了一阵祥和，一阵清凉贯穿了我，所有的烦躁和郁闷，都在那一瞬间完全消失了。我幸福地离开了，归附于另外一个空间。

人的身体就是一个空间，据说，这是灵魂的栖居之地。然而，这个肉身有时像鸟笼、像鱼缸、像动物园，栖居其中的人们看起来自由，其实像极了关在方格子里的"囚"徒，因而总有抑制不住的"毁身"的冲动。小末离开小末，这并非神秘主义，而是表达了一种拼命挣脱、坚决出离的努力，让人震撼。

《关键词》里的布杨从少女时代起就长了一副"情妇"的相貌，成年后她果然跟了一个有钱的老头，老头死后把绝大部分的遗产留给了她，她成了一个有钱的女布杨。然后她在网上发现有一个穷的男布杨，居然为了"区区"的十九万成为一个贪污犯，并且潜逃。女布杨决定要找到男布杨，她一路追踪，但没有找到，于是她以"布杨"的名义捐款，也果然因此混淆了一些视听。这种行为，就像坐在教室后排的无聊男孩做的一个"恶作剧"，不过，我们也借此看清黄咏梅小说人物的"真面目"。在某一瞬间，这个女布杨想进入那个男布杨，离开自己，离开过去，尝试一种动荡的、犯罪的人生，"要逃避一些莫名的通缉"。

总想干点出格（或出轨）的事，因为人就住在格子里。小说《对折》就写得"乱花渐欲迷人眼"，故事的核心情节就是陈天珉、好好夫妇双双"出格"，互相打个"对折"，但小说的秘密却在一张纸条上。一个偶然的机会，好好发现了一个自杀（跳楼）女人的遗书，其实是一张纸条，上面写道："不是我不能，而是我不想。"这句话乍看好像说反了，像是为了阻止什么，但恰恰就是这句话促成了好好的"出格"。是能力而非意愿，才是"出格"的真正动力，很多人走不出来，不是不愿意，而是没有能力。但走出来之后又将如何？陈天珉夫妇最后还是各自回到"围城"，两个 Q 生活在一起，再也无法融合。小说有一种摆脱规训、消解惩罚的尝试，但它的总体气氛有待提纯，在一种可能的、向上的力量中掺入了不明朗的东西。

# 六

《走甜》是黄咏梅小说中的上乘之作，虽然是短篇小说，但气息深厚绵长，有一种领悟后的豁然与从容，这时候小说里的平常人与平常生活才显出了山水，长出了滋味，亮出了色彩。

小说是从苏珊的"苏醒"开始的，她在凌晨两三点钟醒来，睡不着，就问："睡着了又醒来，到底为了什么？"丈夫宋谦不以为然，以为这是苏珊换了一种新的"撒娇"方式，因此他想方设法弄来老紫檀木，想让木香帮助苏珊入睡。实际上，苏珊的身体发出了信号，真有一个东西苏醒了过来。

与此同时，一个叫作"老童"的中年公务员在等待双重"唤醒"。他在一个位子上待了多年，他老婆指责他进步太慢或者不求上进，"还有多少个人头要赶超"？他又是一个相当自恋的人，有不少女子对他动心，但他始终不敢越雷池一步，"贼火"被一句"纸包不住火"给包住了。

这一次，老童遇上了苏珊，他们在一些无言的细节上忽然达成了"理解"，意味深长，妙不可言。他们接触、试探，像青春期的少男少女一般怦然心动。"走甜"（不吃甜）的苏珊就像是在生活中加了一块糖，她获得了一种春天般的喜悦。她在QQ空间里留言道：

> 喜欢一杯咖啡，带着香甜和温暖，进入一个人的体内，末日即使真的如期降临，再生之门依旧为爱敞开。

这段留言有隐喻，就像有人指出的那样，完全可以把"一杯咖啡"换成"一个女人"。"再生之门依旧为爱敞开"，也有两条路径，一条通向性爱，一条通向哲学。苏珊的"哲学"火花一开始就被宋谦掐灭了，她似乎只有一条路可走，她要沿着身体的提醒迈出去走两步。

原来苏醒的是"爱若斯"！事情发展得颇为顺利，现在他们只剩下最后一步了，苏珊扑进了老童的怀抱，老童捧起了苏珊的脸庞。就在这时，老童忽然叹口气，说道："要是能早点遇到，我一定不会错过你！"事情因此戛然而止。

令人失望，不是吗？他们需要一场圆满的性爱，性爱也是爱，爱就是再生之门，是拆除边界，化方为圆的可能。可是老童最终没有被"唤醒"，他或许能够"进步"，但也许会陷入更深的沉睡，就像他"陷入沙发中，久久说不出一句话来"。而苏珊的"爱若斯"之火也被彻底浇灭，她"竟然睡得很沉"，讽刺的是，宋谦还以为这是老紫檀木的功效。

人生写满遗憾。李振声想要拿掉档案里的不良记录（《档案》），就是意欲去掉遗憾，但档案里没有那份所谓的记录，他很高兴，殊不知真正的"不良记录"乃是被父母遗弃，是爱的缺失，而他再也没有机会去弥补。被爱遗弃的人似乎也丧失了爱的能力，也不想去打开"再造之门"。

就这样甘心沉睡吗？《单双》里的智障男孩廖小强，在父亲的暴力胁迫下，克服巨大的恐惧，拼命摇动阳台上的电视天线，似乎要求的不仅是微弱的电视信号，而且也在渴求微弱的爱的信息。当他在绝望中摇动天线时，我们看见一道生命火光闪耀在小说人物的脸上，虽然悲怆却依然存在。诗人洛伊斯·马松写道："我听见自己闭上眼睛，又重新睁开眼睛。"这是爱若斯之火在熊熊燃烧，永不熄灭。

# 时代、时务与随时

## ——池莉小说《大树小虫》

一

池莉是一个时间感觉和文学意识都很敏锐的作家。早在童年时代，她就在外婆家的阁楼上开始了写写画画，在舅舅悠悠的笛声中，她知道自己此生注定要与写作为伴[①]。从那时起到现在，她在文学道路上不断探索、成长，写下了大量脍炙人口的作品。那个阁楼上的小女孩早已长大，可她与外界的唯一通道似乎依然就是写作。

她现有的文学作品，大致上可以分为三个时期。第一个时期可从她的医学院时代（公开发表文章）算起，一直到七卷本《池莉文集》出版，其

---

[①] 池莉，《池莉文集4》之《写作的意义》，江苏文艺出版社，1995年，P232。

中一至四卷结集于 1995 年，五至六卷结集于 1998 年，第七卷则于 2000 年出版。这一次结集基本上囊括了她早期重要的作品，而这个"早"的下限要划到 2000 年，在这之后的十年，是池莉创作的第二个时期，这时期的重要作品有：《水与火的缠绵》《熬至滴水成珠》《所以》《她的城》等。

在《熬至滴水成珠》（2005）一文里，池莉劈头就说："有一种春，是无法守候的。这就是人生的春。"这种"春"用日常话来说就是"懂事"，她知道自己最多也就"只有一部分的知春"。"知春"便是人生"熬至滴水成珠"，这种"痛的领悟"在第二个时期的作品中已成为背景和底色，因此不妨把这时期看成是"知春"时期。知春其实也是知己，是一种"醒"的状态，是"从前的自己遇上了现在的自己"，是向内的；以此而言，第一个时期可称"知人"时期，是向外的。从向外到向内，人们懂得了放下，懂得了爱自己。

在"知春（知己）"时期的四部作品中，长篇小说《水与火的缠绵》《所以》关注女子的婚恋与家庭，从成立家庭（水与火的缠绵），到最终离婚（水与火的背离），两部小说开篇极尽"缠绵"，到离婚时又写得"肝肠寸断"。中篇小说《她的城》直接写婚姻围城，小说里的女子逢春，迟疑犹豫，进退两难。而散文《熬至滴水成珠》的通达、放下以致"醒来"，则譬如解脱。不过，当她醒来时，身边正有一位爱人，那就是说又要来过，还是要回到"爱情、婚姻与家庭"模式。池莉知春前（知人）、知春（知己）两个时期重要小说的内容大抵如此。

从 2010 年起池莉进入"知春后"时期，她花了十年时间来构思、创作一部作品，于 2019 年推出长篇小说《大树小虫》。这篇小说有点特别，它从俞家和钟家的联姻开始，简明扼要地描写了两家三代人的生活变迁，将复杂多变的中国百年现当代历史融入其中，堪称一部时代之书。池莉说，她一直在等待成长，到"能够了解与看透上下三代人"，在"获得清晰视线的时刻"，她终于完成了这部大长篇[1]。这正是"知春后"时期，从"懂事"到"懂时"，因此，知春后时期不妨称为"知时"时期。

《大树小虫》仍然以家庭为叙事基点，不过池莉的视线已经跳出了"小家庭"，由家而国，思考时代与社会，获得了一段比较长的、百年三代人的时间线。小说里的三代人，俞爷爷、俞奶奶属于"革命"一代，他们的儿子辈俞亚洲、任菲菲属于"改革"一代，孙辈俞思语、钟鑫涛这一代人，通常称为"八〇后"。

在中国现当代文学史上，我们常见文学作品受到社会变革的重要影响，人们根据时代节点进行创作。有些著名作品的时代认知恰恰不是作家自己的，作家"只是借用了一九四九年后官方历史教科书的称谓和概念，并以此为框架填充进了自己的文学材料而已，写的不过是屡经定义的大历史里的小故事"。这些小说里的所有人物和事件，都不过是证明现当代历史必然的趁手材料[2]。《大树小虫》跳出了历史叙事的常见套路，它不是对历史的图解，而是把历史纳入到三代人的家庭故事当中。小

---

[1] 池莉、傅小平访谈，《池莉新作〈大树小虫〉：作家的用意往往是一个秘密》，《文学报》，2019 年 4 月 27 日。

[2] 黄德海，《什么史诗？何种秘史？——关于〈白鹿原〉》，《深圳特区报》，2012 年 3 月 23 日。

说第一章的目录以人物为主线，八〇后是当下，改革一代是父辈，革命一代是爷爷辈，现当代历史已涵容在家族史中，"两个家族、三代人"的时间观念和叙事路径，正是池莉在这部小说里获得的属于个人的时间线。

前两个年代是"革命与战争"年代，八〇后则处"和平与发展"年代。用年代来标记历史线，如八〇后、九〇后、〇〇后等说法，正是社会历史平稳发展的表现，也就是说，没有标志性的历史事件来变更或中断历史的正常发展。《大树小虫》第一章"小序"说："人物表，以及人物表情的关键表述。"具体到小说每一节开始前，都会有"人物介绍"以及"人物表情的关键表述"，这其中，"表情"是关键词。看小说前的人物介绍和关键表情，读者对小说人物大致上都会有一个了解，因为那正是一个"像"，而且是一群人的"像"，社会上可以列出这样成长经历和关键表情的人，在在处处，这是否意味着变化少而固化多？当今社会的"成长（或成功）通道"被发现了，所有人都在争取、争夺，不愿输在起跑线上。人与人之间太像了，因为一切都被设计，因为可以被设计，就连俞思语和钟鑫涛的"一见钟情"也是被设计的！

《大树小虫》第二章以一年十二个月为纬线，描写"男女主角2015年度实施造人计划始末"。小说两章的结构不均衡，写法也不同，这显然也是经过精心设计的。第二章内容虽然单薄了一些，但写得新鲜热辣，极富时代气息。"造人计划"已经触及"遗传"，这个问题看起来很普通、很古老，其实已经从第一章的各种社会问题中走了出来。如果说第一章是一棵百年"大树"，那么第二章就是"小虫"了，可是这个"小虫"事关遗传，比起人类的遗传，"神马都是浮云"。钟家第二代钟永胜对他父亲发誓，不管计划生育多么严格，他都要生个男孩，为钟家延续香火，在小说里，这才是社会发展永不停歇的动力吧？《大树小虫》虽然以家族史折射了时代史，但并非宏大历史叙事，如果从遗传的角度看，就能显出其复杂却又简单的光谱。

在小说最后一节"真相大白"中，池莉借小说人物指出一个现象："四十年来全球男子精子数量暴跌六成，武汉男子精子质量六年降低 15%[①]。"这个"真相"相当于一个意味深长的休止符：百年风云，恩怨情仇，种种斗争，统统让位于一个小小的精虫。小说结尾也暗示，"高科技"会来解决这个问题。新兴的"精英人士"志得意满，世界仿佛就在手中，如同十七世纪自然科学大发展时代的西方人。只是科学的发展已经来到了一个新时代：人工智能已打败围棋绝顶高手，基因编辑人也问世了，试管婴儿方兴未艾……

由此带来的一个可能的后果就是：婚姻制度或者逐渐解体。那么，当今人类的基本单元——家庭将如何变化？人们的感情生活又将如何发展？这似乎不是《大树小虫》要解决的问题，池莉小说仍然只是百年中国某一部分人的一部分生活，可是它沿着自己的道路来到了一个新时代面前，这个新时代将用"高科技"来解决家庭乃至社会问题，它在小说里只是神光乍现，仿佛天边闪现了一丝新的光亮：那是一个即将开启、也正

---

① 池莉，《大树小虫》，江苏凤凰文艺出版社，2019 年，P429。

在开启的时代。

## 二

俞思语、钟鑫涛是小说主角，排名第一的又是俞思语，女主角。小说第一章所列人物表（也是目录），列了八个（对）人物，其中四个女子：俞思语、钟欣婷、格瑞丝、高红；两个男人：钟鑫涛、钟永胜；还有两对夫妻（男女平分）：俞亚洲任菲菲、俞爷爷俞奶奶。小说中的女子地位十分显要。

《大树小虫》里有时代，可是时代就像门外的一条河流，一会儿白浪滔天，一会儿静水深流，一会儿门内进水了，一会儿水又排出去了，而门内的生活依然如故，亦不过如此。俞思语是"好人家"的女儿，"继承"了她奶奶的血脉和"身份"。丈夫钟鑫涛是"富二代"，这一对夫妻的结合模式在当下颇有"代表性"（有市场），可是历史地看，一点也不新鲜。

俞、钟之恋是被设计的，这是新时代的"包办婚姻"。一见钟情也能设计得"巧夺天工"，好东西就被"玩坏"了，这倒使得事情回到了本初：男女之间的相互吸引、最初的火花直接来源于性，也指向性。小说直面了人们的性生活，一部时代史也是人们对待性生活的历史，爷爷奶奶辈讳莫如深，父辈遮遮掩掩，到了俞、钟一代，什么都可以说。

钟鑫涛青春期的意淫、手淫、乱交女友，乃至包皮，放到歌德笔下，就是《少年维特的烦恼》，那种烦恼很大一部分就源于性的烦恼。维特是形而上的，最后走不通（绿蒂已成他人妻子）就自杀了；钟鑫涛是形而下的，性生活出了问题，以前靠他妈妈高红出面解决，以后要靠高科技。较之歌德的浪漫主义，池莉在小说里显得十分冷静，仿佛左手拿手术刀，右手握笔，认真解剖她笔下人物的性。

钟欣婷和董金泉的爱情故事颇为动人、顺利，可是遇到婚姻中的性，就触礁了。董金泉不懂前戏，这对他来说小事一桩，不足挂齿，于钟欣婷却是弥天大事，是不尊重女性的表现，宁可离婚也不能将就，也无法将就，何况董金泉又去找其他女人。小说写道："离婚真相就是性。性在中国婚姻中历来就难以启口①。"《大树小虫》直面了这个问题，难言的地方反而说得明白，说开了反倒坦荡。

难以明言的是格瑞丝。从表面上看，她在三个男人之间游刃有余，实则有苦难言。这三个男人，保罗用来掩护，俞亚洲是靠山，钟永胜是情人；一个是洋人，一个是官员，一个是富豪。如果从感情角度看，很可能说不清道不明，只有从性的角度才能揭示他们之间的关系本质。对保罗是机会主义，有生理需要才和他上床；对俞亚洲是实用主义，不上床，保持一种巧妙的平衡；对钟永胜是理想主义，交付身心，在床上竭尽所能，妄想从情人变成夫人，但最终赔了自己又折了妹妹。

高红是"贤妻良母"型，她在性事方面似乎一直不开窍，这也许是格瑞丝"趁虚而入"的一个原因，但她擅长处理丈夫、儿子在乱搞男女关系时闯下的祸，算是一个讽刺。俞思语一开

---

① 池莉，《大树小虫》，江苏凤凰文艺出版社，2019年，P114。

始也奔着"贤良"的路上走去，可是在准备二胎阶段忽然"开窍"了，"知春"了，与钟鑫涛一起达到了性高潮。小说写道："俞思语的生殖之根，就如新春的大树小虫一样，迸发出强烈的生命力[①]。"有了快感她就喊！她的灵魂被自己的肉体彻底惊呆！而肉体就是她的灵魂。在这里，小说题目的寓意似乎也有了落实的地方。

观察、理解一个人有多种角度，《大树小虫》提供了另一个角度：性。对待性的态度和性行为，是一个人的自然面目，也是一个秘密面目。小说人物的丑陋与优雅，卑劣与率真，在"性"面前一览无余。钟永胜是大院子弟，在国企改革过程中先富起来，但在小说中他的重点不在战场，也不在商场，而毋宁是情场。他"私心一直渴望女性的崇拜与仰慕，并喜欢与她们的亲密感，始终苦恼和不明白这与他的家庭有什么不能兼容的[②]"。他背地里和格瑞丝的妹妹上床，是"处女情结"在作怪。这些其实是传统社会妻妾制度下的男权思想，具有讽刺意味的是，"小三"现象似乎被大家"默认"了。不过，不接受又能怎样？

钟永胜是富商，俞亚洲是副厅级官员，他们是亲家。年轻时期的俞亚洲也是热血青年，但在当官以后，碍于身份，他变得谨小慎微。除了恋爱时有过一阵冲动外，他的人生基本上都是克制的、压抑的。或者也因为如此，他对性有一个特别的观

① 池莉，《大树小虫》，江苏凤凰文艺出版社，2019 年，P380。
② 同上，P149。

察，他发现："现在男女一见面，一有意思，就都启动了潜规则。双方都在计算自己能够获得的利益。女人要么想做官，要么想发财。男人要么想用权降伏，要么想用利购买。性本身倒是变成了附属品和砝码。太没有意思了。太可怕了①。"

不知道应该是庆幸，还是惋惜，性本来是主角，现在倒成了配角。而且，随着高科技进一步发展，性的地位是否会越来越不重要？与之相应的是，俞思语、钟鑫涛是小说的主角，可是他们在社会生活中实际上是配角，那些小说里的配角如钟永胜、俞亚洲等人，他们才是生活真正的主角。我们看得见的主角往往是配角，而真正的主角就隐在配角里。

就文学形象而言，俞、钟二人也并不怎样出彩，反倒是他们的父辈、爷爷辈有声有色。俞思语从起跑线开始就"一路优秀"，她的人生履历不管填入什么"表格"都会好看，让人"艳羡"。可是小说写她很"蠢"，蠢到深更半夜要到老板的办公室去谈工作，蠢到去会场找坐在主席台上的老爸，她离开家人的帮忙就一事无成，可她浑不知觉。池莉在她的诗作《九种无关紧要的事》②里，引用了爱因斯坦的一段话："世上只有两样东西可能无止境：宇宙，以及人类的愚蠢。对于前者，我还不那么确定。"池莉对于后者同样也是确定的。钟鑫涛也是打造出来的"佼佼者"，但他不能担当责任，婚前让妈妈帮他处理乱交女友的孽债，婚后让他老婆出面应付不速之客，他起初在事业上

① 池莉，《大树小虫》，江苏凤凰文艺出版社，2019年，P266。

② 本文引用池莉诗作，出自网易云阅读，《池莉诗集》电子稿，下同。http://yuedu.163.com/book_reader/01426d72c0214bdf824a369793b5728a_4。

颇有志向，但"出师未捷身先死"，颇有志大才疏之感。

他们是被设计的一代人！离开父母的卵翼，他们就是"烦恼人生"。钟永胜、俞亚洲等人是设计师，是真正的主角。小说写钟永胜有五个精心打造："一是精心打造儿子的出生，二是精心打造儿子的教育，三是精心打造儿子的婚恋。到目前为止，都相当成功。"此外还有两个打造："精心打造儿子的生二胎。精心打造儿子成为家族财富继承人[①]。"

"精心打造"是时代最强音。一切都被打造、被设计了：从出生、教育、婚恋、生子，到继承，几乎囊括了人的一生。这五个内容大致指向两个方面，一个是性，身体性的；一个是教育，思想性的。性（婚配）、教育是当今激烈争夺的资源，它们由出身决定，又塑造了人的出身。就像俞奶奶对俞思语说的那样："你爷爷你爸爸给你的都是最好的家庭成分，人家整不到你。你又嫁得好。"而俞思语的教育路径是由她爸爸俞亚洲设计的，就连关键考试都可以动手脚，真是不可言说，不可思议。

格瑞丝是广西人，中文名字韦大姑，但这个名字"土"味重，换成格瑞丝就"洋"气了。她得遇"贵人"，因此能够在海外留学归来，相当于换了个"身份"，这个身份可以和官、商并列。她像巴尔扎克小说《红与黑》里的于连，想向上爬，她最大的野心是嫁到"好人家"里去，但最终失败，不知去向，原因或者在于她摆脱不了旧出身。董金泉也是农村人，他通过学

---

① 池莉，《大树小虫》，江苏凤凰文艺出版社，2019 年，P207。

校教育成为博士，成功地改变了命运，但他"性品"不端，显得面目可憎，究其原因，与他从小受到的"落后"的性观念有关，高等教育也未能使他改变，还是个出身问题。

小说对此写得比较隐晦但又昭然若揭。俞思语的爷爷俞正德、奶奶彭慧莲，他们都是解放前"好人家"（官僚资本家庭）的儿女，又参加了革命队伍（新时代的"好人家"），出身问题伴随了他们一生。百年来这两种出身激烈冲突，又最终水乳交融，造就了八〇后的俞思语。钟鑫涛的爷爷是革命干部，父亲是改革时代先富起来的那一批人，他是"富二代"，旧社会的提法是"少爷""公子哥"。"一个轮回，还是回到从前了……问题在于，一切又都不再是从前。从前的自然逻辑断裂了。现在一切都是人为打造①。"譬如俞思语与钟鑫涛，一个大户小姐，一个高门少爷，门当户对，非要搞一出"一见钟情"，披上自由恋爱的外衣才能进入婚姻殿堂。可是这个恋爱过程也是人为设计的，时代术语叫打造！

也不尽然。《大树小虫》有一条伏线，那就是彭厨子。他在小说里若隐若现，冷不丁就会冒出来，提醒读者他的存在。他是什么人？武汉彭家是望族，彭厨子是诨名，本名彭天佑，他读的是教会学校（俞正德、彭慧莲也读教会学校），学拉丁文、英文和法文，读哲学和神学。抗战爆发后辞职回家，接管家族事务，打理餐饮业务。小说写他信仰上帝，悲天悯人，乐善好施，是个"好人"。这个人物形象，不妨说是小说能认识到的

---

① 池莉,《大树小虫》,江苏凤凰文艺出版社, 2019 年, P335。

某种高度。可是这个"好人"被他好心收留的徒弟出卖、杀死，还被一群乞丐（受过接济）合伙污以"反革命"的罪名。这桩历史悬案最终获得平反，当事人大致了了心结，但他从头到尾的存在已成为一个形而上的问题：像彭厨子这样的"好人"还会有吗？能"打造"出来吗？我们在小说里举目四望，几乎都是精心打造的世俗的利己主义者，岂有风雅？亦少风骨。

三

池莉认为，大作家是修来的。"当我们修炼了一定的时间，当我们运用汉字的技巧真正做到了炉火纯青，我想，那个时候，世界上会有描写中国人和中国人生活的伟大作品出现的[①]。"这是一个良好愿望，时间和技巧并不能保证伟大作品的出现，但写作《大树小虫》的过程是一种"修炼"，是一个朝向伟大作品的过程，是一个以写作为志业的小说家不懈的努力。收获就在耕耘当中，而且耕耘本身就是收获。

《大树小虫》描写了百年中国人的生活，这种生活不是一代人一代人的生活，而是三代人三代人的生活。每一个人过的不是纯粹的此生此世，而是三生三世：爷爷奶妈、爸爸妈妈，还有他们自己。三代人是整个儿在一起的，每一个人活的都是三代人的生活，如此形成新时代的大家庭，形成命运共同体。三代人的结构可以打乱、重整，就看中心在哪一代，而这个中

---

① 池莉，《池莉文集4》之《后记与小传》，江苏文艺出版社，1995年，P407。

心又取决于时代取向。《大树小虫》的主角是俞思语、钟鑫涛，这个新时代大家庭的中心在子孙，是面向未来，而不是回归传统。

在这个三代人结构里，每一代人都不能掌握自己命运，但能决定下一代的命运。小说写道："人都是少年决定命运，却一直不得自知[1]。"少年的命运有两个来源，一个是家世，一个是教育，其实都是出身问题，一先天，一后天。少年时期就定了命运，还有说"三岁看老"的，那就是说，人的命运都不是自己决定的，无法掌握自己的命运，但有人却自认为能，譬如俞思语。俞思语不甘心做家庭妇女，不愿成为《我的前半生》中的罗子君，但她打拼失败后决定生二胎，是寄希望于生命的下一代？或者说下一代人往往承担了上一代人的生命责任。

《大树小虫》是一部"知时"的作品，文学技巧娴熟，互文笔法的运用增加了层次，形成了复调感，但稍欠变化，悬念感略有不足。小说语言恣肆汪洋，收发随心，能言人之不能言，亦有言外之意，极为传神地表达了人物性格，摹写了时代风情，写得痛快淋漓，然殊少前两个时期作品中的深情与柔美、温婉与低徊，未尝不是一种损失。小说紧扣时代生活主题，与时偕行又置身事外，洞见三世，是因为能看见变与不变。小说里的时代生活史，不是"正史"，毋宁是"野史"，但恰恰是"野史"可贵，它是池莉通过写作获得的一段属于自己的时间，譬如弱水有三千，自取一瓢饮。

----

[1] 池莉，《大树小虫》，江苏凤凰文艺出版社，2019 年，P316。

小说第一章的扉页上引用了爱因斯坦关于广义相对论的一个譬喻，爱因斯坦说："一只盲目的甲虫在弯曲的树枝表面爬动，它没有注意到自己爬过的轨迹其实是弯曲的，而我很幸运地注意到了。"广义相对论、时空弯曲都不易理解，但小说的用意却不难体会。作家是一个观察者，她笔下的世界和人物就相当于树枝甲虫吧？在广袤的宇宙中，人类不就是一只可怜的甲虫吗？在这个譬喻里，时空并不同时，观察者在观察的同时获得了自己的时间，这个时间是相对的，是以自己为坐标的时间，但唯有认识到自己的坐标，才能观察到时间的相对。时代是一棵大树，是客观时间，属于甲虫的是主观时间，唯有超越这个相对，才能见到属于自己的时间，"24 小时制式从此不再 / 约束我的一生"（池莉诗作《本质突变之前警钟并未敲响》）。

小说第二章前页引用了穆旦的两句诗："多少人的痛苦都随身隐没，/ 从未开花、结实，变为诗歌。"穆旦在这首名为《诗》的诗里还写道："诗呵，我知道你已高不可攀，/ 千万卷名诗早已堆积如山。"既然诗人意识到诗歌早已汗牛充栋、高不可攀，那为什么还要写呢？又何必要追求"破纸上的永生"呢？诗人其实已经自问自答，即追求"破纸上的永生"。"痛苦"看上去是主观，其实是客观的；变为诗歌好像客观了，其实是主观行为，然而"沉默是痛苦的至高见证"，至此已无言可说。"破纸上的永生"譬如一段"弯曲时空"，《大树小虫》也是，作为观察者，作为作家、诗人，她自身已然获得一个相对于时代的个人时间。

池莉还引用了美国诗人惠蒂埃的一句诗："在所有描绘悲

伤的词语中，最悲伤的莫过于'本来可以'！"在爱因斯坦的譬喻中，时空弯曲是个物理现象，是客观，不同于后悔走了弯路。弯路并不可怕，甚至有必要。俞思语的前辈走了"弯路"，到她这一辈，一切都要设计得好好的，相当于走"直线"，那又怎样？该付出的代价一样要付出。其实也没有"直线"可走，换个维度看可能就是"弯曲"，俞思语、钟鑫涛他们走的其实也是"弯路"。至于虫洞、时空隧道，《大树小虫》里的人物尚在梦中吧？

但休管它直的弯的，且将随时而行，最后才有可能形成一段属于自己的时空，不至于"随身隐没"。写作《大树小虫》期间，池莉出版了第一部也许是唯一一部诗集，这也是一部"知时"的作品，诗中有许多关于时间的描写，而关于人生和自我的洞察，也可以说是对时间的领悟。池莉在《我的写诗简史》里说，她的诗歌写了又烧，烧了又写，如此反复。终于，在一个特殊时空，在一条河边，在傍晚明艳的秋色中奔跑，"天空总是蓝得叫人想哭，云朵总是白得叫人想笑，空气新鲜得总是脑洞大开"，诗人诗如泉涌，重新获得诗歌，后来决定出版一本诗集。她的"写诗简史"简直就是一部个人版的"时间简史"。

《致橡树枫树及所有树》一诗开篇写道"八月的深夜我沿着时间隧道进入 / 北美小城 IOWA"，然后，诗人看见满城的树，她又写道：

人与人的爱我长期不懂
先于一切我懂得树

橡树、枫树以及所有英俊潇洒大树都代表爱情

所以诗人乃至非诗人都纷纷愿意

变成鸟

# 苦心经营的随便

## ——林斤澜小说结构艺术探析

一

林斤澜小说很讲究结构①。汪曾祺曾在一篇文章里写道："小说结构的特点是'随便'。"林斤澜不同意，因此汪曾祺后来改为"苦心经营的随便"，他才"拟予同意②"。在林斤澜的小说里，"随便"是随处可见的，"苦心经营"却是隐藏着的，然而必须把它们结合起来，在"随便"的地方发现"苦心"，同时对于"经营"要作"随便"看。

林斤澜喜作小说系列，备受关注的《矮凳桥风情》就由十七篇小说构成，而且有些单篇小说又自成系列。《矮凳桥风情》中着墨最多的人物是

---

① 本文关注林斤澜的后期小说，即"十年浩劫"之后复出创作的小说。

② 汪曾祺，《林斤澜的矮凳桥》，《文艺报》，1987年1月31日。

李地，最后一篇小说专门写她，也由五个部分组成，分别是《惊》《蛋》《茶》《梦》《爱》。各篇看上去都是单独的故事，但把它们合成一个系列，从整体去理解部分，就会生发新的意义。

《惊》写了内外两惊，李地怀孕是内，宿舍里发生"惊营"是外，李地的惊是内在的，"受惊"或者是"受精"的谐音？接下来是《蛋》，李地生了三个女儿，为了女儿她拿蛋去店里换东西，比如一片指甲盖大小的冰糖等，不过小说的"苦心"或者就在秤盘上的"三个鸡蛋"？生儿育女辛苦，秀气的"小母鸡"叫人心疼。《茶》写什么？人到中年，一杯功夫茶平静地渡过了乱世。《梦》写梦醒了，李地辞去了镇长职务。《爱》这个故事不论年代，算是"总结"，对于爱的想象，先是披着金红斗篷的英雄，后来就是一条泥鳅，前者主情，后者主欲，不过李地都放下了，她"没有眼泪"。

从结构上来看《李地》，五部分写了人生的五个阶段，如果直白写来、平铺直叙可能就无趣了，这点"苦心"都在小说结构上，结构一通，纲举目张。《李地》是纵向串联式结构，也有横向并联式结构。《矮凳桥风情》里有一个"小品"系列，共五篇：分别是《姐弟》《表妹》《同学》《父女》《酒友》。每一品都相当于一出独幕剧，写的是斗争，但这里不是你死我活，而是气势的此消彼长。

《姐弟》，弟弟在店里发呆，姐姐进来斥责他，好像说得在理，气焰高涨，而弟弟随之反唇相讥，真相渐渐显露：原来是姐姐家雇用了弟弟，待到弟弟说出"剥削"一词，姐姐伤心，丧气，只好闪退。《表妹》有趣，表姐到乡下来看表妹，在工资上有优越感，言谈举止尽有表现，待到表妹说出家业，伸出两根手指，表姐以为月收入有二百（她只有七八十块），吓得心跳，顿时败下阵去，转而祈求打工，"投降"了。至于《同学》《父女》《酒友》都有这种意味：时代变了，原来弱势的一方忽然强了起来，占了上风，只是"转折点"各有不同。这些小说如果单篇来看，显得小巧精致，不成气候，合成一个"系列"后气息就丰厚起来，不仅仅有"趣"，而且也有"味"，同时让我们注意到"内斗"：亲戚朋友、日常生活之间莫不有争斗，而背后皆与利益攸关。

短篇小说由于短，在情节的展开上多多少少会有限制，或有酒兴来了酒却不够的缺憾。一种方法便是精心布局，还有一种方法就是干脆取消情节。林斤澜曾说："情节的线索是明显的线索，最容易拴住人。但，也会把复杂的生活、变幻的心理、闪烁的感觉给拴死了。有时候宁肯打碎情节，切断情节，淡化情节直到成心不要情节①。"这是小说家有意为之的创作，写的是一种味儿、一种气氛、一种"情绪的体操"，如果酝酿得当，也能尽兴。

不过，小说一旦构成系列，不管是串联还是并联，抑或混合，都会产生节奏、层次，不仅小说内容成了系列，就连小说与小说之间的"空白"也组合了起来，由此形成新的风貌，亦可弥补情节上的损失。《树》系列有三篇：《海外》《山里》和《榕树》，小说的开头都是同一句话："小刘打长途电话给刘老，告

---

① 林斤澜,《论短篇小说》,《当代作家评论》,2007 年第 1 期。

诉大刘出事了。"甚至连电话内容都是相同的。这里就有"经营"：《海外》的主角是作为小刘的刘老，《山里》就是大刘，《榕树》则是刘老。小刘的时候要去哪儿？马德里！同学少年，意气风发，要到马德里去反对法西斯；大刘是中年了，左边的女人叫着去城里，右边的男人叫着去山里，城里有温饱，山里有自由，去哪里？刘老是退休诗人，看白云苍狗世事变幻，发现"世道艰难，大榕树竟出现庄严法相"。刘老想念大榕树，想念落叶归根。他要去黄果树！把三个短篇串起来，小说的内涵与外延就扩大了。从小刘、大刘到刘老，世界发生了变化，他向往的世界也发生了变化。在这里，退休诗人的心路历程及归宿既婉转含蓄又昭然若揭，并由此生发弦外之音，虽然这个弦外之音仍然在小说里。

短篇小说体量毕竟有限，不可能也不必要面面俱到。林斤澜"总能在短篇的格局里，容纳极为广阔的内涵"。他在构思谋篇上的特点在于，"精心选择一个最漂亮的场面，并将它写得极有光彩，而其余则熔于一炉[1]"。从园林欣赏的角度来看，就是"把读者带到一个最有看头的地方一站，看见最精彩的一角[2]"（《一只眼睛》）。在此基础之上再把这些场面、角落里的风景串联或并联起来，由某一质点生发气息，由数量形成气势，达到一加一大于二的艺术效果。

---

[1]  程德培，《此地无声胜有声——读林斤澜短篇近作的印象》，《上海文学》，1982 年第6 期。

[2]  林斤澜，《林斤澜文集》文论卷二，人民文学出版社，2015 年，P273。

# 二

林斤澜单篇小说的结构艺术，我们可以从《夹缝》中得以管窥。肖明是雕塑家，也恰像泥雕木塑；他各处显摆，不分派别，"听见称赞，就寻线觅缝去听个够，贪图全身爽快"，一点也觉不出派别的"哑戏"。两派都笑着利用，局势一变都想除掉他，并针对他设计了一个"自行落水"的情节。一位小学同学忍不住向他透露，肖明没有完全明白，但胡乱中凑巧逃掉了。同学说："夹缝里捡了一条命。"肖明问："怎么是夹缝？"同学说："整个儿。"说完就消失。

这是生活现实，是具象，接下来小说第二部分转向"艺术品"，是艺术虚构，是抽象。肖明后来钻进"象牙塔"，创作了三件雕塑：木雕、竹雕和石雕，分别雕了女孩子、老头和男子，人物虽少，但男女老幼都有了。三雕也颇像林斤澜的小说系列，质地各异，但意趣相同。其中的石雕："石头开裂，夹缝里一个男子探身偷窥世界，身后三个女子，眼皮低垂如祈祷，三双眼睛是纳闷、怀疑、惊慌。"

小说第三部分是对艺术品进行评价。评论家说："夹缝艺术。"肖明想起从前的那段往事，就问："什么夹缝？"答曰："整个儿。"说完也消失在人海中了。这里的评价指向艺术品，同时指向生活现实，艺术真实与生活真实平等，其逻辑就是：艺术来源于生活，又回到生活，融于生活。是不是高于生活？难说。林斤澜喜欢现实主义的手法，但又不完全那么写实；他的小说有题材，同时有艺术，小说里的历史现实本身会说话，艺术形象同样也会发声，譬如"夹缝"三雕。

"夹缝"就是"整个儿"。每一篇小说都是"整个儿"，可是有"夹缝"让人看见，看见缝了，也就是了，这道缝就是全体，全体就是这道缝。随便看，看见一道缝就对了，也就是说懂一点就可以了，这一点就是全部。每个人看见的点可能不同，都可以，一篇小说有多少点，端赖小说家的创造。林斤澜的小说写他的"亲身感受"，是一种状态，用不着一个字一个字、一个段落一个段落搞清楚的。感受最重要，它由某一点生发，但是总体的，很多时候都是一种感受，感受不对，看哪都不对，对了就都对了。夹缝里是什么感受？纳闷、怀疑、惊慌。

切不可把这道"缝"来统率全体，好像全篇每个字都跟它有关、都要跟它有关、非要跟它有关不可。林斤澜的小说就是破除了这种"中心"观念，"情节否定了绝对的、真理般明确的意义：现实、主题、因果、人物性格、主导或中心皆'不在现场'、无法确定[①]"。他的小说有焦点，但不是"中心思想"，也切忌搞成"主题"，为的是破除"一统江湖"、以致"上纲上线"的思维模式，破除"图解文学"，因为他亲见这种模式下的"浩劫"。

那么，说夹缝就是整个儿，是不是"推而广之"的思路？看起来是，其实不是。小说不要求每个地方都是这道缝，不要

---

① 孟悦，《一个不可多得的寓言——〈矮凳桥风情〉试析》，《当代作家评论》，1987年第6期。

求每次看到的都是这道缝，应随读者而定，随时间而定。小说譬如弱水三千，夹缝譬如一瓢饮。看得懂看不懂；看得到看不到；看到这看到那，都是对的。读者困惑的时候，固有的思维模式可能就"震动"了一下。有人说他的小说很难评论，很难归类，但它恰恰是要突破固有思维，从"类"中走出来，不让归类，他甚至要对"小说"这个概念进行一次冲决。小说写着写着就诗化了，散文化了，小说不像小说，没有逻辑也在逻辑当中，这在笔法上称为"波峭"。只是有些短篇太过省略、跳跃，有时候不见得想清楚了，草草了事或者奇崛收场，未免太过写意。

林斤澜小说的结构艺术，一边是雕刻，另一边是写意。写意"随便"，而且似乎越"随便"越好，雕刻则需要"苦心经营"，方寸之间要出境界。《夹缝五色》中的第五篇《归鱼》，完全是写意，"语言的内容与形式在这里恰好颠倒了一下，'说什么'变成了一种语言外壳，而'怎么说'倒表达了真正的心理内容[①]"。这种内容有时候仅仅是一种情绪。

言不尽意，那就"立象以尽意"。《归鱼》写人生晚景，用"归鱼"洄游来象喻，"壮心不已"：看那小归鱼纵身入海，声众浪漫，漂亮！跳、跃、摔、蹦，尖叫着过龙门龙滩，壮烈！《夹缝五色》第二篇《瓯人》的闯荡世界，第四篇《毛巾》里的聋瓢司令回忆革命岁月，都是这般"归鱼"模样。然而生老病死就是世界，最终母的籽尽，公的阳泄，"安定死寂"，第三篇

---

① 李庆西，《说〈矮凳桥的风情〉》，《当代作家评论》，1987 年第 6 期。

《诗画》就说这个境界，其实也是一种"情绪"："什么诗意画意。有这意思吗？"这也是一种意。

雕刻和写意的结合在脸、在眼。《头像》，梅大厦创作了一个木雕头像，"这个少妇头像，是沉思的老树的精灵"。至于眼睛，则是半闭的。"这个头像如果不能概括林斤澜自己全部作品的艺术特征，也相当凝练地表达了他所刻意追求的艺术境界[①]。"少妇头像是雕刻出来的，"沉思的老树的精灵"则是写意；前者写实，后者非写实。

《氤氲》，这里的木雕艺术家无名，专案组命名为"木头"。木头"交代"了一件重大事件，但专案组似乎不信，认为可能就是木头的"梦话"。在这个"梦"里，木头看见"一只狼脸上一双人的眼睛"，然后又看见人的一双眼睛变了，"眼白闪闪碧绿寒光。这是一双狼的眼睛"。而且是饿狼。眼睛是心灵的窗户，难道小说是在说：狼有人心肠，可是人有狼心？难怪专案组不信。木雕艺术家（小说取消了"木头"的命名，恢复无名）晚年雕刻了很多头像，"把人的眼睛安在狼头上，狼的眼睛又嵌在人那里"。既是雕刻，又是写意。临终前奋力一搏，雕出一只天鹅，但眼睛没有来得及雕好，他就去世了。评论家说："没有眼睛是最完美的艺术表现。"小说似有讽刺之意[②]，结尾却收结干净："此处无眼胜有眼，留得空白氤氲生。"颇能说明雕刻与写意的相互关系。

---

[①] 黄子平，《沉思的老树的精灵——林斤澜近年小说初探》，《文学评论》，1983年第2期。

[②] 林斤澜曾著文《我看〈看不懂〉》，对评论家"看不懂"他的小说有微词。其中就提到，说他小说好的，客气地说：看不懂，这和小说里赞赏木雕的评论家是一致的。

# 三

林斤澜的小说大都有内在相通的精神气质，因此可以构成系列，有些结构是小说家自编的，有些则需要读者或编者自行构建、拼凑，而且不同的系列小说可以互相启发，不同的单篇小说之间也可以互相发明。在小说的结构和重构过程中，在小说的"相互联系"中，可以产生新的情感与思想，不再局限于单篇小说。

林斤澜写过《十门》，可是《林斤澜文集》只列三篇（亚康和夏花的故事①），不过，加上《去不回门》系列三篇（小道姑的故事），《门》系列下有四篇（退休诗人的故事），也恰好是十篇。

《十门》系列小说比较晦涩，也许"夹缝艺术"是一把理解的钥匙。门像不像一个"夹缝"？内和外的夹缝？也在内和外的边缘上吧？亚康做地下工作，不幸被捕，夏天感到上天无路下地无门，可是有夹缝！夹缝是清清朗朗的歌唱，就在这夹缝中生存。去、不、回，三个动作恰成"夹缝"之象，人生也这样别扭、纠结。退休诗人有四门：命门、敲门、幽门和锁门。这四门有次第：命门是生命的门，谁也没有打开过；还是要敲一敲，看看感应；结果站在门边上说了一句关于门的话，头儿表扬他的幽默，原来是幽门：各种批斗、挣扎、投降，死去活

---

① 林斤澜，《林斤澜文集》小说卷三，人民文学出版社，2015年，P571—590。

来；老了退休，老伴去打牌，诗人锁门，谁敲都不开，因为钥匙打不开自家的门，"一辈子打开过多少，就是打不开自家的门"。感觉很有哲理，就是说不出来，但感受是明白的：纳闷、怀疑、惊慌，或者还有些更深入微细、无以名之的内容？这里不需要具体所指，具体了反而有些滞重，越是抽象的小说越生动。

《五色》系列应该有五篇，写五种颜色，可是现在只看到《红》和《黄》，另外三篇需要重新结构。《十门》系列前三篇，即亚康和夏花的故事，分别可当《白》《黑》和《蓝》。小说里有一只八哥鸟，"八哥的嗓音是白色的，羽毛却是乌溜溜的黑色"。夏花猛地意识到，"那白色的纯净，那黑色里面透出来的阴气，直插夏心如刀尖"。以人物而言，夏花是白，多么纯洁、纯情！亚康是黑，在第二篇小说里他还是"黑帮"。但也许歌声没有黑白，生道堂与生德堂打过来杀过去，无论黑白，最后都归于蓝色，"一种由黑色变出来的深沉的蓝"，是虚空的蓝色，也是死亡的颜色。

从颜色的角度就能看见小说家的一番苦心。三种颜色：白——黑——蓝，对应少年纯洁、中年黑暗、老年虚空。《去不回门》系列也是这个结构，小说里有个蓝斋娘，从前是蓝蓝姑娘，后来一去不回，最终归于死亡，还于虚空。去、不、回，大致对应白、黑、蓝。一代人的心理颜色，不是红、白、蓝，而是白、黑、蓝。《红》是什么？"红色恐怖。"《黄》呢？"入土为安"，土是黄色。《五色》也有层次：白黑蓝，向上；红黄，向下。

《十门》《五色》系列是刻在心里的"记忆"，现在来看"忘记"。小说《元戎·天意·月光》实际上是一个系列，如果按林斤澜的命题习惯，可称《忘记三篇》，因为内容看似风马牛不相及，焦点都在"忘记"：忘性和记性。元戎从不看电视里的战争场面，他想忘掉"一家的哭"。《天意》写小说家作报告，说过就忘了，没想到有听众记得他说猪头肉好、拱嘴天下无双，因此做了小吃店老板，其他的也全部忘记。算不算讽刺？好像也无伤大雅。《月光》写忘性和记性是人性，又说李白的《静夜思》在卖弄"忘性"。

在林斤澜的小说中，"忘记"系列有很多篇，集中起来看，可以看到小说家的"苦心"。《短篇三痴》写花痴、石痴、哭痴，为什么痴？忘不掉"浩劫"中的往事。《十年十癔》《续十癔》系列小说，林斤澜的本意是想写几篇"忆"，要记住；结果写下来却是"癔"，癔有忘症。有人以为这是从"创伤记忆"到"叙述记忆"的筛选[1]，本意是记住，但也许写出来是"为了忘却的记念"：记念是为了忘却。《九梦》三篇：《殷三懵——似梦非梦》《童三狼——加一点是狼》《岑三瞎——开口就瞎》，写得稀奇古怪，末后一篇总要回到"浩劫"场景，那意思是说，还没有从噩梦的阴影里走出来。

到底是要忘，还是要记？哪些要忘，哪些要记？怎么忘，怎么记？小说很难说，似乎也说不清楚。这里就要思想。林斤澜认为文艺的根本总还是"以情动人"，可是又要求思索，他

---

① 马晓兵，《看林斤澜以"癔症"写"创伤"》，《博览群书》，2017 年第 4 期。

有些困惑：想知道鲁迅是怎样思想家、革命家又兼文学家的？又是怎样文艺与政治一身而二任的①（《温故知新——读〈故事新编〉》）？他早年读不懂鲁迅的《故事新编》，曾经问过端木蕻良，《奔月》写什么？端木随口回答他：斩尽杀绝。他当时"豁然开朗"，后来慢慢读，读出"孤独"来了。林斤澜晚年重读《故事新编》，关注的作品是《铸剑》，他想起七十年来"多多少少大大小小的咬咬杀杀"，又一次"豁然"了，不过这次不是"开朗"，而是豁然"来呆"："惊心动魄，又说不出一句整话来。"早年读《奔月》，关注的是情感，晚年读《铸剑》，相应的东西已经不同，转向历史与思想了。

　　随着年龄和阅历的增长，林斤澜后期小说的思想性也在增加，不过不是"思想大于形象"，而是寓思想于形象当中。以结构而言，"苦心经营"便是思想的体现，而"随便"则指向文学形象的灵动。在系列小说中，在小说与小说的相互关系中，形成了次序和路线，显现出情感和思想的脉络来，这也有两个向度。

　　《矮凳桥风情》第一篇是《溪鳗》，最后一篇是《李地》，以女人开篇，又以女人结尾。这两个女人不简单，"十年浩劫"不管怎样折腾，她们都能把生活过下去。这种"风情"，这种精气神，用《蚱蜢舟》里的话来说就是"皮市"，有的地方写作"皮实"。小说写道："若指街市上用物，是说卖相不算花哨，却是经久耐用。若指人，是说先天后天'用'料不足，倒经得起磨、

---

① 林斤澜，《林斤澜文集》文论卷二，人民文学出版社，2015年，P336。

折、丢、跌。其实，说的就是生命中的韧性。"小说又写道："单单活着不算数，还活出花来叫世界看看，这是'皮市'的极致。"这可以说是《矮凳桥风情》的"魂"了，具体到人身上，便是溪鳗和李地这两朵"花"。

《矮凳桥风情》是从"积极"一面来说，不管劫难如何，人还是需要一点"皮实"的精神；《十年十癔》则从"消极"一面来写，揭露了"皮实"背面的"精神创伤"。系列小说第一篇《哆嗦》，写一位身经百战的游击队司令去见领袖，走着走着，就不由自主地浑身哆嗦，忘了要报告的内容。好像这哆嗦也能传染，当年跟着司令搞革命的麻副局长也哆嗦，他在批斗大会看到自己写的"万寿无疆"被人改成"无寿无疆"，全身禁不住地、通电似的哆嗦。小说写什么？对威权的深刻恐惧，这是"十年癔症"的起源。第十篇却有两篇[①]，分别是《白儿》和《催眠》，不过《白儿》也可以说是写"催眠"，那老两口多明白！双双自尽，为什么？"活着只会拖累同志们。"只是《催眠》更加详细地讲了"催眠术"。以癔症而言，恐惧是因，催眠和自我催眠是果吧？

如果说遗忘是死亡，那么催眠也是。一个人要怎样才能打开记忆的门，抵抗遗忘或催眠，踏上觉醒之路，从而发现和描绘自己的心路历程？系列小说《诗话三事》可以看作是一种

---

① 林斤澜在《说癔》一文里说，他当初想写十篇，对应十年浩劫的十数，后写出来十三四篇，挑一挑，还是凑十的数。《林斤澜文集》(人民文学出版社，2015)编辑《十年十癔》时，因为《云海》《催眠》发表时有副题，列入"十年十癔"系列，故也收了进去。或可按林斤澜的本意，《十年十癔》应为十篇，可将《云海》《催眠》编入《续十癔》。

探索。小说写了三个人：画家、诗人和国学大师，在境界层次上，画家最上，诗人次之，大师又次之，分别对应灵魂生活（宗教）、精神生活（学术文艺）、物质生活（衣食），这是小说中"漫画大师"的演说图景。不过小说还暗中相应另一重结构，即是王国维所言的人生学问三境界。画家"无意中看见了一生都想看见却从来没有看见过的东西""在痴呆这里，闪现绝顶，惊倒平生"。小说里的"登顶"相当于"独上高楼，望尽天涯路"。第二篇，诗人伺候病床上的妻子，妻子又最终离世，算得上"衣带渐宽终不悔，为伊消得人憔悴"。第三篇，大师去车站接二十年未见的媳妇双千，有一个"蓦然回首，那人却在，灯火阑珊处"的意思，相当于第三个阶段了。

两条路，"漫画大师"的路是西式的，王国维是东方的；一条从上向下，一条由下往上，倒也应了古希腊哲人赫拉克利特的一句话："向上的路和向下的路是同一条路。"这或许是林斤澜上下求索的一段心路历程吧？我们可以参考、接着思考，但每个人的路都得自己走出来。

孙犁曾把林斤澜的小说比作大观园里的拢翠庵，虽然冷清，但"确确实实储藏了不少真正的艺术品[①]"。要想得到这些艺术品，需要认真地结构一张网，将它们打捞出来，以便欣喜地遇见小说家的"孤诣"，体会到深入内里、历久弥新的艺术美感。

---

[①] 转引自程德培，《此地无声胜有声——读林斤澜短篇近作的印象》，《上海文学》，1982年第6期。

# 光明的向往

## ——张玲玲小说集《嫉妒》

读完张玲玲小说集《嫉妒》[①]，心情颇有些沉重，那些"黑暗中的女人"形象挥之不去。掩卷沉思，意外发现小说集的封面特别切合当时的心境：一个女子坐在海边躺椅上（另一把并排的椅子是空的），望着前方，前方海水幽蓝、波动，海边灯塔耸立，有光射来……

这是一个关于小说的隐喻吗？

## 试图搏击的无形之物

叶怡和叶晨是表姐妹（《在岛屿的另一侧》），叶怡年长三岁，是表姐。在叶晨六岁到十四岁的时候，她们曾经亲密无间，连长相也颇为相似。

---

① 张玲玲,《嫉妒》,上海文艺出版社,2019 年。

也许是因为有了这样一段血肉相连的生活，自杀后的叶怡才可以在叶晨的梦里喃喃自语，诉说自己的悲伤和不幸。

她们长大到中学阶段就分开了，此后各自生长。在叶晨看来，"表姐的生活一直在坠落。周围人都在好转，跃起，她却在坠落"。而且这种坠落无休无止，每次以为的谷底其实还不是谷底，还有更深的陷落等在后面，而这个谷底，"不是相对高峰，而是相对平地"。她的死亡也颇具象征意义。她选择在晚上自尽，在自己的手腕上割下一道又一道的口子，还用水冲洗了一遍又一遍，本以为可以就此死去，却不料熬过一个绝望的夜晚，她在早晨醒了过来，拉开窗帘看见白昼的阳光，她反而更加绝望，于是爬上楼顶，纵身跳下。

最后的死亡时刻浓缩了她的一生。这一生像股市里一条低开低走的日 K 线图，一直都在均线以下运行，没有反弹，每次反弹（仿佛看见曙光）都会迎来更深的下跌；"割肉"也不能止损，最终是彻底跌停。

"韭菜"的命运就只能是被收割，最后连根拔起？反过来看，"韭菜"割了一茬又一茬，还能够继续生长，生机永续。那为什么叶怡熬过了夜晚，却在光明的白昼里陷入更深的绝望？

对叶晨来说这是一个难解的谜题。她回到故乡去参加表姐葬礼，她看到表姐夫未老先衰，而且落伍，表姐的儿子"总喜欢躲在父亲背后"——表姐的身后只有哀，没有荣。叶晨整理了表姐的遗物，在时光的碎片里，她也打捞不出"沉船里的金币"，最终只落得满手"枯萎的苔藓"，只能在梦里倾听表姐绝望而清洁的独语。除了叶晨外，还有谁能梦见叶怡"年轻而喜乐，脸上和身体干净，像从未摔倒过"？

在对表姐的回忆中，叶晨想起了几天前参加的公司开业酒会。在会上，她遇到了她的隐秘情人韩宗平，还有韩的妻子。韩妻经过叶晨身边，向她"冷淡、若有所思地看了一眼"。这一眼就已经足够。叶晨终于有点看清——"那种深层的轻蔑，几乎无需掩饰"。她意识到，韩妻当然会知道她的存在，他们夫妇才是一体的，而她和韩宗平不过是"永恒对望的窗子"，彼此根本无法到达，一开始就说好了的诺言完全是谎言。

叶晨的自信被击溃了，这时候她才真正清醒过来："她喜欢一个不属于她的人，再被这个人逐步放弃。"而且这个困境也曾经就是叶怡的困境：她在婚姻中也有过逃逸时刻吧？这种痛的领悟让叶晨理解了表姐决绝的死亡："自杀和怯弱并非因为惧怕失败，而是惧怕失败的重复，重复的坍塌，断壁残垣的压倒，把所有的光明都变成幽暗，把她们过往的所有努力都变成淤青，变成轻，变成羞愧。"

在小说《岛屿的另一侧》结尾，张玲玲写道：

> 他们……持以想象的长矛，徒劳挥舞，却从不
> 明白终其一生，试图搏击的无形之物究竟是什么。

搏击，或者说战争才是人生的"常规状态"，荒谬的是"他们"并不知道对手的真实面目。那个"无形之物"消解了生活战争的意义或者目的，那把想象的长矛譬如刑天舞动的干戚，越搏击，越虚无。

张玲玲的小说写得很黑暗，可是这种黑暗并不指向具体事物。当我们在叶怡身上发现闰土，乃至祥林嫂等人物影像的时候，那些蛛丝马迹并不会汇成一声呐喊，也不会导致社会批判或者对某种制度的口诛笔伐，它也只是"无形之物"，甚至是黑暗本身。这些黑暗有时候并非不可"见"，它分明就在眼前，但永远无法企及，就像叶晨爱上韩宗平，爱上一个不可能的对象并为之疯狂，那种夸父逐日式的追逐最终死于追逐的对象本身。

胡杰峰是一个警察（《新年问候》），他的职业就是要维护正义，还原真相，他搏击在生活战场的前线。一个偶然的机会，他破了一桩悬疑多年的命案，并因此牵出另一个案件，也破了。奇怪的是，受害人家属却抱怨知道真相，"不说又没有关系"。胡杰峰和他的师父去拜祭一位上个年代的老警察，告诉他案件已经破了：真相对于这位死去的老警察有意义。这个才是"新年问候"吧？在墓前，胡杰峰对师父说："我们做很多事情，是没有意义的。"因为时间才是最深的虚无和黑暗，它吞噬一切。他的师父反问他："你这算不算历史虚无主义？"

胡杰峰只能笑一笑。这个案件的偶然和荒诞，可以让他想得更多，尽管他触摸到了那层时间的虚无，但他隐然感觉到还有更深的真实。人们渴望真实，并以此抵抗虚无的寒夜，在新年生起新的希望。案件告破并不意味着全部的真相，眼前的真相只是露出水面的一部分真实，在水下还有真相，还有真实。

在张玲玲的小说里，不是所有事件都有真相，不是所有人都需要真相。谷燕青在争吵中随手杀死了他的妻子（《嫉妒》），他的案件有一些疑点，可是办案警察，乃至他的女儿谷雪都没有深究的意思。他在狱中割腕自尽，未遂，他的妹妹谷月红来探监的时候对他大加嘲讽，说那种割法死不了，要想死可以上吊、吃药，等等。在这个故事里，令人感慨的仿佛不是谷燕青的杀妻和自杀，而是他潦草的生和潦草的死。而谷月红在嘲讽哥哥之后也失踪了，她早就知道灾难一次比一次严重，她毫无反手机会，哥哥的变故压垮了她，她丢下十三四岁的侄女离家出走，从此不知去向，生死不明。

这一切，都将转化为那个叫谷雪的女孩的内在黑暗，而张玲玲也将借此写出那些在现代性黑夜里的女子独特的个体体验。

## 刚开始的心动时刻最终通往下体

少女谷雪在亲情和物质的双重匮乏中长大起来，她在上海读了大学。她买不起电脑，就到学校外面的网吧去写论文或者选课。一个叫张捷的男孩向她要电话号码，她不知道哪里被他吸引，就给了他。三个月后他们上了床，"第一次的睡觉体验对于谷雪来说糟糕透顶，跟当晚的灯火一样，充满了慌乱和惨淡的意味。然后，她想，就是这样，跟爱没有关系"。

性与爱真的没有关系吗？未必。开始的不知所以乃是一种混沌未分的状态，无所谓性也无所谓爱，最初之后分离出了性和爱。谷雪的心没有动过，他们的关系仅仅靠一点荷尔蒙的宣泄维持，她没有体验到那个叫作爱的东西，虽然这个阶段的性也是一种爱。

这一次的恋爱经历不过是一次偶然，是她对命运的一次草率出击，并最终草草收场。谷雪没有意识到，每一次偶然都是命运的缩影，是原有黑暗的一次集中爆发，她从一个谷底到另一个谷底，不过是命运的一场又一场偶然性游戏。偶然性的事件并非只发生一次，它往往只是看上去如此，仿佛下次会有不同，然而每一次的偶然都是相似的，只有必然才个个不同。

一个偶然的机会，沈静波在人群中发现了谷雪，这个白皙瘦削的女孩，穿着普通，"脸上没什么喜哀"，他一下子被打动，唤起了一种父兄般的情感。他观察了一段时间，就在公交车站上向谷雪要了联系方式，此时的谷雪贫困至极，一块钱买六只锅贴吃一天，沈静波的出现恰逢其时。

他们开始约会，沈静波带她吃西餐，给她买衣服，还把谷雪带回家给她做好吃的，他的照顾几乎无微不至，令谷雪觉得理想中的白马王子翩然而至，然而事实证明这不过是偶然性命运的又一次嘲弄。沈静波对所有漂亮女孩都是相似的，他的温柔根本就不属于谷雪一个人，他们同居三年，谷雪被一种明确的"嫉妒"所困扰。分开之后，谷雪还会想起这段经历：

> 刚开始的心动时刻仍历历在目，无意的调情，有意的岔路，危险的试探，光明、喜悦、温暖，最终通往下体，变成直接的欲望。而到结束时，比死还冷的余烬也是相似的。

刚开始的心动时刻不过是一个幻觉。那个情场老手从谷雪的脸上洞穿了她的虚弱，他用如父如兄般的呵护让她心动，一步步诱她走进爱情的"幻城"。谷雪险些以为得救，以为命运终于给了她一次翻身的机会，然而那只是一次更深的陷落和嘲弄。

这个男人懂得怎样打开谷雪的身体，"无意的调情，有意的岔路，危险的试探"，都是"技术活"，是套路，产生一种"光明、喜悦、温暖"的心理觉受，突破幽暗的心理防线，最终通往下体。

谷雪被沈静波成功捕获，变成他直接的欲望。沈静波对谷雪的嫉妒不以为然，他并不晓得但也许根本就不在意：这个嫉妒就是谷雪哀伤的灵魂。他善于通达一个女人的肉身，但对她的灵魂无动于衷，因为他的灵魂已经死去，他对女性的关爱只是一颗没有灵魂的"肉心"。然而谷雪却在缺爱的肉身之上看见了灵魂，在肉身的背叛中看到灵魂与肉身的连线，虽然她经验到的只是下降、坠落，但在一次次的崩溃中习得了灵魂生活，并有可能重返她的天真。

时间过得很快，忽然之间谷雪就三十岁了。在一次同事聚会中她认识了吕鹏飞，从他"递橙汁的指尖轻颤中"，谷雪感到了一些别的东西。果然，吕鹏飞讲了一个浪漫的单恋故事，在这个故事中，他是谷雪的小学同学，暗恋她有十几年，最高境界就是，"万事万物都像她"，那即是说他的眼中只有她，可是谷雪并没有因此动心。

变化是慢慢发生的。吕鹏飞成功激活了谷雪的童年记忆，那应该是她极少数值得怀念的岁月，不过她不确定，那个一边读书一边吃苹果的小女孩曾经构成了他对于"洁净庄重"的全部理解，那么现在呢？她在手机上问他怎么看待当下的她？

半小时后吕鹏飞回复了日本作家三岛由纪夫的一段话，三岛指出，蛇与玫瑰本来就是亲密朋友，它们在夜晚互相转化；而狮子与兔在暴风雨之夜相杀相爱。吕鹏飞准确地抓住了谷雪，他说道："眼下的你对我来说，就是狮蛇玫瑰兔的化身，除此之外，没什么能更好概括。"谷雪没有想到一个理工男能读三岛，她随即被打动，"因为这段话的水下之意：承认她的复杂，并视之为美"。

这里的夜晚是现代性的爱情之夜，这里的美是黑夜里的深沉的美，而爱是毒蛇爱是玫瑰，爱是雄狮爱是惊兔，爱是惨烈的战场。每一天都是负重前行，每一天都是战斗，只是它们都淹没在水下。

现在他们要为自己的历史结案，卸却重负，从"洁净庄重"的、古典式的女神梦里走出来，并在现代性的爱欲中获得新生和成长，而代价就是，在得到的同时会永远地失去。

小说接下来一段就写他们上床了，似乎这才是顺理成章的：通达肉身的是灵魂，灵魂需要肉身来寄托。这一次，谷雪的身体体验有点特别：

> 两人第一次睡觉的时候，谷雪并拢双腿，面红耳赤，就像第一次。她可以有永恒的第一次，跟此前成千上万的第一次一样。

为什么"她可以有永恒的第一次"？按照哲人的教导，"只发生一次的才是永恒的"，与"只发生过一次的压根儿等于没有发生过"的差别，就是沉重的身体与轻逸的身体的差别[①]，那么谷雪的体验是否意味着灵魂重新找到肉身，表现为她的耻感？从刚开始的心动到通达下体，爱一次次地滑向欲望，而当谷雪获得永恒的第一次的时刻，是否意味着欲望开始在肉身中抬头仰望？

在另一篇小说《似是故人来》中，伍家豪与姜洁两人在电话里久别重逢，讨论感情。姜洁说："我们学的流行文化就是这样，出门就忘，下次还能爱，每次都能装出还是第一次。"那么谷雪的面红耳赤是她的伪装，还是她肉身的灵魂显现？

当吕鹏飞巧妙地、非正式地提出结婚请求的时候，谷雪愣了愣，欲言又止。再问，她却笑了笑，说道："不嫉妒不发狂，那是神的爱，不是人的。"这句话有背景，这个背景不仅有世俗，也有神。谷雪依然幽暗未明，隐身在黑夜里。

## 谁来为我们的身体启蒙？

伍家豪与姜洁是"一对自私而不道德的男女"，他们都可以同时和两个异性朋友交往，这等于同时辜负了两个人。伍家豪曾说："比起被人背叛，背叛人也并不好受。"姜洁尖锐地指出，"被背叛的人不是你"，伍家豪也承认他就是那个背叛者。姜洁说："人一生哪里可能只爱一个人——都是骗人的。"可是她又

---

[①] 刘小枫，《沉重的肉身》，华夏出版社，2015 年，P113—114。

说，对于她而言，"确实只有一次"。伍家豪只是"嗯"了一声，过了一会儿又说不知道。他也许明白，"确实只有一次"可以说多次吧？我们以姜洁之心度谷雪之腹，也许是错会了谷雪的身体感觉？

忠贞与背叛的界限正在变得模糊。小说《圣女》写了一个女子俞蕾，她在不同男人之间的性漂泊，令人难以理解。"再不般配的，她嫌弃过吗？"她会和一个男子谈及其他男性如何追逐她，送给她高价礼物，和他们睡觉时的感觉如何，比如："多数都不行，粗鲁，没礼貌，只顾自己，或者时间太短，尺寸也不合适。"她也和他上床，可是这些男人不会娶她，她的身体漂泊很难到达彼岸，但她"哭上一阵，之后继续笑嘻嘻"。

自由伦理难道真的不能区分好坏、对错、优劣、高下，甚至是要抹去这些区分？可是即使能抹去灵魂的差异，它也必然面对个体的身体感觉差异，就像姜洁意识到的那样，在现实生活中"找到一个合适的人太难了"，即使找到了也很容易丢失。抹去灵魂差异的身体再也无法彼此合适，找不到自己的栖身之所，就像一只无脚的鸟儿永在空中漂泊。

小说最后写俞蕾又靠上了一个新的男人，"我"的一位同事在旅游大巴上看见了她。人在旅途是否意味着漂泊的继续？不过这一次"我"收起了轻薄，回忆起初次在办公室见到的那个俞蕾，她介绍自己，"玫瑰花蕾的蕾嘛"，其时阳光灿烂，映得俞蕾金光闪闪，那一瞬间，"她真像是个圣女啊"。

这个留存在记忆里持续了不到一分钟的"圣女"形象，与其说是讽刺，不如说是一种初始的、没有受伤的神情，而实际上她早就备尝艰辛。在她读初一（十三四岁）的时候，她的父亲得了骨癌，每天痛得要命甚至要跳楼，她的学习不可能不受影响。在张玲玲的小说集《嫉妒》中，那些女孩的父亲形象总体上是塌陷的，他们窝囊、无能，杀人或自杀，早逝或隐没不彰，这也许有某种象征意义，权威的缺失是自由伦理形成的基础或前提。

姜洁的父亲早死，继父有次在开车的时候故意碰触她的左腿，这对她的伤害难以估量。小说对此没有渲染，但并不表示没有影响。张玲玲在另一篇小说《去加利利海》中写道："她从不正视，从不回忆，装作不受影响，实际影响已渗透至过去的每一个选择。"这恰恰是受伤已深的证明，不过小说让这些伤害淹没在水下，我们看到的只是表面，就像俞蕾把手臂上的伤疤展示给人看，而她身体的在世漂泊也可以看作是灵魂的另一种伤疤。张玲玲笔下的那些女孩，"从降临世间，需要经过多少河流，经历多少风雨，才能若无其事地活下去"？她们不知道答案，她们沉默不语，她们假装从未发生或者第一次发生。多数时候，我们只能从小说人物的言行举止里，去体会她们难以言传的伤痛，而在《去加利利海中》，张玲玲一层一层地、由外及内地揭开了伤疤，让我们看见一种血淋淋的伤痛。这篇小说堪称一首身体的哀歌。

那个初中女生叫夏磊，她的父母感情不和，婚姻生活失败。她母亲报复式地出轨，"高矮胖瘦，轮番前来"。有时候夏磊放学回家，"总会看见母亲卧室房门紧闭"，在电视机故意调大的声音里，她能听见一种"节奏分明的轻盈撞击"。这是母亲给予的、荒唐的身体启蒙，"既古怪，又日常"，既接受又逃避——这就是罪感，这种罪感让她面对父亲充满愧疚。那个时候她还没有意识到，这个性教育成为她遭受身体侵害时的最初反应。

那天傍晚她去找同学孙琦，被那人邀请进屋，看见电视上正在播放一部电影，"画面中几个人交缠在一起"。她只有十四岁，可是从母亲那里已经知道那些是什么内容。她装作什么也没看见，逃离现场，回到家里，当晚做了一些奇怪的梦，梦见"和一棵布满疙瘩的枯树交欢，急切焦灼，下体刺痛"。但实际上她并没有逃离，那个梦是灵魂与肉身受到严重伤害的直接反应。她可以删掉回忆，也可以装作什么都没有发生，但那些伤害不会自动消失也从未消失，它们潜入水下，成为梦里的可怕显现。那个坏蛋，"他甚至都没有对她们的容貌、身高、年龄加以选择，不过伺机以待任何猎物。他不过等在那里，随时预备强势、坚硬地插入她们的生命，将其防卫、告饶、自保碾得粉碎"。

身心的完整被摧毁，身体的在世沉沦已不可避免，非常罪非常伤。在肉身与灵魂分裂的地方，处处有罪，形成一道巨大的、难以弥合的伤痕，而这道伤痕却成为肉身与灵魂的连接线。小说里那些沦陷在身体黑暗中的女孩，长大以后追逐爱情，也许是在寻求一种爱的抚慰？在这种抚慰中，罪感消失，伤痕愈合，肉身与灵魂得以有可能重新为一。

身体启蒙有无法参透的秘密，它最早预示了人面对世界压迫时的直接反应。夏磊成年后终于鼓起勇气面对了过去的灾难，她在想是否有可能避免？或者说是什么造成了这一切？

　　　如果外祖母还在，活到充满智慧的年纪，也许
能够教给母亲，告诉她，一点隐蔽、难以启齿的知
识，教导她在遇到困难时该怎么做。告诉她，你得
经历数不清的磨难，而发生在她们身上的事情，都
如此陈旧、全不新鲜，只是从没有人能够真正完整
地讲出过。

　　这是祖传的、口耳相传的古典式身体启蒙，是智慧与经验
的直接传承，它教导人们看清这个世界的恶并加以防范。而夏
磊母亲肆无忌惮、寡廉鲜耻的出轨行为，悄无声息地摧毁了一
个小女孩对性侵的心理藩篱，她以为这一切都是平常的，她被
罪感和无知困住，动弹不得，不知道该怎样面对，实际上她也
许有机会逃离伤害。夏磊的外祖母、母亲都没能够真正完整地
讲出她们的故事，尤其是她母亲已经不知道好坏、对错，而且
她本身已然构成世界的恶。传统的路数连根拔起，在一种自然
的状态里，夏磊这一代女孩接受了另一种身体启蒙。

　　许静仪是谷雪的初中同学，谷雪家庭变故之后，她们越
走越远，又各自上了大学。许静仪的大学宿舍有四个人，她们
在一起看男生给的一些"小电影"，画面上有性交镜头，她在
大学教室里也看到了这类电影。她体验到的氛围就是，大家似
乎都急急忙忙地要进行性试验。许静仪比较"落后"，那些"先
进"的同学、朋友向她介绍初夜经验："抖落疼痛和羞耻仿佛抖

落衣服上的灰尘。"实际上，那层遮羞布早在观看"小电影"的时候就已经扯得粉碎，身体怎样启蒙就怎样实践。结果怎么样呢？"原来应是她期待的一刻，但毫不神秘，毫不浪漫，连搅扰多日的心动都一并消失。"

在初夜之前，身体早就在启蒙时刻遭遇浪费和亏空，第一次的永恒被轻率地摧毁，没有心动的身体不再沉重，它轻逸得可以多次重复身体的快感，并在这种重复里进一步轻逸。在俞蕾看来，身体问题仅仅是个身体问题，它只攸关长短、大小等技术性问题。谷雪觉得，那纯粹是性，跟爱无关。对许静仪而言，那只是一次试验：原来成人就是这么回事，所有想象中的色彩在决定性时刻到来的时候一齐消失；原来启蒙也有可能不是开启光明，而是坠入黑暗，在一个谷底至另一个谷底之间沉沦。

## 她迟早将抵达光亮的中心

许静仪过完三十岁生日就独自一人去日本旅游，在异国他乡明晃晃的白昼光亮里，"所有雄心壮志荡然无存"，她明明白白地意识到自己并不是传奇中的人物，灿烂只是别人的事情。当华灯初上，她从船上看见，"每座高楼都是一座璀璨透明的水晶之城，海水中的倒影也是，相映生辉"。这一刻她被尘世的繁华之光打动，而此时此刻恰似伍家豪的彼时彼刻，"鸡爪枫上的红叶未脱，金黄银杏落了一地，在浅白背景里点起几分亮色……他正捕捉到情动的信号，期待生活再次被照亮，变得有所期待"。

这些外在光辉是否能够照亮生活？许静仪在日本的旅行乏善可陈，她看到的那些"令人感伤的灰蓝""丧气的暗红"等，显然是心境的流露，只是在最后时刻爱情才从天而降，但看上去更像一个安慰的花环，也像夜晚的水晶之城和它的倒影。那个男孩顾睿想问许静仪更多的故事，她却选择了沉潜，"不，什么都没发生"。那些表面之光终究只是倒影，深水静流，与浮华无关。

夏磊的母亲后来受洗入教，但夏磊认为母亲的信教动机"既不光辉，也不纯粹"，只是因为色衰爱弛，再也没有人轮番前来，而耶稣从不计较年老、丑陋、有罪与否，他"永远爱你"。夏母也不相信存在一种至高无上的力量会照亮自己，从而引发自生的光明，她在一些只言片语中寻找可以依托的力量，就像谷雪被三岛由纪夫的话打动，就像许静仪抄写在婚礼手办礼盒上的爱的箴言，比如莎士比亚、蒙田、拜伦、雪莱、王尔德、华兹华斯、罗兰·巴特等人关于爱的格言警句，当然也有《圣经》启示。这些箴言自有力量，它有可能在某些时刻透一些光亮进去，但终究是外在的、言说的，就像夏母制作的冰箱贴，贴在外面，一贴再贴，可能会造成一时的情绪平复，但她所期待的救赎或者光明会不会到来？依然是个未知。

在《真实》这篇小说里，她跟他讲了 A 和 B 的故事，在故事里她就是 A，可她讲的是 B，但实际上她是要通过讲 B 的故事来讲 A，也就是讲自己的故事，讲了 B 就是为了让他懂得 A。这个故事结构不妨看作是张玲玲小说的常用结构，她在一篇小说里讲两个人的故事，她们小时候在一起，长大后逐渐走散，讲B就是为了讲A。可是她能为B安置一种结局，一种命运吗？不能。每一个故事都是一颗破碎的心。他是否明白：他对她而言是一个启蒙者？是尘世光明的来源？爱是一个命运般的存在？

故事讲完了。他问她，讲出来是否会好一点？她说好点，又反问他，他也觉得会好点。但这只是情绪，暂时的、表面的，水下的冰山依然不可知晓。

> 缺省的部分永远只能存于黑暗，那里永远有未被言说之物。尽管她们成千上万次叙述，也无法穷尽、照亮。还有其他。她曾经想象过，以语言去穿过、劈裂隔开他们的帷幕，却最终发现那道帷幕原来如此清晰、坚实地存在于他们之间。

用语言去搏击未被言说甚至不能言说之物，终属徒劳，然而对光明的向往促使人们必须踏上言说之路，去通达未被言说之境。在张玲玲的小说里，她要借此回溯历史，去寻找光源。在每一次开始或者在开始之前，能否见及天地之心？初夜已经放弃了，初心是否可能？叶晨在表姐的遗物中努力回溯已经消逝的岁月，结果在梦里见到光明洁净的表姐，那是童年的形象。俞蕾初次出现在办公室里，像一个圣女。许静仪与顾睿要确定一个最初的开始，只能追溯到他们隔着木板沐浴聊天的时候。这三个开始，分别指向童年和学生时代、工作或开始踏入社会，以及组建家庭之前，它们都是人生的重要开始阶段，"走对一步生，走错一步死"（姚子清）。

姚子青是一位抗日英雄，姜洁向分手已久的伍家豪讲了他的故事，故事发生地现在是上海市宝山区的一个烈士陵园，她学生时代曾与同学一起去过。不过，她的回忆也许是编造的，但这不重要，重要的是她觉得伍家豪和英烈长得有几分相似，而伍家豪最后也回复她，说不定他的祖辈真的在宝山打过仗。他们不会去寻求故事的真相，他们只是需要在历史中找到一个神圣的起源，凭借那一点微弱但又凛冽的光彼此找回来，继续携手同行。

夏磊也努力回到过去，她直面了当初的伤害和黑暗，站在了故事开始的地方，但那又怎样？一切都无可挽回。幸运的是夏磊回到了当下，她怀孕了。也许回到起点才意味着时间的一次终结？而怀孕则是一次明明白白的新开始，是生命自身孕育的生机和光亮。夏磊并不知道自己是否有足够的知识和智慧给予下一代，她想等待一个人的救赎，但是即使那人不来，什么也没遇见，那也不要紧。"她将用水洗净身体，再从水中站起。"那时她会卸却一切重负，走出黑暗，依靠自己站立起来，"她迟早将穿过干瘠如岩、沟垄纵横的旷野，直至抵达光亮的中心"。那是本源性的光明。

# 物喜，以及众生之哀

——张忌小说《南货店》

## 一

对一个当代作家及其作品的评论是一件危险的工作，我们必须警惕当下的判断随时可能被推翻。这种危险伴随始终，它需要信任来保驾护航。在一部经典作品中，我们通常可以放心托付自己的思想与情感，行止坦荡，尽管这种经典也会在变化当中；然而面对一部未经时间考验的当代作品，我们能做的也许就是摸着石头过河。同时，我们也需要抵制这样一种诱惑，即正在进行评论（或者检验）的作品会成为时间的宠儿，有朝一日进化成容得下所有赞美和批评的经典。

张忌的长篇小说《南货店》，首先能够让人产生信任的是它的文学性。当代写作的内容与形式日益丰富，但并不意味着文学性的丰盈，恰恰相反，貌似繁荣的各种写作背后，是文学性的不断贫乏，乃至丧失。言而无文则行之不远，一部小说完成也许只是一个物理现象，未必会成为文学事件。这种文学性是一个总体的东西，它表现在语言、叙事、结构、细节、人物塑造、环境描写、情感与思想、象征意味、风格与传统等方面，不一定要面面俱到，但又由各个分部有机形成，它要求写作者以文学本来的方式回归文学，以热爱文学的初衷回归文学。

《南货店》的语言清爽、简洁，是一种中国古典式而非西化的语言。张忌在介绍南货店时写道：

> 路廊东面有一座矮山，山腰处有一座小庙。路廊西面，横摆一条溪流，溪上架一座石桥，过石桥，便是长亭村。南货店在村东，清代的老房子，四开间，两层的木结构，上木门板子。

在很大程度上，叙事口气及其节奏皆由小说语言带来。这一段描写，短短几句话，南货店的环境、方位、历史乃至风格便跃然纸上。从山腰到木门板子，从远至近，中间有诸多物事，小说一路推进，但并不显得突兀或者匆促，便是这种古典小说语言及其表达自带韵味，自成境界，使得文字的气息丰厚起来，令人流连。《南货店》的时间跨度是从二十世纪七十年代末写到九十年代初，时代及个人都很丰富，小说行文其实是快的，但得益于语言的简约含蓄，避免了把写作变成一本流水账。

老店长马师傅对秋林说："莫急，慢慢来，没有人能一日练出好本事。"这话也可以适用于长篇小说的创作，就《南货店》而言，它是一个字一个字写出来的，很有一种"慢工出细活"的从容。

在上段描写中，出现了小庙，这不是点缀，小说后文就要写到庙里的故事，而且也牵涉南货店。路廊西的溪流也不是摆设，主人公陆秋林看上女子杜英，他就到溪边洗衣服，以便遇到杜英，两人因此熟络起来，为后来感情发展埋下伏笔。南货店在村东就显得自然，如果在村西，秋林去溪边洗衣服就有些勉强了。南货店前店后铺，四开间正好合适；有上下两层，在日后的店铺生活中，住楼上还是住楼下颇有些微妙，这里就提前交代。

凡此种种，草蛇灰线，前后照应，在小说里常常见到。张忌几乎不肯让无关的人、多余的东西在小说里出现，一旦出现就要派上用场。比如拉车的王师傅，多少年了，南货店的老师傅齐清风总是坐他的车进城，不过，这个王师傅在小说开始并不引人注意，只是张三李四路人甲，作用似乎可有可无。但齐清风的儿子齐海生去城里的时候也坐他的车，那几句对话就有些耐人寻味，那辆车在齐清风父子中间有某种特殊联系。齐海生被枪毙后，齐清风正是登门找到王师傅一起去收尸。如果不是多年坐车，王师傅也不会告知住址，虽然那很可能只是老辈人的客气。齐海生小时候玩蟋蟀，长大后在南货店养松鼠就显得自然而然，而且这只松鼠是他和女店员爱春产生实质性关系的媒介，最后又是交恶的缘起。

这些例子不一而足，显示出张忌在认真打磨《南货店》，使

209

得小说有一种"细活"的气质。在人物塑造方面小说也做足了功夫，什么人说什么话做什么事，颇有讲究。陆秋林多愁善感，有文人气质，他的做派就与众不同。他会一直给监牢里的父亲写信（实际上他的父亲坐牢不久就去世了），信写了又不发，存在饼干箱里（这里出现饼干箱很自然，因为店里卖饼干），信发出去就是信，存在箱里、之后又烧掉祭祀父亲，就是文学了。写信又是一种文字功夫，所以他提拔到区社去当文书就不突兀。这之后他向报刊投稿发文章、当团委书记、秘书股股长、为齐师傅写悼词等，与他的文人形象很贴切。

此外，小说里还有厚道的马师傅、痴情的龚知秋、懦弱的金卫国，以及粗鄙的暴发户昆山、心狠手辣的奸商何天林、贪财好色的葛梅成、壮志未酬的老干部老戴等，这些人物的举止言行都合乎各自的性格特征，可以说是贴着人物来写的，没有草率的、夸张的情节突变或者人物变形，使得小说具有一种诚恳的、值得信赖的文学面貌。

张忌在与弋舟的"创作对谈"中说到自己的"文学师承"，他喜欢汪曾祺的小说，在古典小说中则师法《儒林外史》《金瓶梅》《海上花列传》等[①]，这在《南货店》中都有反映。这是一个奇怪的组合，但也有例可循。贾平凹早期小说如《商州初录》等，一派清新自然，到了《废都》却忽然"变法"，像明清艳情小说一样写作。不过，贾平凹是在不同时期的作品中表现出变化，张忌则在一部作品中完成转变。

---

① 张忌，《南货店》，中信出版集团，2020年，P465。

实际上，汪曾祺也有过"晚年变法"，尤其是想要在他的作品中融入现代主义，吸收西方现代文学的影响。在他的晚期作品中，"其主题的残酷设定，风格的略形简朴，荒诞感的显露，对人心和人生残酷底色的体察，都打破了他此前一个时期小说中的和谐之美[①]"。《南货店》的第一部的文风偏向早期汪曾祺，后两部则有些《金瓶梅》《海上花列传》的气味，只不过《南货店》里的性描写颇有几分现代性的荒诞感。

从这个角度看，《南货店》是一部变法时期的作品，是一部风格形成期的作品，它赓续了中国古典小说的叙事传统，而精神意识则指向现代，与之相较，张忌上一部长篇小说《出家》可以看作一种前期探索。《出家》的语言是纯熟的现代白话文，甚至有些口语化；其叙事则有"主题先行"的味道，为了让主人公方泉"出家"，不惜将各种"不幸"加到他的头上，以便造成他的"不得已"。而在《南货店》中，张忌依托古典文学传统，找到了自己的叙事口气、节奏和风格，把小说当成"手艺活"，作家精心塑造人物，而人物则依着自己的性格特征自行发展。

王安忆在论汪曾祺时曾说："他已是世故到了天真的地步[②]。"在我看来，《南货店》的第一部是它的天真自然，后两部则是这种天真的逐渐发展，以至于世故。

---

① 黄德海，《知识结构变更或衰年变法——从这个角度看周作人、孙犁、汪曾祺的"晚期风格"》，《南方文坛》，2015 年第 6 期。
② 王安忆，《汪老讲故事》，《扬州文学》，2006 年第 5 期。

# 二

　　南货店里自然有南货，它们是江南地区（在小说里主要指浙东）老百姓的日常家用之物。在现代文学史上，以小见大、侧面描写是常见的文学手法，譬如老舍名作《茶馆》，以三幕话剧反映三个时代，裕泰茶馆就是一篇"渔樵闲话"，它既是文学的又是历史的。《南货店》里也有历史，但它坚持了自己的节奏，避免了把小说变成时代变迁的镜像和传声筒。小说以陆秋林的活动轨迹为线索，第一部集中在长亭村南货店；第二部在黄埠供销社，区级；第三部陆秋林就到了县城，任县供销社土特产公司经理。在这里，时代只是背景，被编织进小说细密的针脚里，《南货店》关注的是人，还有物。

　　一时代有一时代之物。在《南货店》的时代里，物是独特的风景。我们通常所说的人物描写，往往偏重人而忽视了物，而一时代的兴起乃是人与物的共同兴起，人与物的相知相合方成人物。但人与物的关系也会错位乃至背离，人可以穿越时代的风暴，屹立不倒；物则不尽然，它的功能在时代变迁中或丧失、或替代、或改变，反过来亦然。

　　写物是中国文学的传统，其渊源可溯至《诗经》。《诗经》中多有鸟兽草木、器具名物，它们并非配角，也不是背景，而是与人一起形成世界的丰富和美好。赋比兴中都有物，此物自喜，或者予人以喜，或在人与人中传喜，统称为物喜，乃天地人间的勃勃生机。凡有物喜之处，人与言皆有精神，物与事可成气象。在文学领域，写人不易，写物亦难，而物喜则成人之美，显物之富。中国文学传统重物喜。"关关雎鸠，在河之洲"是物喜，"感时花溅泪，恨别鸟惊心"是物喜。《子虚赋》《上林赋》是物喜，《陋室铭》亦是物喜。《红楼梦》中的园林盛景、庄园出产是物喜，而演义小说中李元霸的瓮金锤、关公的青龙偃月刀乃至金庸小说中的倚天剑屠龙刀都是物喜。物喜是文学之美，人文之盛，而且物喜不仅仅是文学审美，它还是商的精神，物喜与人喜相通，就能物畅其流，商业发达。

《南货店》里有物自喜。杉木板的店门，紫檀算盘象牙秤，老师傅穿中山装，袖子上套两个藏青色袖套。匮乏时代的人们惜物、爱物，而店里的饼干、白糖、红枣、银耳、瓜子等，也格外有滋味。跳鱼难得，海边人用钩子钩来，制成跳鱼干，"小拇指粗细，一根根如同乌金"。香鱼干香味四溢，金黄油亮，而只有咸淡水里出产的香鱼最好。笋茄要用四月挖来的嫩毛笋晒成，用六月豆做出的豆腐才会又韧又香。副食品包装有三角包、斧头包，包得好的"拜岁包"就像工艺品，买的人都欢喜，舍不得拆。

陆秋林爱上杜英，要从他听见杜英唱歌开始，歌里唱道："倭豆开花黑良心，豌豆开花像银灯，油菜花开赛黄金，草子开花满天星。"歌中有物，兴起一股情绪，让秋林百感交集。后来秋林到城里看望杜英，买了一包汽水粉，用凉水冲成汽水让她喝，只是为了让她舒服地打个饱嗝。汽水能算什么？他们高兴！杜英的姐姐杜梅出嫁，杜家姆妈决定办一桌好酒席，嘱咐厨师在十二菜之外再加四个菜：扣肉、肉圆、黄鱼胶汤、鲍鳗，吃得一席尽欢，杜家姆妈笑得几天都合不拢嘴，那段文字也让人读来兴味盎然。

《南货店》之物予人以喜，比如糖水荷包蛋当脚力，夜粥配肉烤鲞当夜宵，电影院门前煮螺丝小吃，杜家姆妈会做隔纱糕，马师傅和陆秋林两人大快朵颐吃猪肉，陆秋林北上齐齐哈尔吃到铁锅炖鱼等，无不令人口舌生津。在农忙时节，供销社下乡搞双抢，抢收抢种，粮食珍贵。生产队偶尔去打猎，有野猪、岩羊、角麂和田狗。三岔镇一年一度的集市，各种摊子摆了一路，街上乱哄哄一片。大路上拖拉机扬尘而去，会场里包着红布的话筒格外引人注目，等等。这里不厌其烦地列举小说里的各种物事，并非多余，正是它们构成了《南货店》这部小说的毛细血管，滋养着小说的枝枝叶叶。它们都是匮乏时代的丰盛记忆，洋溢着世俗的物的欢乐，流淌着物喜的精神。

还要特别提到南货店的齐师傅，他会识物，也会吃。黄鱼季吃咸齑烧黄鱼，带鱼季就吃萝卜丝烧带鱼。天热时过烧酒，天冷时过黄酒。他会用红枣炖银耳喝，用三抱鳓鱼招待客人。但让人印象深刻的还是他吃光面，一个人坐一张空桌，面上来了，他"吹一吹冷，将筷子插进面里，仔细地卷，卷上几根，捞出来放到嘴边，轻轻嗖一口。面进了肚，停下来喝一口面汤，歇一歇，才再卷，再嗖"。别人四五分钟吃完，他要吃上半个小时。吃好，桌面干净，半点面汤都不会溅出来。他这种吃法，对于摹写时代和个人极为传神，但透出点冷，不闹热，是别一样的物喜。

物喜也有真假。如果物与人及环境不协调、不匹配，那很可能只是堆砌，为了写物而写物，属于以次充好或者纯属作伪，那就非但不能令人喜悦，反倒会让人生厌。这里也有暗暗的竞争，就像《南货店》里写的一些商家手段，譬如在打酒时提酒的快慢轻重有讲究，量布就要注意手松还是手紧等，都需要人们擦亮眼睛，辨识真伪，得到真正的物喜。

## 三

《南货店》里有物喜，更多的是众生之哀。弋舟说张忌写作的一个鲜明标记就是："在无差别的世相中体恤众生之千姿百态①。"在《南货店》里，这个"体恤"是哀悯。赋写这种情感底色的是主人公陆秋林，譬如他昏睡一觉后醒来，突然明白一个道理：

> 人这一世，无非就是一个人一个人地认识，又一个人一个人地离开。做人真是空空一场，丝毫没有意思。想到这一层，一时之间，秋林心中孤独感难以抑制。

这种虚无感、孤独感乃是被抛弃。小说里写到两种情况：一种是弃妇，一种是弃儿。春华是陆秋林的高中女同学，算是初恋，她毕业后遇人不淑，离婚后又遭人骗财骗色，她怀念旧

---

① 张忌，《南货店》，中信出版集团，2020年，P471。

时光，说道："要是能回到以前吃那些苦该有多么好。"她很怀念跟同学们"在一起"的日子，可是一切都回不去了，陆秋林也不肯或不敢回头。杜梅是杜英的姐姐，先嫁方华飞，再嫁何天林，均遭不幸，后来在一个小年轻身上找到一点点苦涩的安慰。她被何天林残忍抛弃后，回到娘家做裁缝，把积攒的布料都做成衣服，可是从来不卖，最后把自己也当成衣服挂在了梁上。让杜梅走上绝路的并不仅仅是不幸的婚姻，还是辛苦学来的手艺跟不上社会变迁，积攒的布料也落伍于时代，那些很难卖出去的衣服成为压垮她的最后一根稻草。

《南货店》里有三个弃儿。庙里的大明是广庆和尚捡来养大的，米粒逃荒过来，广庆和尚给了一碗粥，她就嫁给大明了。后来因为一口酒，大明想不通，就喝了农药。章耘耕是马师傅的儿子，小时候得了病，大家以为他死了，马师傅就把他扔到一个石坑里，可他居然活了过来，被章四为捡到，长大后千辛万苦找到马师傅，又不肯认，对当年的抛弃耿耿于怀。他在陆秋林公司下属供销社工作，因为工作上遇到挫折，叹口气，跳了井。齐海生的情况有点特别，他是齐清风通过典妻方式生下来的，生母生下他之后就扔在齐家门前，他长大后不明身世，以为齐清风并非亲生父亲，性情由此大变，了解身世后反而加重了弃儿情结，言行逐渐乖张，最终命丧刑场。这三个人，结局都属于非常死亡，非常哀伤。

陆秋林不是弃儿，但也有这种情结。他的父亲郑重地留下一句话："秋林，今朝起，侬就是个大人了。"小说一开始就有了这句话，它分明就是遗嘱，意思是说：从今以后你就要靠自己了！这是陆秋林的心结，他的各种感伤有些莫名其妙，细究都与此有关。或者需要特别指出的是，张忌小说《出家》就有一种浓厚的"离弃"情结，方泉一步一步地"出家"而去，与其说是境界提升，毋宁说是一种在世的厌弃与背离。不过，《南货店》里的物喜焕发了新的生机，而且小说真正写到人的不离现世的解脱，这个人是金卫国。

人与父亲的关系就是人与世界的关系，这种关系（也包括夫妻关系）受损、紧张或者破裂，很容易造成不可弥补的、长久持续的伤害，这是《南货店》众生之哀的源头。如果说这种伤害对陆秋林只是意味着情感困惑，那么它在金卫国这里则是一曲身体的哀歌。金卫国有一个女友叫云芝，他对她好，愿意给她买绿豆棒冰，剥荸荠，但云芝看不上他。有一次，金卫国偶然在宿舍门缝里看见：一个男人背对着门，身下有一个女人，平躺，高举着两腿。那个男人叫毛一夫，他不仅利用金卫国的机床赚外快，而且还拐走了他的女友。受伤的金卫国表现出一种近乎变态的迷恋，他十年如一日地痴迷着云芝。而云芝或被感动，或出于可怜，最终，她在他面前拉开了长裤的拉链。

小说写道：

让卫国奇怪的是，此刻，虽然他看着身前的云芝，但脑中反复出现的却是父亲站在这里念毛主席诗词的画面。

原来在金卫国的内心深处，他最想征服的不是云芝，而是父亲。他父亲自幼父母双亡，由叔婶抚养长大，叔叔虽然视为己出，但婶婶打他很凶。后来父亲参加了革命，随军一路打到南京总统府。父亲对卫国很严厉，这种威权在很大程度上造成了他的压抑与自卑，现在，这一切都通过进入他所渴望的云芝的身体得到了释放。那一刻，他在心中推翻了父亲，也赶走了云芝。这天之后，云芝再也不理金卫国了，而他也彻底死心。他还下决心辞职，从原有的体制中退出来，到湖南开矿去，算是彻底摆脱父亲的影响。

在老一辈人如马师傅、齐师傅、杜家老爷子那里，父亲和丈夫拥有相当大的权威，它们大于爱。马师傅跟着父亲学手艺，只准叫"师傅"，不能叫"父亲"，他当的是学徒，不是儿子，吃尽苦头学好了手艺，出师了，"父亲"没了。不过，那一代人基本上维持了父子关系，而到了陆秋林这一代，爱的缺失与断裂非常明显。《南货店》里的人物大多缺爱，匮乏时代里匮乏的不仅仅是物，而且还有爱，甚至爱的匮乏才是真正的匮乏。物质可以生产和丰富，而爱却难以生存和成长。何天林以前为口吃食奔忙，不想男女之事，现在有钱了，想变本加厉地弥补回来，那是爱不够，色来凑。昆山暴发之前受尽冷落，之后行为乖戾，是想找回过去岁月里仅有的那点尊重，而尊重就是爱。

在《南货店》里，龚知秋算得上是个情种，但他能否守住和于楚珺的感情？难说。陆秋林守住了，他有底线，对他而言，爱是一种责任，爱是不离不弃，相互守望，这在小说哀悯的气氛中是一个温暖的存在。只是他动则感伤，甚至就哭了，有时候并无必要。曾子曰："如得其情，则哀矜而勿喜。"(《论语·子张》) 所谓得其情者，即能同其情，所以能哀众生之哀，而不会幸灾乐祸，但是哀中有"矜持"，懂得自尊自重，不会没有节制。就像张爱玲看透了她小说中的人物，在不动声色的观察中，有的只是哀矜。

## 四

诗云："靡不有初，鲜克有终。"我读到县供销社鲍主任辞职的时候，就觉得小说真的要结束了，对它如何结尾很感兴趣。《南货店》里的人物大多没有好结果，当陆秋林的靠山倒掉之后，他会怎样自处和下场？令人稍感意外的是，陆秋林并没有结局，虽然小说最后由他收结，但故事却不是他的，而是齐师傅的。不过，《南货店》并非聚焦于陆秋林一人，它毋宁是散点透视，陆秋林只是作家的一双眼，看白云苍狗，世事变幻，而所有人的故事都可归结为一个人的故事。

齐师傅为什么会在小说结尾出现？也许跟他的历史有关。他祖上商业起家，或许还干过海盗，解放后他参与了公私合营，成分定为商，练成一双"生意眼"。在各种政治运动中他常常受批斗，被称为"老运动员"，多数时候他能坦然处之，但亲生儿子对他的批斗以及被枪毙，让他感到生不如死。也许是备尝了众生之哀，他才能深知物喜之美，尽管这种美有冷有热。作为一个不普通的普通人，他遭受的那些屈辱、痛苦与悲哀，在物喜的安慰里、在与生活的周旋中被深深地隐藏了，并没有消化掉，到临终时刻才显露出来，他意识到，"这一世都是弯腰曲背，从来没有堂堂正正做过一日人"。他希望供销社系统能够在他身后举办一个追悼会，为他平反。

陆秋林骗老人说组织上答应了，但实际上他无能为力，他只是写了一篇没有发表的悼词。悼词写得不痛不痒，只是一篇按套路来说的好闲话，连陆秋林都不确定：人的一生就是这样的吗？当然不是，但其中有深厚的礼的精神。《论语》讲了一个故事，子贡准备撤掉告朔仪式上的饩羊，孔子说："赐也，尔爱其羊，吾爱其礼。"这哪里是羊？分明是礼节。追悼会是现代葬仪，悼词是核心，齐师傅想要的是礼遇，是尊重，是人间之爱。

最终，觉得毫无意思的陆秋林，把写好的悼词，"从那叠信纸上撕下来，揪成一团，随手扔进了垃圾桶里"。这个结尾是文学的，它又是一个"离弃"。那团扔进垃圾桶里的废纸，写着一个人乃至无数个人的人生，那一刻他们几乎没有差别。这无意中使得小说结尾具有难以言传的意思，深于一切语言，一切隐喻。

据说《南货店》的结尾有两个版本，张忌想让小说人物自己选择，尽量不把自己放进去。不过，小说人物尤其是主人公的言行，在一定程度上都寄托了作家的思想与情感，没有态度也是一种态度，绝对的零度写作几乎没有可能。但个中滋味也只有他自己知道了，正所谓："满纸荒唐言，一把辛酸泪。都云作者痴，谁解其中味。"

辑

二

# 胡适与陈寅恪的口述著作媒介考察

胡适与陈寅恪晚年都有一部重要的口述著作，它们各有独特的思想史或文化史价值。如果我们从媒介角度对他们的口述著作进行分析，或可另辟蹊径，直接进入其系统内核，并观见媒介在思想文化形成过程中的作用和影响。

## 晚年口述著作

1948年12月15日胡适与陈寅恪从北平同乘飞机抵达南京，机场告别后他们各奔东西，第二天陈寅恪赶往上海。1949年1月19日陈寅恪南下岭南大学（1952年合并为中山大学）任教，直至1969年去世；而胡适于1949年4月6日从上海登船前往美国，开始了将近十年的寓公生活，至1958年回台湾地区定居，1962年去世。

胡适与陈寅恪都是二十世纪中国现代学术史上的重要学者，他们晚年的学术生涯从同机抵达南京时开始，又各自留下了一部重要的口述著作：《胡适口述自传》与《柳如是别传》。虽然这两部著作都采用了传记形式，但《胡适口述自传》实际上是一部"学术性自传"；而《柳如是别转》则是一部严肃的学术著作。它们的写作和发表也都有有趣的相同之处。

《胡适口述自传》是二十世纪五十年代初唐德刚在纽约襄赞胡适，由胡适口述，唐德刚记录、整理出来的成果，原稿用英语写成，1972 年由美国哥伦比亚大学东亚研究所的中国口述历史学部公布，由一家美国公司影印发行，1979 年唐德刚再将该书翻译成中文在台湾地区出版①。《柳如是别传》于 1954 年春动笔，初名《钱柳因缘诗释证稿》，写作期间由陈寅恪口述，黄萱笔录，至 1964 年完稿，1978 年广东《学术研究》率先发表《柳如是别传》"缘起"部分，1980 年该著作含在《陈寅恪文集》中出版②。

## 冷媒介与热媒介

就在陈寅恪完成《柳如是别传》的 1964 年，加拿大学者马歇尔·麦克卢汉发表了《理解媒介——论人的延伸》，该著作使得麦克卢汉一举成名，"只几个月工夫，该书就获得《圣经》那

---

① 唐德刚，《胡适杂忆》之"回忆胡适之先生与口述历史"，台湾传记文学出版社，1979年，P1。

② 陆键东，《陈寅恪的最后二十年》，三联书店，1995 年，P498—499。

样的崇高地位，其作者就成为时代的先知 [①]"。

1988 年麦氏著作传入中国。该书第一部分是理论部分，第二部分论述了三十三种具体的媒介。在第一部分，麦克卢汉首先指出：媒介就是讯息，媒介塑造了环境。这种思想并不难理解，难解的是麦克卢汉对媒介的划分：热媒介和冷媒介。并且指出热媒介的特征是：高清晰度，参与度低，具排斥性；而冷媒介的特征正好相反：低清晰度，参与度高，具包容性。

对麦克卢汉的媒介观，可以这样读解：热媒介是阳性媒介，冷媒介是阴性媒介。热媒介的特征正是阳性的特征，冷媒介的特征正是阴性的特征。麦克卢汉在随后论述的"过热媒介的逆转"则可以表达为：阳极生阴，阴极生阳。冷、热媒介杂交也就是阴阳相交会释放出巨大的新的力量，这种力量一再为麦克卢汉所称道。

麦克卢汉指出象形会意文字是冷媒介，拼音文字是热媒介；落后国家是冷的，先进国家是热的；口头文化是冷的，读写文化是热的，并且它们都有对应关系。麦克卢汉还认为，读写文化和口头文化交汇时能产生极其巨大的能量 [②]。中国传统文化的口头文化特征十分明显。古代文化典籍要求朗读，能够背诵，"书读百遍，其义自见"。这种口头文化传统延续了几千年，到二十世纪初，王国维录取北大研究生时，仅听一考生十分钟

[①] 麦克卢汉著，何道宽译，《理解媒介——论人的延伸》之"麻省理工学院版序"，商务印书馆，2000 年。

[②] 麦克卢汉著，何道宽译，《理解媒介——论人的延伸》，商务印书馆，2000 年，P52，P57，P83。

的背诵诗文，就决定将他录取①。白话文作为文化媒介在明清小说中就广泛使用，但未能从文言文中彻底转身，直到十九世纪末二十世纪初欧风美雨强势登陆中国时，得此催生作用，白话文作为口头文化和读写文化的杂交产物才真正独立地成为新时代的语言文字。

胡适在提倡白话文运动的过程中"暴得大名"，而且白话文运动几乎没有受到有力的抵抗，与胡适的思想固然有关，但白话文作为冷媒介与热媒介杂交所产生的新媒介的巨大能量绝对不能低估。而胡适正是这个新媒介文化的代表人物，胡适的力量在相当大程度上得力于白话文的力量。二十世纪五十年代初，美国《展望杂志》推举出当时世界上一百位最具影响力的伟人，寓居美国的胡适也名列其中，理由是胡适"发明简体话文"。对此，胡适和唐德刚都认为是误解②。但是，从美国这个旁观者的角度看，白话文倒的确是古老中国产生的一个划时代的新文化符号。唐德刚在后来的回忆中也对胡适在白话文领域的贡献盛赞不已。

## 口述著作媒介考察

考察胡适与陈寅恪的口述著作媒介，首先是媒介塑造的环境的不同，胡适在美国被热媒介包围，陈寅恪在中国被冷媒介

① 叶新，《近代学人轶事》，百花文艺出版社，2005 年，P450。
② 唐德刚，《胡适杂忆》之"'我的朋友'的朋友"，台湾传记文学出版社，1979 年，P157。

包围。《柳如是别传》的扉页上有一则陈寅恪与黄萱于1957年在中山大学寓所工作时的图片，图片中可看到陈寅恪的书房堆着线装书，而黄萱的手中也是一本线装书①。线装书是冷媒介，失明的陈寅恪坐在书房里，一定能感知这些线装书的存在。

胡适的助手是唐德刚，他无意中成为口述著作中的一个媒介，唐德刚是喝"洋墨水"的美国研究生，虽然是胡适的安徽同乡，却听不懂胡适的家乡口音，他还是个男人。陈寅恪的助手是黄萱，她父亲是华侨富商，黄萱受旧式家庭教育，学过英文却对线装书兴趣浓厚，丈夫是医学博士，国民党少将，黄萱非常符合陈寅恪特别看重的世家子弟气质，陈寅恪对其非常珍惜，而黄萱十三年来为陈寅恪工作也十分称职。

胡适与唐德刚工作时的语言是英语和汉语并用，"底稿的拟定，多半也是先汉后英。只因为那时哥大当局对中文稿毫无兴趣，而对英文稿则责功甚急"，唐德刚限于哥大的规章，把中文稿通通删除，以至于以后不得不重新翻译②。这个现象生动地说明了英语作为一种热媒介具有强烈的排斥性。陈寅恪和黄萱使用的语言显然是汉语，虽然陈寅恪通晓多国语言，但他对繁体汉字情有独钟，扉页显示的底稿表明黄萱笔录时使用繁体汉字并竖排。

在胡适口述自传的过程中，有一个媒介绝对不能忽视：录音机。哥伦比亚大学公布的胡适口述回忆的英文稿是根据

① 陈寅恪，《柳如是别传》，三联书店，2001年。
② 唐德刚，《胡适杂忆》之"回忆胡适之先生与口述历史"，台湾传记文学出版社，1979年，P1—2。

"十六次正式录音"整理出来的①。录音机显然对胡适与唐德刚的工作产生了影响，录音机是热媒介，口述者看起来参与很深，实际上录音机按照它自己的方式运行，口述者无法加以改变并因此而产生压力。胡适与唐德刚当年对各种问题的讨论，以及唐德刚访问时对胡适的问难与感想，均为正式录音记录所未收，这也正是热媒介排斥性的某种体现。陈寅恪在工作中并没有使用录音机，问题不在于他能不能够拥有一台录音机，而在于他会不会去使用一台录音机。陈寅恪受中国传统文化也就是冷媒介文化影响极深，他不会拒绝一台录音机，但也许不会去使用一台录音机，对他来说，黄萱就是最好的录音机了。陈寅恪晚年对前来探望他的黄萱说，他死之后，黄萱可以写篇谈谈他是如何做科学研究的文章。可惜的是，黄萱并没有能够学到陈寅恪的科研方法。也就是说，当陈寅恪对黄萱口述的时候，不仅仅是在口述著作，他还在向她传授知识、经验和方法，当然，在这个过程中双方都建立了深厚的感情，这份感情是一台录音机所无法承载和记录的。

《胡适口述自传》首先以英文发表，后来在台湾地区以白话文繁体竖排出版，现在在中国大陆又以白话文简体横排出版，该著作所使用的媒介集中体现了胡适的文化气象。《柳如是别传》自始至终都使用冷媒介，现在仍然是以繁体文言竖排发行，这是另一种文化气象。《胡适口述自传》并不是高深的学术著

---

① 胡适口述，唐德刚整理、翻译，《胡适口述自传》之"编译说明"，安徽教育出版社，2005年。

作，当它以英文出版的时候，它仿佛是有"学问"的；当它以白话文简体横排出版时，它似乎不能成为令人敬仰的"学问"。而《柳如是别传》就代表了"学问"，不管有多少人读，有多少人读懂，它的媒介形式就表现出了一种令人敬畏的内容。

对《胡适口述自传》和《柳如是别传》所使用的媒介可以用下图来表示：

| | 《胡适口述自传》 | 《柳如是别传》 |
|---|---|---|
| 媒介环境 | 20 世纪 50 年代，美国纽约 | 1954 年至 1964 年，中国广州 |
| 口述语言 | 中英文并用 | 中文 |
| 记录员 | 唐德刚（男，安徽人，美哥伦比亚大学研究生） | 黄萱（女，福建人，富商女，受传统教育） |
| 记录媒介 | 使用录音机，英文底稿 | 笔录，底稿繁体文言 |
| 出版语言 | 先以英文，后在台湾繁体白话，现在大陆简体白话 | 以繁体文言竖排出版 |

从上图可以看出，《胡适口述自传》是一种热媒介形成的著作，而《柳如是别传》则是冷媒介形成的著作，并各自表达不同的媒介文化意义。在二十世纪中西文化交流和碰撞中，代表中国出场的是白话文文化，代表人物是胡适；但文言文文化并没有因此消失，而是齐头并进，最后结出不同的果实，代表人物是陈寅恪。文化和文化的代表人物在现实世界中的遭遇也大不相同，一则以显，一则以隐。


## 冷处理系统与文化立场


麦克卢汉媒介观的一个精彩之处在于他将媒介理解为人的

感官的延伸，特别是中枢神经系统的延伸，他引用生理学的理论说明中枢神经系统的延伸会导致麻木，否则我们必死无疑。当然，媒介是人的延伸也可以反过来说，即媒介延伸至人的中枢神经系统，能够对人进行控制和反映。因此，为了避免我们成为神经质的人，就需要保护我们的核心价值系统。麦克卢汉引用了弗洛伊德的潜意识抑制理论，认为正是潜意识抑制作用大大缓解了经验的冲击，从而保护了我们的神经系统，他把这个作用系统概括为"冷处理系统"，正是这个固有的"冷处理系统"在媒介延伸至人的中枢神经系统时产生自动的保护作用①。但是这个"冷处理系统"究竟怎样形成？麦克卢汉并没有作详细说明。

对胡适与陈寅恪的口述著作媒介的考察可以有助于说明"冷处理系统"的形成及其影响作用。实际上，"冷处理系统"相当于人的知识结构或者思想结构，我们正是根据自身独特的"结构"来对外界进行反应和认识。"冷处理系统"主要通过冷媒介的作用形成。人在成长过程中逐渐形成比较固定的"结构"，比如世界观、人生观、价值观、知识基础等，这个"结构"一旦成型就很难改变，并影响着人们的思想和行动。而在成型过程中，人们主要受两种媒介影响：一种是口头媒介，一种是书籍媒介，都是冷媒介。父母的家教主要通过口头方式进行，小时候所受到的口头教育可以影响人的一生。在学校教育期间，

---

① 麦克卢汉著，何道宽译，《理解媒介——论人的延伸》，商务印书馆，2000 年，P52—53，P74—81。

主要是老师课堂讲授和对教材的学习，老师的口头讲授无疑具有深刻的影响力，而青少年时期仔细读过的书都将会化为内在的"结构"，也就是"冷处理系统"。受教育阶段结束后，我们需要通过冷媒介来优化自己的内在"结构"。一次胜读十年书的谈话，高人异士的耳提面命，下决心啃几部难啃的经典著作，都可以优化"结构"，而妄图通过热媒介来改善"结构"就很难实现。同样一本书，在电脑上阅读和作为书本捧在手中阅读，效果会有不同。前者参与程度低，因此吸收的内容可能就少；后者参与程度高，吸收的内容或者就多。不同的阅读媒介也对阅读内容提出了要求，经典著作的电子文本阅读决不能替代纸质媒介文本的阅读，尤其是中国经典著作；而一些时尚的流行的文本却能够在网上大行其道。

胡适在幼年时期受到过中国传统文化的教育，尤其是受到朱熹影响较大，他在《胡适口述著作》中还对朱熹十分称道，他声称"胡适之先生在骨子里实在是位理学家[1]"。胡适受到他寡母的影响很深，他留学回国后娶了早就由他母亲订下的江冬秀女士就是一个证明。也就是说，胡适早期的"冷处理系统"是中国化的。1910 年至 1917 年他留学美国，受到当时两位杰出的英美思想家安吉尔和杜威的影响，"洗脑"得相当彻底，回国后终身宣扬"全盘西化"，但实际上，他在美国所受到的教育并没有从根本上动摇他的"冷处理系统"，杜威主义抵不住宋明理学，唐德刚甚至说他是个孔孟之徒。这就是说，在胡适通过

---

[1] 胡适口述，唐德刚整理、翻译，《胡适口述自传》，安徽教育出版社，2005 年，P288。

冷媒介形成"冷处理系统"之后，美国式的热媒介文化并未能真正改造这个系统的内核，但同时也给这个系统增加了一些新的元素。胡适的"西化"在学术上的表现主要在于提倡杜威的"试验主义"，"有一份证据，说一份话"，是一种"科学方法"的运用，但胡适的"内在结构"还是中国的。

陈寅恪在分析王国维死因的时候指出王国维受中国文化所化极深，实际上他本人也是为中国文化化得极深的中国学人。陈寅恪出身书香门第，自幼接受传统教育，父亲陈三立为一代诗人，祖父陈宝箴为一代名流，妻子唐筼出身名门有国学基础，他生活在一个完全中国化的家庭里，他的"冷处理系统"是完全中国化了的，这个系统的深度和纯粹非胡适所能及。陈寅恪青年时期远渡重洋异国留学，并通晓多国语言，他的研究兴趣和心得却在东方古文字学、佛学和敦煌学等，这些学术和他的"冷处理系统"相对应，很容易被吸收。

胡适的"冷处理系统"虽然没有改造成美国式的文化系统，但显然受到了影响，两种不同的文化在他身上杂交，结出了一个新的果实。他提倡并且使用了另一种媒介：白话文。白话文是一个象征，它首先是中国汉字，具备象形会意的特点，然后它又具备了拼音文化的一些特点。二十世纪处于弱势的中国文化在中西文化交流过程中，白话文作为拼音文化的特点就相应了出来。白话文占尽时代优势。胡适是白话文媒介文化的代表，这种文化不中不西，亦中亦西。1962年胡适在中国台湾去世时，蒋介石送的挽联写道：新文化中旧道德的楷模，旧伦理中新思想的师表。这种新中有旧、旧中有新也正是白话文媒介及其文化的一个生动写照。

《胡适口述自传》初期的对象是美国的汉学研究生，这本书作为"快餐"销售给他们时是非常方便和实用的；现在在中国出版，对于相当多的读者来说，它同样也是方便和实用的。而《柳如是别传》的读者则需要具备相当水平的中国古典文史知识，不具有普适性，并要求能够刻苦研读，当然，如果不能卒读也不妨留待来日，历史有的是时间。

# 木叶的诗意批评

一

我的爱人像水底的火焰

难寻踪影

木叶喜欢庞德的这句诗，并用"水底的火焰"这个意象，表达了他理想中的批评文本和批评状态[①]。

他用一句诗表达他的理想，这个表达是清晰的，然而"水底的火焰"依然渺茫。在这里，批评相当于一个寻踪影的过程，寻是确定，而踪影不确定；文本是可见的，状态则属幽玄。理想中的批评呈现出来的是一个张力结构，即批评表达出来的是无名的诗意，而这个诗意建立在清晰、准

---

① 木叶,《水底的火焰》后记,上海文艺出版社,2017 年, P253。

确的批评当中。木叶说："好的文学批评，始于困惑，面向光与自由[①]。""光与自由"是诗意状态，它始于困惑，但最终必须在清晰、准确的批评当中生起。

海德格尔说："诗的本质就居于思想中……只要诗经常是一种崇高的思而思经常是一种深刻的诗，诗与思之间的鸿沟就张开了[②]。"如果我们把批评理解为"一种崇高的思"，那么，当诗与思之间的鸿沟张开时，我们或可抵达水底，在水中发现那支火焰。

木叶的文学批评有一个共同的背景，即是他意识到的"叙事之夜"。它不同于"小说已死"或者"文学已死"之类的论调，因为他在这样的夜晚寻找光明。他说"这是一个叙事的盛世"，而其所蕴含的"叙事之夜"也最为"庄正与浩大"。他注意到，"小说的叙事性和技巧，已经化入了非虚构、音乐、电影、电视、广告、综艺等之中，而这一切又反过来和小说争夺着读者（也在反哺或激发小说）[③]"。然后，他马上引用了海子的一段诗[④]：

黑夜从大地上升起，

遮住了光明的天空。

丰收后荒凉的大地，

---

① 木叶，《水底的火焰》后记，上海文艺出版社，2017年，P253。

② ［德］马丁·海德格尔著，孙周兴译，《演讲与论文集》"什么叫思想？"，三联书店，2005年，P144—145。

③ 《水底的火焰》，P42—43。

④ 海子，《海子诗全集》，作家出版社，2009年，P548。

黑夜从你内部升起。

对于什么是叙事之夜，已经说得很清楚了，为什么还要引用海子的诗？"黑夜"意象到底意味着什么？海子的诗并没有暗示黑夜里的光明，在一无所有的黑夜里，黑就是光，就是能给人安慰的诗意。当木叶引出海子的诗，他是在将批评引向诗意，是在叙事之夜发现了诗意，发现了光明，譬如在水底发现火焰，而这个诗意或者光明并不需要"升起朝阳"来照亮自己，也不需要大步走向光明，它从内部升起，是自为自在的。

所有批评都以诗意为基为旨归，反过来，诗意也以批评为表达方式（不仅仅是诗歌），这并不是说批评与诗意的界限模糊。当海德格尔说"诗经常是一种崇高的思而思经常是一种深刻的诗"时，他并不是混合了诗与思，恰恰相反，他是在区分诗与思。他说："只有当诗与思明确地保持在它们的本质的区分之中，诗与思才相遇而同一[①]。"换言之，只有明确地区分本质，划出鸿沟，诗与思才能相互到达，相互解释。

木叶在废名的小说和诗歌里发现了"诗性和思虑缠绕着升腾"，那些"可爱和不羁"激发了废名的诗与思。他很早就注意到，废名做诗和写小说都很讲逻辑，"希求与事理相通，文字明明白白"，然而有不少人说废名晦涩，但那是废名"太想以简驭繁"，因此"文字别样而又唯美了[②]"。这不就是在思与诗当

---

[①] 海德格尔,《演讲与论文集》"人诗意地栖居", P202。
[②] 废名,《少时读书》序, 上海文艺出版社, 2018 年, P005。

中吗？当木叶郑重点出废名对诗与思"卓越的连接"时，当他在诗与思的融汇中看到废名诗歌的"新异与动人"时，我以为，这也是他对自己的形状和期许。

木叶曾有一个博客，起名"白色的乌鸦"。

白色，乌鸦，黑白分明。水底，火焰，水火不容。黑夜，光明，日月殊途。这里的逻辑和唯美就是："我可以向空中画一枝花"（废名诗）。

## 二

当海德格尔说"我们尚未思想"时，他也是在说我们缺乏真正的关切。他说："我们学习思想，我们的做法就是去关注有待思虑的东西。"而这个东西"久已从人那里扭身而去了"。代之而起的是"有趣的东西"。但实际上，当人们对"有趣的东西"表达尊敬的时候，人们早就把它抛入"漠然无殊和索然乏味的境地了①"。这个"有趣的东西"总是让人见异思迁，兴趣点不断地更换②。

在主题访谈集《先锋之刃》中，木叶问马原③：

---

① 海德格尔，《演讲与论文集》"什么是思想？"，P136—139。

② 在准备写这篇文章的时候，2018 年"疫苗"事件引起的热度已经开始消退，代之以另外的"热点"了。回过头来看，公众的义愤填膺很可能是乏味和冷漠的另一种表现，人们早就用"有趣"取代了"有待思虑"的东西。这是不是"热点"不断轮回的原因？

③ 木叶，《先锋之刃》之"马原：西西弗下山时是怎样想的"，上海人民出版社，2018 年，P24。

你老是以这个阅读量来衡量一个东西，是否也会走入一个误区？

很显然，当下"有趣的东西"更有阅读量，更能迎合大众。马原当然否认，不过，他否认的是自己会进入误区，并非否定阅读量，他很自然地就找到了阅读量的对立面——思想，并加以嘲笑。马原举拉萨洒水车播放贝多芬《欢乐颂》为例，说环卫工人"消解那个价值，消解思想的方式太好了[1]"。无独有偶，莫言对思想也不感冒，他强调"没有思想的写作"。不过，莫言其实是反讽，他讨厌以思想家自居的作家[2]。叶兆言也觉得散文里可以有思想，但在小说里思想有时候会成为负担[3]。

像马原、莫言、叶兆言他们这一代作家，在一九四九年之后出生，成名在二十世纪八十年代，见惯了中心、主义等等意识形态盛行与变异，对于"思想"有近乎本能的警惕。有意思的是，《先锋之刃》选了十二位新世纪的先锋作家，他们却似乎喜欢"思想"。譬如霍香结就说："我更看重一个写作者思想上的渐趋成熟，这个比是不是先锋更本质[4]。"李唐则说："一名作家不敢面对这些思想的痛楚，只是追求舒适，也就谈不上先锋性[5]。"

---

[1] 经历一场人生大事件后，马原后来写《牛鬼蛇神》时设置了一个"0"节，或可看作进入"思想"状态。
[2] 《先锋之刃》，P81。
[3] 同上，P175。
[4] 同上，P353。
[5] 同上，P378。

实际上，不管是"思想"大放光芒，还是阅读量至上；不管是思想太多，还是太少，或者说不要思想，人们都有可能对思想丧失了敬畏，变得麻木，或者说从未思想，不敢思想，不肯思想。王安忆就意识到，"对所有作家来说，思想都是一个大问题"。她认为一个作家最后衡量出高低，就是看思想①。而思想不在于有多么崇高，它毋宁在于思想本身。

在木叶的访谈中，"先锋"是一个始终关切的话题。他曾经问吴亮②：

> 可不可以这样讲，先锋最大的优势就是叙述，或者说是形式？

吴亮没有正面回答，他提起一篇文章《回顾先锋文学》，副标题是"兼论八十年代的写作环境和'文革'记忆"。木叶要借此回溯先锋派的源头，找到一个确定的起点，但亲历者却有些含糊其辞。在吴亮看来，"先锋就是一座座历史上的墓碑……这个墓碑上偶尔会有一朵后来者放上的鲜花"。

吴亮后来说道："先锋文学起的作用就是写作方式、叙述方式、思维方式的解放：中文写作、说话、思考是可以这样进行的。"又说先锋小说是三无主义：无主题、无人物、无情节，是一种"异质化写作③"。这实际上认同了木叶的问题，也深化

---

① 王安忆、木叶，《青年作家》，2018年第2期。
② 《先锋之刃》，P185。
③ 以上所引吴亮见《先锋之刃》，P185—221。

了他对先锋的理解，他认知的形式感是天马行空般的、与庸常对峙的先锋姿态，就是要"和你不一样"，也与众不同，用李浩的话说就是那个"个人 ①"，但它的里子是叙事，所谓三无主义并非取消叙事，也并非讲不好故事，可以理解成另类叙事。

在《先锋之刃》的最后部分，木叶面向新世纪十二位先锋作家提出了十四个问题，虽然有些问题并不明朗，但不妨看作是他对先锋文学的拓展性思考。

前后两代先锋作家的回答，最明显的差别是形式不同：前者口语化，后者书面化；前者是一对一访谈，后者为一对多书面问答。从叙事伦理来看，对二十世纪八十年代先锋作家的访谈，可以说是一种关注独特生命感觉的"个体叙事"，是"例外情形 ②"，而对新世纪先锋作家的访谈则有动员、规范之嫌，虽然每位作家在各自的叙事中都形成了自己的生命感觉，但在"形式"上是不是欠缺那个"个人"的先锋姿态？

先锋永远在路上，木叶不会让先锋派就此"扭身而去"或者"死掉"。《先锋之刃》的副标题"一份新世纪文学备忘录"，这自然地让人联想到卡尔维诺的《新千年文学备忘录》，似乎暗示了他的雄心壮志。他把上世纪八十年代与新世纪的先锋作家放在一本书里，是不是想将他们纳入一个系列当中，"兴灭国、继绝世、举逸民"，从而铸造当代文学中的先锋传统，并且活过来？不止如此，他还将鲁迅与王小波纳入先锋视野，称他们是

---

① 《先锋之刃》，P264。

② 刘小枫，《沉重的肉身》"引子：叙事与伦理"，华夏出版社，2004年，P7—10。

"无冕的先锋"，又将中国文学的先锋性置于世界文学版图中去考量，这种思虑是不是意味着他的某种诗意？

在这里，我们看到了木叶对于先锋文学的热爱和关切，他并不满足于先锋文学仅仅作为一个文学现象出现过，而是要作为一种文学传统继承开来，用文学的先锋性照亮当代文学的叙事之夜。

三

在一次访谈中，格非对木叶说："我觉得你问的东西非常专业，都是叙事的关键问题[①]。"

叙事，是木叶文学批评的基础、前提，甚至也不妨是标准。他的批评往往从叙述开始，简洁、清晰地将作品的故事拎出来，然后在叙事环节观察、分析、判断。在他看来，一个好的文本叙事要有逻辑，通人情、达事（物）理。

他看苏童的《黄雀记》，"被击中"的地方不少，但也发现了叙事上的漏洞[②]：

> 那些过于戏剧性的桥段，就仿佛不速之客，虽然推动了情节、增加了可看性，但终究是一种破坏性的叙事。

---

① 《先锋之刃》，P141。
② 《水底的火焰》，P5—6。

为什么？因为不合理，情节和叙事逻辑欠说服力，难以弥合虚构和现实之间的缝隙，所以苏童只能用"宿命"来担责。此外，他批评徐则臣的一些小说，巧合太多，刻意设计，必要的转折点欠缺细节，叙事支点靠不住，有些一厢情愿[①]。鲁敏的小说也有这类问题，"小说的逆转和加速过于便当、稀松或突然[②]"，戏剧性是有了，说服力弱了。

　　木叶赞赏赵志明的叙事"澄澈而准确"，同时文字会思考，善幻想，能在"貌似毫无故事可言的地方发现了故事，并以故事召唤故事，将想象力推到远方，推向自己心中的世界和宇宙"。他的担心在于，"想象力和赋形能力是否强悍而合理[③]"？木叶也认可笛安是个讲故事的高手，但同时指出她在叙事上的浪漫化、传奇化处理显得生硬。他特意提到马尔克斯的《百年孤独》，作家为了让蕾梅黛丝飞到天上，没有简单地把她"写"上天就了事，而是让她借助一张床单随风飞起[④]。木叶是要让大家看到，就连魔幻现实主义都重视细节的说服力，叙事要合情理。

　　小说家写什么、怎么写，自然是个人的事，可以随心所欲，但也要尊重事实，不管是现实，还是虚构的事实。冯唐小说《不二》，写禅宗五祖弘忍因为一首很不堪的诗就传法给不二，木叶拍案而起，怒问："凭什么呀？"看这一句就可顶得上一篇文章！他指出冯唐是"叙事上的低能"，是典型的专制叙

<hr />

①　《水底的火焰》，P100—105。

②　同上，P175。

③　同上，P122。

④　同上，P215。

事，即"为了作者的意志，不惜牺牲佛法，牺牲历史真实，牺牲思想的深度（完全变成了性的单向度存在）[1]"。

《不二》无非一些皮相之言，还谈不上思想的深度，这里是把叙事和思想联系起来了。木叶读《黄雀记》时，觉得小说中的隐喻或象征磨损了现实感，他不禁疑问："是作者的思想不够清晰强大，还是取巧？"我以为是一回事。叙事不讲逻辑、靠巧合，是思想不清晰的表现，而取巧就是不够强大吧？

说到人情。木叶说[2]：

> 就叙事而言，最微妙而决定性的变化，是虚构的人物开始发出自己的声音，活出自己的生命力，走出自己的道路，不再仅仅是作者的一个工具，一个符号，一个一劳永逸的设定。

小说人物是小说家创造的，但也不宜成为小说家笔下的玩物。虚构的世界也有运转法则，虚构的世界即使不比现实更真实，起码也是平等的，小说人物应该得到尊重，专制叙事就会在人物刻画和设置上任性而为，最终会损害人物。

木叶评陈永和《光禄坊三号》，觉得故事核好，理应更结实，更出色，却较早停下了攀登的步伐，其中一个重要因素在于：小说人物缺乏自身的生长，"一个太完美的人物反而有些失

---

[1] 《水底的火焰》，P93—94。

[2] 同上，P26。

了真①"。姬中宪的小说也有类似问题。木叶欣赏姬中宪小说的细节、语言与爆发力，但也指出在充沛的故事流转中，人物的成长依然建立在相当程度的抽象化上，少了些鲜活辩证以及自我生长，"没有彻底打通人物②"。

在木叶看来，叙事"最好能内在于人物自身，内在于时代和世界"。而小说及其动人的一点就在于"作者和笔下人物的相互成长和辨认"，譬如他读格非小说《山河入梦》，就把小说人物读到自己文章里来了，洞见人之悠远深情，他写道："一个女人能给男人多少想象？一个女人能带作家走出多远？一段爱情又能将世界撕开多大的一道缝隙③？"三问分别指向小说人物、作家和读者（评论者），又归诸爱情，归诸一句诗："在男人的面孔上／她们的世界随她们一起转身。"其要在能"一起转身"，这样，小说人物、作者和读者之情就相通了，彼此照见。

还有一点，木叶比较关心小说（还有诗歌）的长篇与中短篇问题，这在他的作家访谈中也屡屡提及。他注意到有些作家写中短篇还行，但驾驭长篇小说则力有不逮，往往露出破绽。譬如他建议韩寒不妨写中短篇以作修炼，又觉得阿乙的某部长篇小说有些失控等。在评价李杭育《公猪案》时，他不无遗憾地指出，这部小说如果作为中篇（甚或短篇），某些意象就堪称神来之笔，而一旦"拉伸"为一个长篇，小说就不够结实了④。

---

① 《水底的火焰》，P80。
② 同上，P148—149。
③ 同上，P47。
④ 同上，P72。

木叶的基于叙事的批评，有一种清明的理性。他从不盛气凌人，而是有理有据，据理力争。这个理，这个据，并非某种高深理论，而毋宁是常识，是习俗，是自然。需要注意的是，如何在叙事逻辑与独异性写作中达到平衡？又怎样突破自身局限，从而发现新的叙事伦理与手段？

有朋友对他说，私下的、口头批评往往更有"生气"，这或者是因为它们更少些拘束。木叶的书面批评也会有口头批评的风采，常有旁逸斜出之姿，也是一种"诗意"。他说这两种批评都在召唤"诚与真"，"一方面诚以真与实为起讫，一方面诚又非简单地由个人意愿决定[①]"。这里的"真"可以落实到叙事，而"诚"则赋予了叙事无限的可能，所谓"至诚如神"。

不唯批评如是，一切写作是否都该响应"诚与真"的召唤？这也是"诗与思"的召唤吧？

# 四

木叶访钱谷融，钱先生对文学自有高论，他喜欢的是钱谷融对诗意的执着。钱说"文学作品的本质是诗"，对它们的评论也要不失诗意[②]。

木叶的文学批评有些是点评式的，星星点点，看得多时，俊朗惊人，就如月了，"一星如月看多时"是获得总体的、诗意

---

① 《水底的火焰》，P251。
② 木叶，《一星如月看多时》，上海文艺出版社，2014 年，P29。

的感觉。他会想象一个诗人佩剑是什么感觉。友人对他说，剑是"一股气的生灭[1]"。他会问："气又是什么？"我想接着他说："气即意，剑气是诗意。"古龙有句："剑气纵横三万里，一剑封喉十九州。"一剑封喉譬如一星，点进去了，到剑气纵横时，月满当空花满楼。

本雅明在《弗兰茨·卡夫卡》中说道[2]：

> 卡夫卡的寓言则是前一义展开，如花蕾绽开成花朵。这就是之所以他的寓言的效果类似诗章。

如花蕾绽开成花朵是前一义，后一义是指纸船展开就成一纸平面。诗意的展开譬如花蕾绽开成花，是叠加态，而非平面态。

木叶读初中时，亲见一位文质彬彬的男子被逼到忍无可忍时，脱口而出一句诗："尔曹身与名俱灭，不废江河万古流。"当时所有在场的人都怔住了，似乎没听懂，又似乎全都明明白白[3]。这里就有两种展开，男子被逼，这件事就像纸船被展成平面，到了摊牌（摆平）的时候了；脱口而出一句诗，这句诗让所有人都"在场"，并带入一个境地：似懂非懂，又明明白白。此乃叙事向诗意的"飞跃"，是诗意的叠加状态。诗意展开没有高低远近、上下左右，它让人"在场"，又让人无从捉摸。

---

① 《一星如月看多时》，P9。
② 转引自《水底的火焰》，P72—73。
③ 《水底的火焰》，P250。

《呼吸，孙甘露》[①]。一个题目就够了，再说就说三句话：献给无限的少数人、打捞水中的想象、在墙上画出一扇门。一个题目三句话，已经是一首诗了。接下来的文章围绕诗进行思，每一句话都可以容纳所有的话，所有的话都可以叠加到三句话，乃至题目中去。不是理性（logos），是诗意（muthos 或 mythos）在升腾。文章的诗意是张开的，我怀疑那些诗意后面有一扇不肯打开的门，只好张望张望，不去推敲。

《虚构的葬花天气——论安妮宝贝》[②]，一篇长文，字数与《一个作家的叙事之夜——余华和他的批评史》相当，正好可以凑一个词：等量齐观。两篇文章，两种风格，相当于木叶批评的两端。评余华，他用了三个叙事之夜，并由此推及时代；论安妮宝贝，他摘取了三朵花来表现：烟花、彼岸花和莲花，诗意像花蕾一般绽开。然而，"葬花天气早就候在那里了"。安妮宝贝的主要贡献并不在小说技艺、题材突破、驾驭能力等方面，而在于文字中的气韵[③]。具体来说，安妮宝贝的虚构能力不在叙事，在于她虚构了一种"葬花天气"，她笔下的小说人物就在这种"天气"里生死轮回，或者解脱。

在诗意的批评中，我们看见人。我们了解的不仅仅是小说，还有小说家，还有那些虚构和非虚构的人，还有批评家本身。并非没有叙事，叙事也有人，只是叙事在诗意的另一端，它们一直都是张开着，互相开放，我中有你，你中有我，看起

---

① 《水底的火焰》，P48。
② 安妮宝贝现在改名庆山，为合木叶原文，亦用原名。
③ 《水底的火焰》，P192。

来是一个面，实际上是叠加。

木叶行文，起承转合之间，有逻辑亦不仗逻辑，是气的断续，光的明灭，其中有诗意存焉。木叶用词如用色，像印象派：一片片色彩，每片色彩都由不同的色彩叠加而成，色彩在叙事，譬如不同的诗意摇曳成境界。木叶用色，有时竟用"泼墨"。评格非《山河入梦》，文章结尾写道："世界其实不是任何人的世界像一句口号挥之不去世界悬在半空世界任人踩踏世界柔情似水世界兵荒马乱世界被世界充斥世界是空的[①]。"

一个标点都不给，一个间歇都不给，一片空白或者塞满。然后是最后，问道："如山，如河，奈若何？"

文章结束了，却有"一种气象正静静升起[②]"。

评论是对小说的再创造，评论在评论之后发生，它生成气象。木叶从双雪涛的小说中看见了这种气象，它首先来自语言。他说，双雪涛的语言非常有小说感，鲜异而准确；还有诗感，这不仅仅是由于双雪涛喜欢诗歌语言的"童贞"，还在于双雪涛的行文，"注重节奏，句子长短相配，发力的往往是短句，一不留神就给你一拳"。不过，木叶说他喜欢双雪涛的原因并不特别地在语言，而是会被语言引入语言虚构的世界里去[③]，换言之，他更看重语言生起的境界。

《我们总是比生活既多些又少些——读双雪涛》[④]。我喜欢里

---

① 《水底的火焰》，P47。
② 同上，P151。
③ 同上，P151—154。
④ 同上，P151。

边的两个词，一个是"光色互见"，还有一个是"内在的光源"。他在文章里说：

> 在他的小说里，往往会应运而生某种引领性的东西，我视之为"内在的光源"，尽管有时它可能是以幽暗或谜的形式出现。

语言是光显露出来的事物。这个光源是什么？那便是来之不易的"生活得当"。"生活"指向现实，"得当"指向理性。双雪涛的小说有"智性、逻辑性"，而且思考的问题和意图，"都在生活化的细节中得到了实现"，因此语言就在现实面前，在生活之中显露了出来，它的显露就是光芒。

还有一种光源。双雪涛认识到语言是现实之外的另一个小说源头，"是一个更重要的源头[①]"。木叶读小说《翅鬼》的开头一句，就觉得"一束强光打在地上，尘与人将开始闪烁、摇曳[②]"。在这里，语言也是光源，是诗意的存在，它将文本自行带入"澄明之境"。

# 五

木叶的诗有动感，有力度，常用复沓、排比、对仗等手

---

① 《水底的火焰》，P153。
② 同上，P157。

段，有时也用韵，善用叙事来抒情，来沉思。读他的诗，有一种意想不到的沉重感。他诗歌里的生命感觉是重，而非轻，但又不仅仅是重，往往有一种克服重力的飞跃，是光的闪耀，是诗意的升腾。

他的批评是一种思，故重逻辑，重叙事，又将思导引至诗，总有诗意的"跃进"，并由此照亮全文。他爱用一个围棋术语——手筋（妙手），我因此想到另一个词——发阳。

日本古代棋家桑原道节（四世井上因硕，名人）在《围棋发阳论》里说："类似棋的配置、结构那些的东西可以称为是'阴'，而棋形中所隐伏的手段则称为是'阳'。"因此，"发阳"就是从特定的棋形中去发现它的"阳"。以诗而言，诗之为诗的那些"诗形"（语言配置、结构等），虽然可见可感可说，其实是"阴"；而诗中隐伏的东西，好像是"阴"，其实是"阳"，诗评就是要"发阳"。《围棋发阳论》还有一个别名叫"不断樱"，"喻指书中灿烂缤纷的妙手层出不穷之意[1]"。这个别名似乎更好，更合诗意，更能面向"光和自由"。

从现有的诗评来看，木叶对于"诗形"的批评表现出良好的艺术感觉，值得信赖，然而他并不满足于此，他说道[2]：

> 当代不少诗人向杜甫致意，但往往少了那种与
> 时代的相互辨认、整全感、深切性以及超拔精神，

---

[1] 程晓流解说，《〈围棋发阳论〉新解》前言，蜀蓉棋艺出版社，1998年，P1—2。
[2] 木叶，《在画龙与点睛之间——萧开愚〈二十夜和一天〉》，《上海文化》，2018年1月号。

透出一种"轻"。

"轻"是因为不及物，没有迎难而上，而是在语言层面"滑翔或绕过去"，或者是在及物性中透出不及物性。"物"可指向时代，指向那个"没有名字的怪兽"（西川诗），也可指向日常生活，导引至人的内心，及于"灵魂的深"。木叶指出，多多的诗是在书写"词与物"，又或者说是"词与无"，从"物"到"无"，是否意味着诗的及物性在减弱？多多说语言是他生命中的困境，但"正视困境才有可能一点点获得爱、力量与自由"，或者找到"沉默的出口①"。

北岛早年的诗歌是非常及物的，后来在"词场"中寄放诗意，"在语言中漂流"，并自觉地试探"语言中一个个基本的存在"。北岛即使回国了，他的"词"可能依旧处于流亡、放逐或遮蔽之中，语言并不能减轻人们沉默的痛苦。北岛说："诗歌最多能点睛，而不能画龙。"木叶化用了这句话，他取"画龙"与"点睛"来说明问题，前者指向叙事，"可理解或引申为如何处理越来越复杂多变的现实世界"，"点睛"则指向抒情、哲思等"灵光闪动②"。诗歌的叙事性不足，不能介入时代与日常，及物性就弱了；反过来，如果诗不能及物，诗所言说的事物就可能是"轻"的，灵光或者隐没不见。

---

① 木叶，《多多：诗人的原义是保持整理老虎背上斑纹的疯狂》，《上海文化》，2018 年 9 月号。

② 木叶，《北岛的词场》，《扬子江评论》，2016 年第 6 期。

《臧棣：我把一些石头搬出了诗歌》①。石头意象可以不尽相同，"大体包括重量感、历史感、硬度和凸显性"，简而言之曰"重"，诗人把一些"重"的东西搬出了诗歌。不过，不能就此以为臧棣的诗变"轻"了，但木叶还是批评这并非"正面攻坚"。石头搬出去后，臧棣写诗的技巧性似乎提高了，迷恋"虚词炼金术"。木叶对此先扬后抑，因为后抑，先扬的东西就变轻了，这种垂直打击的方法非常有力度，有准头。实际上，木叶重视"发阳"，他喜爱诗歌中突然上升的诗句，"瞬间照耀前面的文字，使得幽暗的部分也闪烁起来……并平添了弦外之音"。像"深渊里的词向外照亮"（多多《从一本书走出来》），这种诗句越是临近结尾，高度和亮度也就越惊人。

西川诗歌的前后期变化非常明显，后期诗歌的"实验性"令人侧目。《鉴史四十章》调头转向历史和古典，颇有些佳构，不过，"当我们期待着作者（或龙）那超拔的一跃时，诗已结束，整个文本终究还是像一个半成品，一个概念化的装置②"。为什么最后的诗意没有得到跃升？

木叶并没有批评西川的"诗艺"，而是指出西川思维模式缺陷、读书浅尝辄止、缺乏洞见等，简而言之，他的诗里缺少真正的思。诗意不能照亮全诗，不能完成，不是或缺诗的技术，而是思力不足。在我看来，这个"超拔的一跃"，是诗意，也是思的状态。诗在思的基础上完成跳跃，思也要靠诗来抵达和升

---

① 木叶，《臧棣：我把一些石头搬出了诗歌》，《上海文化》，2018年5月号。
② 木叶，《西川：偏离诗歌的力量》，《上海文化》，2018年3月号。

华，借助诗的跳跃，思从文本跃迁到读者，是及物，也是思的完成。

木叶写诗作文善于收尾，诗与思缠绕着升腾，总有一种光亮。但有些诗意也是不明朗的，跃进太快，像谜，我希望它是对光亮的更高允诺。在一篇对他的批评进行批评的文章里，我想引一首他的诗来结尾，诗曰：

> 我看见另一个我
> 坐在墙角，低着头
> 认认真真饮下一杯透明的苦酒

诗写于 2014 年夏，题为:《我从未成为那家早餐店的第一名顾客》。

# 情话

## 一

金庸小说《神雕侠侣》中有一位赤练仙子李莫愁，临死前高唱道："问世间，情为何物？直教生死相许。"她虽然作恶多端，但这一唱颇能令人动容。唱词来自金元时期文学家元好问的一阕《摸鱼儿·雁丘词》，原序说有两只大雁，一只被人捕杀，另一只悲鸣不已，撞地而死。元好问买下这两只大雁，在汾水之滨葬之，用石头垒成标记，称为"雁丘"，作词以言志，是则大雁有情人亦有情。

金庸化用了这个典故。《神雕侠侣》中有两只大雕，雄雕被金轮法王打死以后，雌雕也撞崖而死，情义不输大雁。"侠侣"可指杨过和小龙女，中了情花毒的小龙女以十六年之约稳住杨过，然后跳下悬崖，但杨过十六年后也依然跳下悬崖，用情之深烈，殉情之坚决，与神雕、大雁同一。

他们的师姐李莫愁因为心上人变心，从此性情大变，成为江湖上人人闻之色变的大魔头，人生就此毁了；葬身火海时又高唱《雁丘词》，也算得上是"生死相许"。

小说里古墓派诸人用情皆深，与祖师林朝英和所学经典《玉女心经》有关。林朝英本人就是个情种，而且个性极强，执念极深，她的言行必然化入《玉女心经》当中，受此影响，李莫愁、小龙女和杨过之情深都可以说来自经与师（经师或可合观）。古墓派看起来与世隔绝，不染红尘，但深情却是她们的家风，不过，个人际遇不同反应也各有不同。李莫愁遭逢大变后，言行乖张，不合经典，情变变错了；杨过是正变，因为他修学的经典扩大，甚至超越了原来的经典；小龙女恪守《玉女心经》，在谷底独自生活了十六年，算是未变待变，故同门三人，一死一生，一为生死之间。

情为何物？一切有情莫不有生死，而生死恰是有情的根本特征。世间之情不仅教生死相许，而且一直都是生死相随。

## 二

明代"后七子"领袖王世贞有"四大奇书"说，即《史记》《庄子》《水浒传》与《西厢记》。明末清初李渔认可的四大奇书则是冯梦龙提出来的，即《三国演义》《水浒传》《西游记》与《金瓶梅》。与李渔大致同时的金圣叹将《庄子》《离骚》《史记》《杜诗》《西厢》《水浒传》列为"六大才子书"。几经时代淘洗，近代以来形成了至今仍广为流传的四大名著：《三国演义》《水浒传》《西游记》与《红楼梦》。

四大奇书显然对应于宋明理学确立的《四书》:《大学》《中庸》《论语》与《孟子》。四书是经书,经为根本,当指性,为心性之学,《中庸》曰:"天命之谓性,率性之谓道,修道之谓教。"奇书也是才子书,当表情。奇书之奇,一指情感之奇,奇在能教人生死相许;二为奇正相生之奇,《四书》可以说是一本正经,四大奇书则为正经之变。只读经书不读奇书,或容易成为腐儒,不通世务,不达人情;光读奇书不读经书也不好,情无所依,感无所据,或流于轻薄孟浪,经书与奇书合而铸就人之性情。

与李渔大致同时的陈忱指出,有人曾将《南华》《西厢》《楞严》《离骚》并列为四大奇书,认为"《南华》是一部怒书,《西厢》是一部想书,《楞严》是一部悟书,《离骚》是一部哀书"。为什么这么说?《西厢》讲男女情,叙鱼水之欢,因此"想书"当指"乐"。"悟书"是喜,世间之喜以开悟为最高,所以这里的"四大奇书"可指向人间喜、怒、哀、乐四种情感。

以四大名著而言,《红楼梦》对应《西厢》,是"想书"。《西游记》对应《楞严》,为"悟书"。《水浒传》可对应《南华》,因为梁山好汉揭竿而起,啸聚山林,"怒者其谁邪"?《三国演义》对应《离骚》,因生逢三国乱世,呼天不应呼地不灵,政治昏暗,民生多艰,可当一部"哀书"看。

四大奇书或者四大名著是否可以回到《四书》?要求完全合经似属牵强,但也可以归诸《四书》。《三国演义》归诸《论语》,孔子知天下事不可为而为之(诸葛孔明可比之),厄于陈蔡而弦歌不绝(《三国演义》有空城计),其为人也,"发愤忘食,乐以忘忧，不知老之将至"。当以乐化其哀。《水浒传》归诸《大学》。《大学》曰："知止而后有定，定而后能静，静而后能安，安而后能虑，虑而后能得。"以知止定静安虑得，当能化其怒，故"自天子以至于庶人，壹是皆以修身为本。"《西游记》归诸《中庸》，以修道、率性而返回天性。《红楼梦》归诸《孟子》，所谓"食色，性也"。以性化情，将情化入性。

三

钱穆喜欢吟诗，但不能作诗。他说："吟他人诗，如出自己肺腑，此亦人生一大乐也。"不能诗而吟诗，为的是人生之乐。他喜欢吟的是宋、元、明、清四代理学家的诗。钱穆认为，"理学家主要吃紧人生，而吟诗乃人生第一要项。"理学家"吃紧"人生是为了理，而"吟诗"是放松心情，为乐事。理当经书，所谓"性即理"；诗主情，当奇书。

理学家在"天理"与"人欲（情）"之间交战，王船山则说："天理即在人欲之中，无人欲则天理亦无从发现。"（《张子正蒙注》）换句话说，天理就在人情当中，没有人情则天理也无从体现。

爱好本就是人的天理，"理学家"也需要"吟诗"的爱好，但如果落入"理学"，很有可能沾着"头巾气"。还有一些爱好偏离理学而偏向爱，成为"癖好"。张岱说："人无癖不可与交，以其无深情也；人无疵不可与交，以其无真气也。"癖好与瑕疵或不为"天理"所容，但深情和真气可以对"理学"有一个平衡，形成张力。

有爱好就有厌恶。周作人是现代新文学大家，尤以散文名世。胡兰成对他有一个观察，在《周沈交恶》一文里说，周作人"喝苦茶，听雨，看云，对花鸟虫鱼都寄予如意，似乎是很中人生味，其实因为这人生味正是他所缺乏的。"为什么这样？胡兰成说这是因为周作人太"理性"了，所以乏味。

胡兰成有拉偏架之嫌，他只是厌恶一个人，连带他的日常趣味都厌恶了，而周作人未必如此。但如果把胡兰成的批评对象看成是一个现象，而不是专门针对周作人，那么他的观察就颇能切中肯綮。有些热闹只是寂寞，有些繁华只是无聊，有些人生味同嚼蜡。

在《周作人与鲁迅》一文中，胡兰成继续说道："不知道从什么时候起，中国人的生活变得这样琐碎、零乱、破灭。一切凶残、无聊、贪婪、秽亵，都因为活得厌倦，这厌倦又并不走到悲观，却只走到麻木，不厌世而玩世。"活得厌倦而不悲观，是把情当作了人生的调味品，但胡兰成用情泛滥，又有一种玩世不恭的态度，不知情何以归止，已走向另一种形式的厌倦。厌恶不仅仅是针对别人，更严重的是针对自己。胡兰成虽以文学名世而心有不甘，热衷世事而志有未达，大节有亏而不能昌明，表现在他的文章里，其文跌宕自喜，似乎很有人生味，但这也许恰是他所缺乏的。

# 四

《左传》曰："民有好恶、喜怒、哀乐，生于六气。"六情当中，"喜生于好，怒生于恶"。六气分别是阴、阳、风、雨、晦、明。自然天气影响人的心情，情首先是自然性、身体性的。《西厢记》云："小子多愁多病身，怎当她倾国倾城貌。"情绪有时候是身体的直接反应。此外，时代风气、社会思潮也能影响人的心情，这时候情就是社会性、精神性的反映了。

吕思勉一代史学大家，治学之余爱读古典诗词，著有《论诗》一卷。他读诗能够深入理解诗歌的音乐性。《论诗》曰："如'枯桑知天风，海水知天寒'等为汉人常见之句，知其联缀，更无他意，只在喉吻间熟，其诗在口中，不在纸上也。"诗在喉吻间熟时便已经是乐，自然带有身体性的情绪和节奏，出口成章亦成风，往往兼具时代风声。

吕思勉不读新文学作品，但他在新旧文学变换之际，敏感地意识到我国历代的诗歌变迁规律："每当诗体改变之际，必为乐律改变之时，又必承外国乐输入之后，殆千载如一辙。"这是说诗的时代性，诗最易形成时代风潮，一代人的风尚也必然灌注于诗歌，而"外国乐"的输入有肇始之功。

乐变诗就变，然后影响到社会人心。一九四七年吕思勉为《学风半月刊》写了一篇发刊辞，说道："人心之转变，由于环境；环境之造成，在于制度。求移易人心者，不可不改革制度，以变换其环境。然制度的改革，亦比人心之先有相当的信向，乃能见功。"这个"人心之先"的信向，必然有"外国乐"为先导。

黄炎培看到发刊辞后很赞赏，写了一副楹联以勉励后学，云："风气转移匹夫有责，理性控制为学成功。"一方面是风气，是诗，是情绪；另一方面是理性，是为学，是知识（含思想），由新风气推动新知识的传播，由新知识造成新风气的形成，两者不宜偏废。

# 五

《海滨故人》是五四时代女作家庐隐的名篇，小说写五位旧式小姐进了现代大学之后的情感生活，总体上被一种青春期的忧伤情绪笼罩。从前无忧忧虑的生活结束了，现在进入成人世界，"感情的花，已如火如荼地开着"，她们尝着了爱的甜蜜，同时了解到苦恼的意义。不过，在这些哀乐的情绪里，还有些别的东西。

她们当中有一位宗莹，父母为她介绍了一位很好的男青年，但宗莹讨厌他是个官僚。让宗莹为难的是，她父亲极力推荐。她向露沙诉苦，说她从前过的是小姐式生活，满肚皮都是才子佳人、三从四德的观念，可是："现在既然进了学校，有了知识，叫我屈伏在这种顽固不化的威势下，怎么办得到！"

旧时代的小姐有了新时代的知识，情就变了，或者说有了新的情，开始晓得什么叫孤独、悲愁还有无聊。她禁不住有了个问题：到底是"知识误我"，还是"我误知识"？宗莹以前在家塾里读《毛诗》《左传》，现在在学校里学老师发的讲义，有了"新知识"。小说《海滨故人》直接提到的书只有三本，除了《毛诗》《左传》外，还有就是法国作家小仲马的小说《茶花女遗事》。如果说宗莹的小姐时代是她的伊甸园时光，那么"新知识"（很多是西方现代知识）等于是禁果了。"只因乾坤一破，性转为情,从此情上用事,随声逐色,不能还元。"(朱云阳《参同契阐幽》)要想回到伊甸园,只有吃生命树上的果子,而经书或可比为生命果,不过走出伊甸园的现代人很难回去,但也许可以不必回去。

宗莹尝到的那些情感不仅仅属于她的青春,而且也属于她的时代。在五四时代的学校里,现代专业分科瓦解了经书的一统天下,《四书五经》散了,经书守不住了,"道术将为天下裂"。从西洋吹来的风送来了德先生和赛先生,深刻影响现代中国人的性情。《水浒传》中的"替天行道"曾演化为一场太平天国运动,《三国演义》中的维护正统(匡扶汉室)也曾被发挥过(如"驱除鞑虏,恢复中华"),但都被现代民主革命的热情取代。而大观园女子的后代开始追求起"自由恋爱",《西游记》中的神仙斗法则让位于现代科学显示出来的神奇力量,科学不断进步,逐步拓宽现代人的物质与精神境界,人们对进化与科学产生迷恋。这些新情感是新时代的人才生发出来的情感,它们又与新时代的知识密切相关。

# 六

《系辞》曰:"吉凶以情迁。"情总是要变,变是对事物的反应,反应对了就吉,不对就凶。四大奇书有《四书》作为"判断标准",凡情都可以归诸经典,反应以经教为旨归,可以为吉。

《毛诗序》以"美刺"来判断人的情感,依据是经典,美之则吉,刺之则凶,而"美刺"本身又成为后人判断的标准。孔子（老师）之言也成为经教。《论语·八佾》曰："《关雎》乐而不淫，哀而不伤。"淫和伤都是"过度"的意思，而这个"度"就在经典，过了度就是淫和伤。《左传》曰："审则宜类，以制六志。"要以礼节制六情，使之不过度。《毛诗序》说《关雎》为"后妃之德"，是为男女之情立了一个"度"。

有立就有破，时代不同，"度"也随之变化，"过度"几乎是必然的。起初，读过《毛诗》的宗莹晓得安放自己的情感，无忧也无惧；但在五四时代这个标准变了，甚至失灵了，因此初尝新知识的女大学生们反而觉得"知识误我"，在新情感面前彷徨无计，不知所依。《系辞》曰："爱恶相攻而吉凶生。"因为"度"变了，自由恋爱与父母之命相攻，吉凶不明。宗莹选择了自由恋爱，但她并没有因此而得到幸福，抑郁而死。总体来看，《海滨故人》写得凄苦迷离，五位女子伤春悲秋，反应不定，这或者是因为个人力量不足，选择不够坚决，吉凶亦难由人定。

"子曰：《诗》三百，一言以蔽之，曰思无邪。"（《论语·为政》）"思无邪"可以说是一个"度"，但也可以说不是；或者说"思无邪"可以有具体内容，也可以没有，它只是要让人从"情"走向"思"，化情为思。人莫不有情，因风而生，而思归何处，则情归何处，如果情有所安，进退有序，张弛有节，或可称吉。


# 七


张爱玲笔下的女子大多以婚姻、家庭为归宿。《第一炉香》

中的葛薇龙费尽心机嫁给乔琪乔，可是难逃被抛弃的结局。《倾城之恋》中的白流苏已经离婚了，回到娘家，最后还是要找机会嫁给范柳原。这些男女先是成立家庭，然后遭遇各种变故，家庭散了，接着又重新组建家庭，如此反复。据评论者说，当代女作家文珍的小说主题之一是逃离，另一个是归来，她小说的完整主题则是"逃离又归来"，这不是对张爱玲小说遥远的呼应吗？

对于这种现象，潘雨廷先生有一个观察，说道："家人、睽、蹇、解四卦，括尽家庭之道。自咸、恒成立家庭，遯、大壮必主进退，晋、明夷地二生火，明生物，然后即此四卦。夫妇合得好，即家人。不好，即睽。睽必蹇难，难总有解，然后重来过。"（张文江记述《潘雨廷先生谈话录》）家庭四卦也可对应四种感情，成立家庭是喜事；睽者，二女同居而志向不同，导致怒目相对；蹇难之时诸事不顺，当哀，且有"贫贱夫妻百事哀"；再难的事能够得到一个解决或者解脱，总是好事，当属乐。这个过程也仿佛生老病死，有生死的都是有情。而四情也可以是二情，以爱（好）开始，以恶结束。

家人四卦也相当于一治一乱，家人卦为治时（主题是归来），到解卦时已经乱了（主题是逃离），睽、蹇是过程。现代易学家杭辛斋曾考察过我国历史的一治一乱，他认为历史循环往复，人事永无进步的原因在于，"吾人只知以益求益，而不能以损求益"，因此，历史最多只能"转否"，而不能"化否"，（杭辛斋《学易笔谈·读易杂识》）换句话说，这样打不破"泰否"的循环线，最好的结果只是在这个循环内调整一二。

263

从卦象顺序来看，家人四卦之后是损、益二卦，跳出循环的关键是"损益"。潘雨廷先生这样说道："损益反过来又是咸恒，损益得好不好，就可进入国家等六卦，国家以后就是遗传问题。"如果参考杭辛斋的意见，"以益求益"是没有损益好，那就重新回到咸、恒，再谈恋爱再建家庭；"以损求益"是损益好了，就不用再走回头路，而是另起一行，进入新阶段，从个人走向时代。国家等六卦是走政治路线，遗传当指生物性与自然性、生物圈与信息圈不断扩大。以历史而言，"则否变同人，同人而进于大有，世运始有进步"。这样就有可能跳出一治一乱的循环线，代之以进化正轨之螺旋线。（杭辛斋）

"以益求益"类似"马太效应"，即强者愈强，弱者愈弱。"以损求益"则有一个平衡，《老子》曰："天之道损有余而补不足。人道则不然，损不足，奉有余。孰能有余以奉天下？其唯有道者。""以益求益"指向人道，"以损求益"指向天道，家庭四卦总在人道内循环，要想跳出循环，只有变轨进入天道。

# 八

有人道文学，有天道文学。明人把《楞严》列为"四大奇书"之一，富有眼光和洞见。《楞严》是佛经，也可以说是奇特的文学作品（非虚构文学），只是它的人物与情节相应"天道"（按佛教称为佛道），虽然它的用意还是在人间。《西游记》也是天道文学，唐僧师徒四人，孙悟空、猪八戒、沙僧等虽有人身但非人类，唐三藏是人但他不沾人间情欲，亦非凡夫俗子。至于小说里的情节，佛菩萨、神仙老道、妖魔鬼怪等，更是"此曲只应天上有，人间能得几回闻"。

当代科幻写作是否可以称为天道文学？不一定。刘慈欣的科幻小说《三体》三部曲是"奇书"，颇有"开张天岸马，奇逸人中龙"的味道，令人难忘的不仅仅有人马座星球、末日大战等与天外来客有关的故事，还有人间至情。云天明送一个小宇宙给程心，爱情的礼物极富诗意，但还是在人道之内吧？更重要的是，云天明讲了三个童话故事给人类听，其实是泄露了三体文明的科技秘密，但三体文明未能察觉，因为讲故事是人类表达思想与情感的独特方式。

陈中梅在荷马史诗《伊利亚特》译序中说："秘索思（muthos，复数 muthoi，神话和故事）也是人类的居所。"他认为，当哲学（或逻各斯）面临"山穷水尽"之际，"秘索思是逻各斯唯一可以寻索的古代的智慧源泉"，是帮助逻各斯走出困境的"法宝"。《三体》里的云天明正是运用了秘索思才避开了三体文明的监察，帮助人类走出技术（逻各斯）困境，造出光速飞船，逃出生天。

陈中梅很难设想科学进步的最终目的是为了消灭文学，他相信秘索思和逻各斯会长期伴随人的生存。这种乐观很快遭遇到了人工智能写作。参考《三体》中的"智子"形象，我们不妨把能够写作的人工智能看成是人类制造的"智子"。这种智子能够写作现代诗，越前卫、越现代，它就越容易写，反倒是传统的东西模仿不出来。这是不是意味着智子尚未突破人类的情感领域？作为情感载体的秘索思是否会成为人类的有效防线？

刘慈欣认为，情感挖到最深处，也就是大脑中一些化学物质的传递和反应，"和电子的传递算法在自然规律上没有什么本质区别"。如果真是这样，智子可以表达人类的高级情感，可以与人情感交流，但在最高的智子面前，"人类根本理解不了它的情感和智力世界所达到的程度"。就像一只蚂蚁理解不了人类一样，人类写下的每一行字，对于蚂蚁来说都是"天书"。而蚂蚁的行为在人类眼中几乎透明，即使有些不明白又能怎样，就像三体文明对人类说："毁灭你，与你何干。"这也许并非表示三体文明"无情"，而毋宁是另一种不可思议的"情感"。

极有可能的途径是人机结合，人类通过计算机达到逻各斯的顶点，计算机通过人类深入秘索思的核心。人机结合有两个向度，一个是"智人"，以智子为主，保留了人的情感；一个是"人智子"，以人为主，发展出智子的情感模式。人机结合或者是天人合一的具体表现形式，但一旦具体化，就很有可能再次被超越。

人机结合并非唯一的途径，智子与人应该可以各自按照自己的方式发展、进化。智子可以单独发展出超越人又涵容人的情感，而人也有可能独立发展出天人合一的状态或者形式。人的情感可以被超越，但不必抛弃以至于绝情。

# 九

清代赵翼《论诗》写道："李杜诗篇万口传，至今已觉不新鲜。江山代有才人出，各领风骚数百年。"从古至今，新鲜乃至新奇都是文学的重要追求，所谓"语不惊人死不休"。一代人有一代人的情感特色，都想要活出自己的模样。不过，从前的日子过得很慢，"一生只够爱一个人"，而当代人的情感更新速度太快。文学流派或者文学主义变得不重要，甚至不需要，最终是年龄描绘了文学样貌，代际写作成为当下特有的文学现象。

情感消费市场方兴未艾，人的情感反应早就被设计好了（此处应该有掌声），现代人在世界面前仿佛衣不蔽体。电视剧《恋爱先生》中的程皓既是牙科医生，又是恋爱顾问（通俗地讲就是媒人），前一个职业是公开的，后一个则是秘密的，是密室里的操作。在他的策划下，一个个"猎物"顺利落入他精心布置的"情感陷阱"，在这里，"恋爱"等于化学反应，只要设计得好，人的情感反应是可以预期的，结果可以皆大欢喜，当然也可能反目成仇。自由恋爱原来不自由，真情原来可以预谋。

为了新鲜新奇，有些写作剑走偏锋，写一些不正常的情感类型，短时期内或者有意想不到的效果。可是当今读者什么没见过？都是套路。在各种"刺激"的轮番轰炸下，小鲜肉都已经"饱经沧桑"，看惯一切，成为"佛系"青年了，一般的文学作品很难打动、吸引他们。现代文学似乎又回到了原点，面对鲁迅曾经面对过的"麻木看客"，他们只对"杀头"高声喝彩，甚至连这声喝彩都很快感到厌倦。

情感不仅仅是情感，也蕴含思想，甚至本身也可以是思想，情感乏味是因为没碰着思想，或者说情未合性。表层的情感细胞被刺激得麻木不仁，而深心里的美或者从未开发。

柏拉图的《会饮》篇"不是哲学论文，而是剧本"。（周泽民）据说，柏拉图在剧本里不直接说话，是为了隐藏自己的观点，避免与城邦发生冲突。这也许是确实的，然而，这种写作方式也是为了"去蔽"，是将所有秘密次第呈现眼前。在《会饮》篇里，柏拉图首先通过斐德若等人之口展开爱欲的讨论，然后深入一层，让苏格拉底出场与阿伽通对话，最后通过苏格拉底忆述第俄提玛的教诲而瞥见美本身。"一旦你瞥见了，你就会觉得，那些个金器和丽裳，那些个美少和俊男都算不得什么了——你如今不就还迷醉于这些，像别的许多人一样？"也就是说，如果能瞥见美本身，那些表层刺激就不算什么了。

那么，什么是美本身？苏格拉底忆述第俄提玛的话说道："要是一个人瞥见美本身的样子，那晶莹剔透、如其本然、精纯不杂的美，不是人的血肉、色泽或其他会死的傻玩意一类的美，而是那神圣的纯然清一的美，想想看，这人会是什么心情？"这时候他已经撇开爱欲的泡沫，进入到了爱欲的核心，那些不死的、永恒的美本身就是爱欲。然而，正如第俄提玛所言，只有"精神的眼睛"才能亲眼见到那仅仅对"精神的眼睛"才显现的美。

相应地，这时候的写作已经从外在转向自身，但又不厌弃外在。柏拉图曾说灵魂有三部分，理性在大脑，激情在心间，欲望在肚脐和肝脏。（第欧根尼·拉尔修《名哲言行录》）以文学写作而言，欲望写作是通过自己的欲望而唤起别人的欲望，激情写作已然向内转向自己，当灵魂到达大脑之时（智慧写作），欲望与激情都被净化，写作者被写作者自己唤醒，或者睁开"精神的眼睛"，瞥见美之本然。

# 十

刘小枫、陈少明主编的"经典与解释"系列中有一本《血气与政治》。人的血气与政治有何关系？第一篇文章是萨克森豪斯的《阿基琉斯传说中的血气、正义和制怒》，文章认为，"血气对正义或合法性的要求从来不能得到满足"。换句话说，个人（血气）对政治（正义或合法性）的要求从未满足。那么怎么办？只能节制。"阿基琉斯的故事就是关于一个人如何学会适度即节制的故事。"第二篇文章为尼科尔斯的《柏拉图〈王制〉中的血气与哲学》(《王制》通译为《理想国》)，作者说："柏拉图与荷马一起，告诫人们要节制自己的血气。"什么是血气？苏格拉底在《王制》中说明灵魂的第三部分时说道："这一部分包含着血气，是我们借以发怒的那个东西。"

对于这个论题，不妨读一读《损》卦。《损》卦《象》曰："山下有泽，损。君子以惩忿窒欲。"根据虞翻的解释，损卦从泰卦而来，泰卦下乾上坤，乾为君子，为愤怒；上卦坤吝啬为欲。泰一变变为损，下卦泽为兑，为说（喜好），化解了乾之愤怒，为"惩忿"；上卦山为艮，为止，是为"窒欲"。

东西方哲人都意识到要节制愤怒（血气）还有爱欲，不过，愤怒似乎比爱欲还要往前一步。尼科尔斯说："苏格拉底对于爱的论述进一步展示的是血气，而不是爱欲（eros）。"我们知道，荷马史诗《伊利亚特》是从阿喀琉斯（旧译阿基琉斯）的"愤怒"开始的；泰卦变为损卦，是泰初之上，首先是从乾（愤怒）开始变。《庄子》内七篇第一篇为《逍遥游》，开篇就说南冥有一条鱼，化而为鸟，这只鸟，"怒而飞，其翼若垂天之云"。没有这一怒，大鹏鸟飞不上去，也就没有逍遥之游了。

难道说，人的原始情感是"愤怒"而不是"爱欲"？

按照柏拉图的讲法，血气（也是激情）在心间，往下是爱欲，所谓"冲冠一怒为红颜"；往上就是大脑，用理性来节制愤怒和爱欲。不过，似乎还可以再往上走一步，怒而直飞青天。

到天上去干什么？"起舞弄清影，何似在人间。"还是要回来。有情饮水饱，做个有情人。

# 小说的风雅颂

一

陆游诗曰："文章本天成，妙手偶得之。粹然无疵瑕，岂复须人为。"

文章的出现需要时代机运，不是每一个时代都有文章。当代"文章"的普遍观念已不同于宋代诗人陆游，随着现代媒介的迅速发展，越来越多的人能够写文章了，而且文章已经泛化，举凡小说、诗歌、散文、戏剧、论文乃至影视、动漫等，都可以看作是文章的变身。然而，"文章千古事，得失寸心知"的郑重却从未在变化中变质，反而在文字泛滥的当下更加显得庄严。

好小说也本天成，属于时代的馈赠，一个时代能有一两个好的小说家或者一两部好的小说就已属幸事。这样的小说家站在一个将起未起、将飞未翔的时代之前，妙手偶得风气之先，将一部有文可观、有章可法的小说奉献给时代。

《说文解字》的第一个字是"一"，许慎释曰："惟初太始，道立于一。造分天地，化成万物[1]。"小说在落笔之前就已经开始了，开始的开始是为太始。所谓"一画开天"，我们读到的小说已经是"一画"之后的天地万物。

周易开始两卦是《乾》《坤》，接下来第三卦是《屯》，其《象》曰："屯，刚柔始交而难生。"开始总是艰难的，然而小说家的腹内乾坤早已形成并始终在变化。小说一旦落笔、现形，有时会不由自主地发展下去，不听从小说家的安排，这类故事在中外文学史上并不鲜见。重要的是在开始之前酝酿"一画"，每一次动笔都是《乾》《坤》与《屯》；决定小说好坏的是《乾》《坤》，小说显现的万千面目从《屯》开始生成。

现代文学史上第一篇白话文小说是一九一八年五月发表于《新青年》的《狂人日记》，著者鲁迅。在小说集《呐喊》"自序"中，鲁迅自述家道中落，然后负笈东瀛学医，在一个讲堂中看到一幕"示众的盛举"，有感于国势日衰国人麻木，深受刺激，觉得学医并非要紧，最重要的是改变国人的精神，"而善于改变精神的是，我那时以为当然要推文艺，于是想提倡文艺运动了[2]。"鲁迅回国后在朋友的催促下，拿起了笔，发出了第一声"呐喊"：《狂人日记》，是为现代小说的开篇，而其乾坤早已酝酿多时，并且与时代精神相吻合。

---

[1] （汉）许慎，《说文解字》，中华书局，1963年，P7。

[2] 鲁迅，"鲁迅小说集"《呐喊》自序，人民文学出版社，2002年，P4—5。

《诗》有风、雅、颂。《大序》曰："是以一国之事，系一人之本，谓之风。"这里的"风"接通人与国。《毛诗正义》曰："诗人览一国之意，以为己心，故一国之事系此一人，使言之也[①]。"鲁迅呼吸到时代气息，以一人而览一国之意，吞吐之间，便写出《狂人日记》，或者说是时代以一国之事系于鲁迅一人，迫使他发出呐喊，这声"呐喊"因应时代条件而写成小说。

以小说而言，开始可当风，过程是雅（对风的编辑、调整），结尾为颂（风气之所归）。有些小说是风，有些小说是雅，有些小说是颂。小说的风雅颂并非单一排列，风中可以有风、雅、颂，雅中也可以有风、雅、颂，颂中也可以有风、雅、颂。

《狂人日记》开篇是一小段"序言"，说明本篇可为"医案"，揭示"医者之心"。然后写下数字"一"，写下第一则日记，是为"一画"，"一"之前可当本篇小说的"乾坤"，之后才是小说。小说写道：

今天晚上，很好的月光。

我不见他，已是三十多年；今天见了，精神分外爽快。才知道以前的三十多年，全是发昏；然而须十分小心。不然，那赵家的狗，何以看我两眼呢？

---

① 《毛诗正义》，《十三经注疏》（上），上海古籍出版社，1997年，P272。以下引《诗序》皆同此本。

我怕得有理。

小说伊始就描绘了一个"狂人"形象，这个形象链接了时代，国意与己心相通。鲁迅"接风"之后落笔，是为小说开始。然后是雅。《大序》曰："言天下之事，形四方之风，谓之雅。"《狂人日记》一出，四方响应，唤起一个时代，是为雅。《大序》又曰："雅者，正也，言王政之所由废兴也。"用现代语言来说，雅是对"风"进行编辑。鲁迅的方式是批判，善作讽刺，寓正于反。《狂人日记》序言先说病人，最后说"愈后"，意思很完整，要把"狂人"治好。所谓改变精神，改造国民性，实质上是"革命"，一代人、一个国家的"风雅"都在"革命"里。

小说最后一句是："救救孩子……"殷切的希望或者祈祷，可当颂。《大序》曰："颂者，美盛德之形容，以其成功，告于神明者也。"鲁迅没有见到"成功"，"救救孩子"只是表达"获救"的美好希望，与序言中的"愈后"相应，也相应于《药》在瑜儿的坟上平添一个花环。但以鲁迅全部小说而言，《故事新编》可当"颂"，是鲁迅与各路"神明"的交流，是一种未完成的精神探索。

二

从写作时间来看，阿城的小说《树王》早于《棋王》和《孩子王》，可是发表顺序是《棋王》《树王》《孩子王》，阿城认为这样念起来有节奏。按风雅颂来排列，《棋王》属风，《孩子王》

当雅,《树王》可称为颂。

阿城是一个善于"采风"的小说家,他的小说"遍地风流"。一九七八年(《狂人日记》发表一甲子)以后中国文学界风起云涌,是出新人新作品的时候,他好几次都跃跃欲试。但从一九七九年回北京,至一九八四年七月在《上海文学》发表《棋王》,阿城蛰伏了五年,他说:"因为所见小说中都还缺少我所感知到的中国文化精神。但念头有了,却总觉得气运得还不到时候。"那时候万之在写小说,他觉得自己不是万之的对手,"气运"未到。"要写,就得拿出来就让人觉得有点不一样。要是别人都能写的东西,那还不如不写[①]。"

《棋王》出手不凡,开篇写道:

> 车站是乱得不能再乱,成千上万的人都在说话。谁也不去注意那条临时挂起来的大红布标语。这标语大约挂了不少次,字纸都折得有些坏。喇叭里放着一首又一首的语录歌儿,唱得大家心更慌。

当年有一位文学杂志编辑读到这句"车站是乱得不能再乱"的开头,感到"震惊","首先激动于它出色的语感所构成的那种韵味,我感觉在淡雅的画面上体现了很丰富的修辞弹性。在语感的弹性诱惑之中,我又感受到一种境界的悠远和新奇[②]"。

---

① 朱伟,《接近阿城》,《钟山》,1991 年第 3 期。
② 同上。

这实际上是"风"。"乱得不能再乱""大红布标语""一首又一首的语录歌儿",正是时代之风。小说开篇就把一个时代"采摘"了过来,然后一转身,换个频道,对准了世俗生活。结尾写众人睡去,夜黑得伸手不见五指,"我却还似乎耳边人声嚷动",眼前见到山民们点火把夜行、歌唱,不禁笑起来,想到:

> 不做俗人,哪儿会知道这般乐趣?家破人亡,平了头每日荷锄,却自有真人生在里面,识到了,即是幸,即是福。衣食是本,自有人类,就是每日在忙这个。可圈在其中,终于还不太像人。倦意渐渐上来,就拥了幕布,沉沉睡去。

结尾照应了开头,"乱得不能再乱"归诸夜晚的安宁;"大红布标语"开始就是不引人注意的,最后也干扰不了"衣食是本"的俗人生活;山民"咿咿呀呀"的歌唱代替了"语录歌儿",让人高兴。结尾歌颂的是"世俗",小说主人公王一生就是个俗人,吃相感人。但小说有超越,比如王一生也是棋王。

《棋王》是风,小说成为寻根文学的发轫之作,又可称雅。但阿城无意把小说作为改造精神的文艺工具,而是"把雅带向世俗","把'俗'弄成'雅',俗到极时便是雅,雅至极处亦为俗"(阿城《闲话闲说》)。拨其乱反其正,恢复小说的世俗面目,穿衣吃饭过日子,俗到极处是雅。

阿城视鲁迅为先生。"救救孩子"的呼声在《孩子王》里得到了响应,小说要教孩子们写"文章"。怎么教?第一,字要写清楚，不能错别字；第二，不要抄社论，要抄抄字典。没有写第三，其实是有的，那就是写歌词，歌词要讲韵律，字词的排列合了韵律就好。小说最后，学生王福交上来一篇作文——《我的父亲》，那真是一篇好"文章"，本属天成，何须人为？"我"不由得眼眶湿润。《孩子王》的"俗"与"雅"都在这里。

《树王》通灵。"树王"既是一棵大树，又是肖疙瘩的绰号，知青们砍倒了树王，肖疙瘩也随后病逝，极具仪式感。放火烧山时，一只极小的麂子冲进火场，动作极有灵性。阿城曾说莫言善讲鬼故事，他自己也是不遑多让。《树王》结尾写肖疙瘩的坟头草长出了白花，是医治刀伤的良药；又写知青们歇息时能看见那棵巨大的树桩，还有那片白花，正所谓一边是毁灭，一边是新生，若不是这种力量和景象，《树王》的故事难以收束。

阿城写《孩子王》，感觉快得像抄书。他在《棋王》"自序"里说："小说写到这种状态，容易渐渐流于油滑。写过几篇之后，感到像习草书，久写笔下开始难收，要习汉碑来约束。"晓得怎样出手，也懂得如何收束，单篇小说如是，整个小说创作也是如此。"三王"之后，阿城没有趁热打铁，忽然收手了。


三


鲁迅和阿城的小说都是"风体"，其雅、颂都在风里，有肃剧色彩；王朔的小说是"变风"，类似谐剧。

一九八四年王朔写作《空中小姐》，那个时候"风清气正"。小说一开始就写道："我认识王眉的时候，她十三岁，我二十岁。"这是一个心思干净的年纪，而小说一开始也描写了淳朴女孩和英俊水兵的相遇，富有天真烂漫的情调。然后他们长大、交往、相恋、分手，出奇的是，在恋爱过程中撒娇的不是女孩，而是退伍水兵叔叔。小说结尾写王眉空中失事，水兵"永失我爱"，在梦中遇见情人：

> 阿眉来了！
>
> 冰清玉洁，熠熠生辉。
>
> 她拥抱了我，用空前、超人的力量拥抱了我，将我溺入温暖的海洋中。……我在她的拥抱，治疗下心跳、虚弱、昏厥，她的动作温柔了。蓦地，我感到倾注，像九溪山泉那样汩汩地、无孔不入地倾注，从她的心里。流速愈来愈快，温度愈来愈高，我简直被灼疼了。……我感到一个人全部情感和力量的潜入，感到自己在复苏，在长大。……我清晰地看到她泪流满面却是微笑着，幻作一个天蓝的影像，轻松地、一无所有地飘飘升飞。

陈思和认为，这个梦没有新意，"未摆脱浪漫主义爱情永恒的含义[①]"，也就是说，这个时候的王朔小说还洋溢着一种传统经典的文学气质。

一九八六年王朔写了一篇《橡皮人》，小说劈头就写道：

---

① 陈思和：《黑色的颓废——读王朔小说的札记》，《当代作家评论》，1989 年第 5 期。

一切都是从我第一次遗精时开始。

从这里开始，风气就变了，与他之前所写小说气味不同。小说第一句话在当时有点"大胆"，杂志主编虽然同意发表，但定版时删掉了第一句，他的一位朋友赶到印刷厂加上这一句才得以全文发表。

《橡皮人》的核心是"买卖"，情怀就是卖点。小说发表十一年后，当时的"投机倒把罪"就取消了，商业电影流行，"纯文学"不断萎缩，甚至一切都可以买卖，一切都成为买卖，而一切都不妨从"第一次遗精时"开始算起。在这之前相当于童真的古典，如《空中小姐》的"梦中相会"，而这之后就一脚跨进现代，《橡皮人》前后相当于古今之变。

现在看来，《空中小姐》最后的那个梦不就是一次"遗精"吗？它是对纯真年代的一次告别（这之后只有回忆），是结束，又是开始；所有的纯情出尽，"痞子文学"现身：《顽主》《一点正经没有》《千万别把我当人》《玩的就是心跳》《给我顶住》《谁比谁傻多少》《动物凶猛》《过把瘾就死》等。一九九五年《王朔文集》四卷本出版，一时洛阳纸贵，之后大小作家都出文集，文学殿堂"扩招"，门槛踏平，文学的"崇高"难以维持了。

完成于二〇〇六年的小说《我的千岁寒》取材于《六祖坛经》(以下简称《坛经》)，开篇奇特。《坛经》第一句是："时，大师至宝林，韶州韦刺史与官僚入山，请师出。"小说从第一个字"时"开始，每一个字都"解说"了一段或长或短的文字，其中"宝林"二字未解，在"至"时作为地名写进去，而"入山"之后

279

就不再逐字解说。口气依然是"一点正经都没有"，虽然说的正是经文，可称风中之颂。用小说来讲经，讲得杂七杂八，甚或颠三倒四，但或者就是这个腔调。

可是小说也有"一点正经"，大约是小说不得不顺着《坛经》的力量，越到小说结尾就越是如此。结尾也有两个，一个写于二〇〇三年，将《坛经》的结尾翻成白话就结了；一个写于二〇〇六年，不用《坛经》故事，改用自己的"偈颂"来作结，"一片空地，自饮自醉"，也有几分自得。最后"一偈"写道：

> 灵魂，每秒三十万公里；轮回，地球吸引力；
> 涅槃，黑色粒子云，热均衡，孤独地坚持，直至无
> 量无劫无边黑暗中那一声无人听到的自颏。

《我的千岁寒》用"偈颂"来作小说结尾，是文学，颂本来就是诗体，而小说也借"颂"的力量抵达内心的柔软。

## 四

有论者指出，余华经历了三个"叙事之夜[①]"，分别指向二十世纪八十年代、九十年代和二十一世纪初，恰好相应了新时期文学以来的三个阶段。

---

① 木叶，《一个作家的叙事之夜》，引自《水底的火焰》，上海文艺出版社，2017年，P17。

《十八岁出门远行》是一部洋溢着二十世纪八十年代青春热情的小说。这篇小说的开头像结尾，结尾像开头。小说结尾写道：

　　　　"让我出门？""是的，你已经十八了，你应该去认识一下外面的世界了。"后来我就背起了那个漂亮的红背包，父亲在我脑后拍了一下，就像在马屁股上拍了一下。于是我欢快地冲出了家门，像一匹兴高采烈的马一样欢快地奔跑了起来。

　　然后"我"就出发上路了，小说开篇写的正是他走在路上：

　　　　柏油马路起伏不止，马路像是贴在海浪上。我走在这条山区公路上，我像一条船。

　　这个开头也像结尾。在经历了一段"江湖险恶"之后，他还是得重新上路，一直都在路上，像一条船，没有目的地，不寻找"旅店"，也不用做什么，就是这么出远门。开头和结尾连起来就像一条没有尽头的路，永远在路上是一种先锋姿态，先锋小说的"三无主义"（无主题、无人物、无情节）在《十八岁出远门》中已隐伏其几。

　　余华早期的先锋小说面对暴力和死亡，热衷于描写恐惧与战栗，透出冷漠和怀疑，学习鲁迅和卡夫卡，看上去很"高雅"，实则只是"风"，但与早年习作相比又进了一步，可称风中之雅。

一九九二年余华发表了长篇小说《活着》。《活着》书写苦难，以及苦难中的人性，看起来极俗，其实是雅。五四以来，知识分子有一种"精英"立场，他们同情民众，不能对民间疾苦漠不关心，这种写作几乎就是"文学正宗"。

《活着》以"采风"起兴。小说开篇写道：

> 我比现在年轻十岁的时候，获得了一个游手好闲的职业，去乡间收集民间歌谣。那一年的整个夏天，我如同一只乱飞的麻雀，游荡在知了和阳光充斥的村舍田野。

小说写得神采飞扬，气息悠长。在乡间的生活中，"我"自然而然地遇上了徐福贵，由此展开一幅人生长卷。虽然是书写苦难，但余华显然并不想煽情，他毋宁是要把附加在苦难身上的东西淘洗掉，尤其是要清洗一些社会性思想，可称"雅正"。至于读者能从中感受到何种情怀，已经成为读者个人的事情。

小说结尾又回到开头。"我"与福贵的相遇结束，"老人和牛渐渐远去，我听到老人粗哑的令人感动的嗓音在远处传来，他的歌声在空旷的傍晚像风一样飘扬"。

> 老人唱道：少年去游荡，中年想掘藏，老年做和尚。
>
> ……我知道黄昏正在转瞬即逝，黑夜从天而降

了。我看到广阔的土地袒露着结实的胸膛，那是召唤的姿态，就像女人召唤着她们的儿女，土地召唤着黑夜来临。

唱一首老人歌譬如结颂，颂的庄严可以平衡少年的游荡，颂的歌唱又可以在一定程度上消解故事的沉重。召唤的姿态也是颂的姿态，召唤什么？一种"活着"的精神，一种百劫不死的精神，这在小说《许三观卖血记》中依然闪耀。

二〇〇五年，离《许三观卖血记》发表整整十年，余华出版了长篇小说《兄弟》，又是一变。余华三变，第一变是风，二变成雅，第三是变颂。二十世纪八十年代文学之风鼎盛，兴起了一批作家；进入九十年代后长篇小说创作丰收，出现了一批力作，如《心灵史》《九月寓言》《活着》《废都》《白鹿原》《长恨歌》《马桥词典》《丰乳肥臀》《尘埃落定》等。这些作家当中不少人后来都厕身庙堂，登上大雅或小雅之堂，他们和他们的作品构成了一个时代的"文学主流"。然而时代一直在变，文学之风雅一直都在三千年未有之大变局中，未有定论。

《兄弟》开篇写道：

> 我们刘镇的超级巨富李光头异想天开，打算花上两千万美元的买路钱，搭乘俄罗斯联盟号飞船上太空去游览一番。

这里的关键词是"超级巨富"，用"两千万美元"吸引眼球，乘飞船上太空是"有钱能使鬼推磨"。小说伊始制造了"悬念"，接下来就要说明李光头是怎么富的，为什么要上太空游览？接下来的故事才是《兄弟》的核心。不过，这个故事却从李光头在厕所里偷看女人屁股讲起，还有检举揭发的赵诗人和刘作家，自然还少不了围观看热闹的群众。

《兄弟》开场是一出好戏，随后各种故事、网络段子、社会新闻接踵而来，荒诞、冷幽默，绷不住了就笑一声，到选美处女大赛出场，文学的娱乐精神胜出，"围观"丧失了批判意义，狂欢消解了悲天悯人的情怀。《兄弟》比《活着》《许三观卖血记》显得"复杂"，究其实只是挣扎。苦难书写、围观示众、历史变迁，是现当代文学中的母题，《兄弟》的"纠结"在于：一边要崇高，一边要媚俗。对它的评价几乎两极分化，原因或者就在这里。

小说结尾又回到了开头。"超级巨富"李光头高价购买兄弟宋钢的遗物，人们闻风而至：

> 赵诗人双手虔诚地捧着破烂黄球鞋，一脸亲热
> 地叫着：
> "李总，李总，请您过目！"

比起厕所偷窥，这才是真正的"斯文扫地"。而后李光头"报复"式地给了赵诗人十八个扫堂腿，连身喊叫："爽！爽！爽！"又问呻吟着的赵诗人："你愿意为我工作吗？"诗人立刻就不呻吟了，跳了起来，春风满面地问是何工作？原来是"体

能陪练师"，其实就是挨揍的，而诗人也欣然接受。

小说结尾如此羞辱"赵诗人"，意在说明精英意识的彻底"沦陷"吗？谁来启蒙谁？资本与市场开始主导文学（就像李光头雇用了赵诗人），阅读量（还可以是点击量）其实是销售量，成了小说优劣的硬杠杠。崇高可以用来媚俗，媚俗才是新时代的崇高。谁会去批评读者（市场）的"正确"？

《兄弟》最后一句写道：

> "从此以后，"李光头突然用俄语说了，"我的兄弟宋钢就是外星人啦！"

这是向一个时代挥手告别的姿势。从此以后，"人性"写作似乎穷尽，外星人真的出现在文学领域了，文学的时间和空间场景急剧扩大，相应地，小说思考新主题，形成新格局，成为一股新风尚。

# 五

《兄弟》发表后一年，二〇〇六年五月刘慈欣开始在《科幻世界》连载《三体》。第一部《地球往事》，两年后《黑暗森林》出版，二〇一〇年第三部《死神永生》问世，刘慈欣携《三体》三部曲几乎跑步进场，一下子就把科幻文学提高到了前所未有的水平。

风雅颂有时间义，也有空间义。以空间而言，风指地方，雅为中央，颂则上出至天。这样来看，《三体》三部曲还在风雅颂当中，从《地球往事》到《死神永生》，从中国、地球到接近宇宙顶点，空间无限扩大，但依然有始有终，有生有灭，还是在时间范围之内。

《地球往事》从一个"疯狂年代"开始①，小说写道：

> 中国，1967 年。
>
> "红色联合"对"四·二八兵团"总部大楼的攻击已持续了两天，他们的旗帜在大楼周围躁动地飘扬着，仿佛渴望干柴的火种。

小说落笔就给出了一个坐标系：中国，1967 年。文明高度概括为空间和时间。从宇宙视角看，这就是一个文明的位置，只是一个点，《三体》三部曲就从这个点开始。第二段描写了发生在这个点内的"斗争"，几乎也是文明的象征。接下来，小说描写叶文洁目睹了父亲在"文革"期间被批斗至死的情景，她对"人性"产生绝望，并瞅准一个机会，向宇宙公布了地球的坐标，从而引发人类文明的整体危机。

《三体》一开始就对"人性"不信任，这使得小说有一种"黑暗"（可对应第一篇白话文小说的"吃人"主题），是后来发生一切故事的起因。这之后，地球与三体文明之间的斗争引来了更大的毁灭，"世界末日"来临，两个文明都走上了逃亡之路。

---

① 《地球往事》原稿开篇即是"疯狂年代"，结集出版时该篇调整至第七篇，此处从原稿。

《三体Ⅲ：死神永生》不再以人类某段历史为背景，而是以宇宙时间为纬线，时间和空间数量级无穷扩大。躲过了地球毁灭的关一帆和程心生活在一个小宇宙内，究其实那只是一小段时间和空间，但这个小宇宙在时间之外，在整个大宇宙之外。这个世界有两个人，一个男人，一个女人，还是有乾坤，"乾坤毁则无以见易"，文明就断了。除了他们外，这个世界里还有一个"三体人"：智子，女性。因此，世界的极简结构就是：阳一、阴二。

小说最后写关一帆和程心决定返回大宇宙。这时，他们回望了那个小宇宙，仿佛亚当和夏娃离开伊甸园时的回眸，他们看见：在那个一千米见方的宇宙中，只剩下漂流瓶和生态球，而漂流瓶隐没于黑暗里，只有生态球里的小太阳发出一点光芒。

> 在这个小小的生命世界中，几只清澈的水球在零重力环境中静静地飘浮着，有一条小鱼从一只水球中蹦出，跃入另一只水球，轻盈地穿游于绿藻之间。在一小块陆地上的草丛中，有一滴露珠从一片草叶上脱离，旋转着飘起，向太空中折射出一缕晶莹的阳光。

小说结尾表现了《三体》三部曲特有的"宇宙视角""上帝视角"。从宏观进入微观，微观依然是一个世界，依然有光明，有生机。每一篇小说都是一个自为自在的世界，相当于一个

"立体的质点"，开头和结尾相当于它的时间维度，进而言之，它的发表与湮灭才是真正的时间线。

将时代之风、现实人物、历史事件等写成小说相当于一次"降维"；雅可以视作对"降维"之后保留信息的整理，整理得好的就是好小说（有光明和生机），它让高维度的人更加清晰地看见所处的世界。如果小说人物与思想对现实世界产生了影响，发挥了作用，就相当于小说世界的"升维"，而颂是"升维"的力量。《周颂·敬之》曰："日就月将，学有缉熙于光明。"

# 虚构的真与幻

## ——从"假施设"的角度来看

一

苏轼在流放黄州期间，写下了《前后赤壁赋》《念奴娇·赤壁怀古》等脍炙人口的作品，已成为一个民族共同的文化记忆。可是，根据历史文献和出土文物，苏轼笔下的"赤壁"并非真正的古战场，三国赤壁在湖北蒲圻（现更名为赤壁市），不在黄州。

这里就有两个"赤壁"了。有人把蒲圻赤壁称为"武赤壁"，黄州赤壁称为"文赤壁"或"东坡赤壁"，前者是事实，后者属于文学的虚构。在这里，事实与虚构平等。我们不能根据诗赋来否定历史，也不能以事实来否定文学作品的价值，尤其是苏轼的赤壁诗赋，"文武赤壁"正是这种观念的体现。

亚里士多德在《诗学》里说："史诗和悲剧、喜剧和酒神颂以及大部分双管箫乐和竖琴乐——这一切实际上是摹仿[①]。"罗念生对此有注释："亚里士多德并不是认为史诗、悲剧、喜剧等都是摹仿，而是认为它们的创作过程是摹仿。"

为什么要把作品本身和创作过程分开来，从而突出过程的摹仿性？按罗念生的注释，史诗不是摹仿，创作史诗的过程才是摹仿。既然是摹仿，那就只能"似真"，并不是真。强调过程的摹仿性，是把文学作品作为一种显现，它们与事实平等，不能因为是摹仿出来的就否定它们的"真"，即"显现"为真。如果要否定，不能否定显现，只能否定其创作过程。

据龚自珍《武进庄公神道碑铭》记载，晚清经今文学家庄存与曾力排众议，反对废伪《古文尚书》，因为《古文尚书》虽伪，但仍然有"真言"，譬如《大禹谟》中的"人心惟危，道心惟微。惟精惟一，允执厥中"诸语，是理学根基，可以用之治天下，不能否定。这个道理和罗念生对"摹仿"进行区分是一致的，承认虚构出来的也是"真言"。不过庄存与有些偏激，他曾轻蔑地认为："辨古籍真伪，为术浅且近者也[②]。"忽视或轻视真伪之辨、罔顾事实当然也不对，故庄存与难免"不留心学问"之斥[③]。

不管文学作品是对现实世界的再现还是表现，文学的虚构都依于现实，所谓"源于生活又高于生活"。作为一种创作过程

① [古希腊]亚里士多德著，罗念生译；[古罗马]贺拉斯著，杨周翰译，《诗学 诗艺》，人民文学出版社，1982年，P3。

② 龚自珍，《龚自珍全集》，上海人民出版社，1975年，P141—142。

③ 转引自朱维铮《晚清的经今文学》，《中国经学史十讲》，复旦大学出版社，2002年，P166。

的摹仿，它不是对真实对象的显现，而是"似显现"。马克思在《资本论》第一卷再版跋中指出，观念性的东西不过是在人类头脑中变了位且变了形的物质性的东西①。为什么会"变位"而且"变形"？因为这个过程是摹仿，是"似显现"，它是随着每个人的先天和后天条件呈现出来的。而作为摹仿结果的文学作品，则是名言（名词、语言）显现。

鲁迅曾说，一部《红楼梦》，"经学家看见《易》，道学家看见淫，才子看见缠绵，革命家看见排满，流言家看见宫闱秘事"（《〈绛洞花主〉小引》）。那些"看见"只是"显现"，所谓《易》、淫、缠绵、排满、宫闱秘事，是诸如经学、道学、才子、革命家、流言家等名言的显现，它们都依着《红楼梦》而成为显现。不能否定（实际上也无法否定）《易》、淫、缠绵等，它们依着《红楼梦》却与《红楼梦》平等，它们也是这个世界的一部分，需要否定或深入观察的是经学、道学、才子等名言概念。

我们"看见"的世界是似显现和名言显现的世界，并非真实，从这个意义上讲，世界是虚构的。维特根斯坦曾有一个观察，他说："我们的文明环境与环境中的树木、作物一起，使我们仿佛把环境当成用玻璃纸廉价包装的东西，从一切伟大的事物中，从上帝那里脱离出来的东西。这是强加于我们的奇怪画面②。"对此，我们可以这样理解：用玻璃纸廉价包装起来的

---

① 《马克思主义来源研究论丛》（第一辑），商务印书馆，1981年，P152。

② ［英］路德维希·维特根斯坦著，黄正东、唐少杰译，《文化与价值》，清华大学出版社，1987年，P72。

东西，正是用名言概念显现出来的世界，它们与伟大事物（如上帝）脱离，只是与真实脱离，或者说无法抵达真实。

虚构有被动，也有主动，被动的虚构在摹仿、反映、解释世界，主动的虚构塑造世界。在古希腊神话中，赫拉克勒斯被宙斯赋予一项使命：消除人世间的一切不幸。为了帮助赫拉克勒斯完成使命，宙斯还赋予他一种特殊的魔力——编织言语织体的能力。这是什么意思？难道说编织言语织体的能力能够消除人世间的不幸？刘小枫说，"编辑言语织体几乎成了男人的身体"，"编织言语的世界成了男人的身体欲望①"。如果宽泛地讲，这里的"男人"如赫拉克勒斯可以隐喻为塑造世界的人，他的武器就是编织（虚构）言语，而他塑造的世界是言语的世界。

这种虚构是一种假施设②，它的显现是"假有"，不同于似显现的"似有"（《赤壁赋》《红楼梦》是"似有"）。譬如经纬线，地球上本来没有，是"假有"，可是虚构出来之后就可以发挥定位功能，促进通信技术的发展。红绿灯也是假施设，概念虚构之后就显现了出来。佛经里的许多佛、菩萨也是假施设，世上并不是真的有那些佛菩萨，他们也是"假有"，是名言概念虚构的产物，可是功能不假，可以借假修真。

每一次时代发展和进步，都有一批名言概念被淘汰，同时也必然有一批新的概念和名言被"发明"出来，或者说形成新

---

① 刘小枫，《沉重的肉身——现代性伦理的叙事纬语》，华夏出版社，2004 年，P74—75。

② 弥勒菩萨著《瑜伽师地论》卷十三颂曰："句迷惑戏论，住真实净妙。寂静性道理，假施设现观。"无著菩萨著《显扬圣教论》卷第四论释曰："假施设者，谓唯于法假立众生，及唯于相假立诸法。"假施设即为假立，意为成立的众生、诸法等名言概念都不真实，是假有，可是功能不假，可以用诸现观。

的虚构。虚构的名言概念解释世界，也塑造世界，世界成为一个"言语织体"。

<h1 style="text-align:center">二</h1>

《庄子·天下篇》云："《诗》以道志，《书》以道事，《礼》以道行，《乐》以道和，《易》以道阴阳，《春秋》以道名分。"这是以六经来奠基天下，天下之事都在六经。在这之前庄子提到七种人，其中，"不离于宗，谓之天人。不离于精，谓之神人。不离于真，谓之至人"。这三种人的名言概念最少，近乎没有。圣人则"以天为宗，以德为本，以道为门，兆于变化"，名言增多。至于君子、百官、民就更加踵事增华，概念越来越多，而且是越往下概念就越多，下一层级的概念又往往出自上一层级。

六经之后，庄子提到道家、儒家和百家，"道术为天下裂"，世界的纷纷扰扰由此形成。而"后世之学者，不幸不见天地之纯，古人之大体"，天地没有名言概念，是为"天地之纯"，所以孔子感叹："天何言哉！四时行焉，百物生焉，天何言哉！"（《论语·阳货》）他自己是"欲无言"，还是有言（譬如《论语》），"天何言哉"！根本不谈言，已离言。

每一宗学术就是一套言说系统（言语织体），不同的人就根据这些系统名言进行言说、思想和行动。"太上有立德，其次有立功，其次有立言，虽久不废，此之谓三不朽。"（《左传·襄公二十四年》）立德、立功，都需要有具体事实，立言是虚构，但它与立德立功并列。

世界有不同的言说系统，依着言说，世界如同虚构，如在梦中。明代剧作家汤显祖著有《牡丹亭（又名《还魂记》）》《紫钗记》《邯郸记》《南柯记》四剧，合称临川四梦，四梦分别指向情、侠、道、佛。潘雨廷先生言："侠、情为儒。"（《潘雨廷先生谈话录》，1987年3月3日）则四梦为儒、道、释三教言说系统的显现，已囊括世间纷纭繁复，或者也可以说四梦为儒、道、释三教塑造的世界，虽是虚构，但与现实社会平等不二。

有人说此梦不醒，潘雨廷先生言："永远不会醒。不要醒好。"此梦不醒和永远不会醒，都好理解。传统社会中临川四梦一直未醒，明清之后形成的四大古典名著《水浒传》《三国演义》《西游记》《红楼梦》也可以说是四梦的延续，可是为什么要说"不要醒好"？或许我们可以从梦醒之后的情况来理解。

鲁迅《野草》是现代文学史中的名著，其中有七篇文章以"我梦见"开头，分别是《死火》《狗的驳诘》《失掉的好地狱》《墓碣文》《颓败线的颤动》《立论》《死后》等。《野草》七梦的阴郁、冷峻、悲怆，乃至绝望都令人印象深刻，完全不同于临川四梦。临川四梦最终都有一个归处，或儒或道或释，总有一款梦适合时人，而在《野草》时代，中国正在经历三千年未有之大变局，传统儒道释三教系统塑造的虚构世界崩溃了（鲁迅正是"革命者"），旧世界只剩下枝叶、砖瓦（《野草》也使用了一些佛教名词），而新的虚构尚在探索、建立当中，《野草》七梦描写的正是旧言说系统崩溃后的一片废墟。

临川四梦算是醒了，可是梦醒之后无路可走，"绝望之为虚妄，正与希望相同"，"我将向黑暗里彷徨于无地"。这种境界大概只有鲁迅这样的战士才有力量承受并能呐喊，因此，"不要醒好"表达的是一种大慈悲心？人世间的和平还是要虚构一套或多套稳定而且强大的言说系统吧？历史地看，这个系统仍在建立当中，它不仅攸关中国，而且必须攸关西方乃至全世界。

同为梦的虚构，临川四梦有所依，《野草》七梦无所依，但鲁迅是更进了一步，更加逼近真实，直面"天地不仁、圣人不仁"的状态，令人感到冷酷、可怕，甚至不愿面对。《野草》七梦的世界是相对的，它超越了相依，它的世界是由一系列相对的名言概念（尚未形成织体或系统）虚构出来的。《死火》中的死与活、冰与火、进与退；《狗的驳诘》中的官与民、主与奴；《失掉的地狱》中的天神与魔鬼、人类与鬼魂、人间与地狱；《墓碣文》里的活人与死尸、正面与背面、热与寒、天上与深渊；《颓败线的颤动》一文直接写到了"眷念与决绝，爱抚与复仇，养育与歼除，祝福与咒诅……"；还有《立论》里的谎言与真实，《死后》里的生与死、快意中的哭，等等。因为相对，所以彷徨；也因为相对，所以无可执着。

以上只是第一层相对，是名言概念本身的相对，譬如梦与醒的相对。《野草》中还有一层相对。《好的故事》写"我"靠在椅背上，"在蒙眬中，看见一个好的故事"，这个故事美丽、幽雅、有趣，有很多美的人和美的事，但文章所写并不是通常所说的故事，究其实只是一种境界，是"出神"状态中的所见，不是梦，也不是醒，可称"非梦"。此时的相对是梦与非梦的相对，不是名言概念的相对，而是进了一步，成为境界的相对，说境界就已经开始离言，因为对境界的领受非名言概念所能表达。

非梦其实还是梦，仍然只是虚构，但构成它的名言概念很难被发现，我们只能从人身上来寻找。在《好的故事》中，我们注意到"我"进入非梦状态时，手里捏着一本《初学记》，骤然醒来之后，因为真爱这一篇好的故事，"趁碎影还在，我要追回他，完成他，留下他。我抛了书，欠身伸手去取笔"。这大约是鲁迅多年形成的写作习惯在起功用。在《为了忘却的记念》一文中，鲁迅写道："我在悲愤中沉静下去了，不料积习却从沉静中抬起头来，写下了以上那些字。"在《好的故事》里，不是也有同样的"积习"吗？难道"积习"就是一个隐藏极深的虚构者？此时的虚构已深入人本身，而人本身就是自己在做的一个梦。

三

虚构如梦，亦如幻，电子游戏最能体现这种梦幻般的特性。如果说梦是人在睡时的一个游戏，那么游戏则是醒时的一个梦，区别就在于人们在梦里很难自主，但在游戏里仿佛成了主角。

《俄罗斯方块》是一款经典游戏，以一个极简结构寄予了游戏精神。简纳特·穆雷在《全息甲板上的哈姆雷特》中对它有一个观察，颇能道出其中奥妙。他说："一切游戏都是'象征性戏剧'。在《俄罗斯方块》中，一旦你辛辛苦苦地把一些方块堆成整齐的形状，它们马上就从你面前消去了。为了成功，你必须不停息地跟随流动。这是二十世纪九十年代美国人过度辛劳的生活的完美象征：永无止息的任务，需要我们高度集中注意，把过度拥挤的日程清掉一些，以腾出空间迎接下一波问题的袭来[①]。"

这里的关键是消融。游戏里有两重消融，其一是游戏中的方块消融；其二是将人"过度辛劳的生活""过度拥挤的日程"带入游戏，在方块的消融中一起消融、清空，可以说是人与机器的相融。不管现在和未来的电子游戏会变得怎样复杂，但其核心还是在"消消乐"：将各种障碍、烦恼消融一点，放松一点，人的快乐就会多一点，这大约也是人们对电子游戏乐此不疲的原因。

在游戏过程中人们经验和体会到的是一个幻化世界，如梦是无生的，如幻则是无灭，就像俄罗斯方块不断出现，就像游戏不断重启，场景、任务不断变换，妖怪永远打不完。一切都是幻化，都是同一套系统规则的不同示现，这个系统规则当然是人们虚构出来的，不同的"言语织体"示现的幻化世界就不同，游戏也个个不同。而且不同的人会选择不同的游戏，不由自主地沉迷在各自不同的虚构世界里，这大约也是"积习"在起作用吧？

人也幻化成角色进入了游戏，在虚构的世界里"辛劳地生活"，就像演员在不同的影视剧里饰演不同的角色，体验不同的人生，然而角色不管怎样多变，都是同一个人的幻化。从出

---

① 转引自 @严锋 新浪微博 2019 年 2 月 18 日。

生到老死，人们在一生当中也在经历不同的幻变，少年面目与中老年的容颜都会有显著差别，虽然都是同一个人。

两重消融对应的是两重生活，一种是现实，一种是虚构，电子游戏在某种程度上实现了虚构和现实的相融。这种相融并非究竟，或者说"消消乐"并不能得到真正的乐，乐也是暂时的，而且这暂时的乐很有可能成为生活的"苦因"。不少人沉迷网游而不能自拔，甚至走上不归路，就是这种不究竟的极致。《俄罗斯方块》是一个象征，然而它能否在消融中真正实现清空？恐怕也只是一厢情愿。

在电子游戏中，真正的消融是：荧光屏上的影像融于荧光屏，这是唯一的、真实的消融。荧光屏上的影像当然融于荧光屏。影像以荧光屏为基生起，说为无生；影像消失又出现，只是幻化，说为无灭。对于荧光屏上的影像来说，荧光屏才是真实，是实相；影像是一切显现的相，是现相，现相与实相相融譬如荧光屏上的影像融于荧光屏。沉迷网游的人也在经验相融，然而在游戏中，他如同住在荧光屏里，融入的只是影像，成为那个影像，并不是融于荧光屏，或者也可以说，同为虚幻的影像相融之后，也只是影像，并未融入真实、成为真实。

这里可以再进一步，进入第三重相对：荧光屏与荧光屏影像的相对。如果荧光屏是一，荧光屏的影像就是多，第三重相对即是一与多的相对①。大小游戏何其多，但它们本质上都是荧

---

① 本文所言名言显现、相依相对、荧光屏与荧光屏上的影像等思想，均参考谈锡永先生著《细说如来藏》(浙江大学出版社，2010年)、《四重缘起深般若》(华夏出版社，2010年)、谈锡永、邵颂雄释著《〈辨法法性论〉及释论两种》(中国藏学出版社，2013年)等。

光屏的影像，根据各人不同的选择（积习）而成为显现，影像如梦如幻也好，积习的深浅善恶也好，都是荧光屏上的影像。认识这种相对可以让我们从影像的世界里脱开身来，注意到荧光屏的存在，同时也不否定影像世界，因为在荧光屏的世界里一切真实，这时候是连同荧光屏和荧光屏上的影像一起来看。在这种状态里，才可以说游戏人生，不再沉迷于影像世界吧？

然而，要从影像世界里抽身离开谈何容易。伊莎多拉·邓肯在其自传《舞者之歌》的"前言"中讲了一个故事，或者有益思考。有一段时间她很在意人们对她舞蹈的评价，发现一位对她穷追猛打、批评中伤的柏林评论家，说她对音乐一窍不通。邓肯就写信请他来见一面，当面陈述她对音乐的理解。评论家来了，邓肯滔滔不绝地讲了从音乐灵感而来的舞姿理论，一连讲了一个半小时。然后，她发现："他看起来十分茫然无神且无动于衷，但最让我哭笑不得的却是：他居然从口袋里亮出一个助听器，并告诉我他有严重的重听，甚至即使戴着助听器，还坐在剧院正前厅的第一排座位上，也只能勉强听到交响乐的演奏[1]！"伊莎多拉·邓肯说："我居然曾为了这个男人对我的观点，在夜里辗转难眠！"

柏林评价家的观点显然是虚构，是影像；伊莎多拉·邓肯在意这些影像，是在趋同于影像，待到她将评论家请来现身，已经从影像世界里脱身，相当于见到"真实"。虽然这个"真

[1] ［美］伊莎多拉·邓肯著，叶肯昕、陈静芳译，《舞者之歌——邓肯自传》，上海远东出版社，2005年，P2。

实"之后还有真实，但这个"见"却接近真实：连同评论和评价家一起来见，相当于将荧光屏的影像和荧光屏一起来见。只有见到真实才会有真正的安心与快乐。

伊莎多拉·邓肯接下来说道："若真要以文字表达一个人的切身经历，就会发现这些事变得虚无缥缈，难以捉摸。回忆不如梦境明晰。的确，我的很多梦境似乎比真实的回忆生动得多。人生就是南柯一梦，这样也是妥帖的，要不然有谁能熬过其中的苦难呢[①]？"这里"妥帖"的意思，也是"不要醒好"的另一个表达吧？作为一个艺术家，舞台上的"幻化大师"，伊莎多拉·邓肯是一个接近真实的人，为了寻求一个纯"真"的舞姿，她曾付出漫长岁月。然而，越是接近真实，人生就越是如梦，舞姿就越是变幻莫测。

在这里，舞台也相当于荧光屏了。我们仿佛看到有一个更大的舞台，在这上面我们都是自己虚构出来的影像，也活在影像的世界里，人生也譬如一场游戏一场梦，自饮自醉，何时能觉？

---

[①] 《舞者之歌——邓肯自传》，P2—3。

辑

三

# 在秘密世界里练习飞翔

## ——黄德海的文学评论及其成长

几年前，黄德海曾经给我看过一篇六百字左右的短文，说他在知慕少艾的时候，特别希望自己的眼睛有一种摄人心魄的光彩，像那些女孩在斜睨瞬间放出的光芒，于是，他每天就在太阳初升的时候拿眼对准太阳看，希望阳光能够清洗他的浊气，给他一双会"发光的眼睛"。

可以想见的是，这种无知无畏的实验除了让他眼前发黑，不会有他想要的结果。不知道是不是受这个观日的影响，初中结束的时候，他的眼睛近视了，那个时候他只渴望有一双"经过充分休息的眼睛"。

到了大学，他说有近四年时间没有见过太阳。这应该是一种感觉记忆，记忆中滨海小城有一场厚厚的雪，"天空被雪埋藏在幽深的阴沉里，我觉得安全"，他的心情"与天地同构"，阴沉得不见天日。与之相应的是，这个时期他只顾低头读书，非常努力，形成了每天读书的习惯，却并没有得到读书的乐趣。

多年以后，忽然有一天，他发现"眼前的光居然有不同的层次，在参差的缝隙里，透出一些我从未见过的东西"。这些东西无以言传，他只是满心欢喜。我注意到他这篇文章的题目是《眼·光》，在通常的"眼光"中间加了一个点，这一个点是参差的缝隙里透出来的东西吗？或者说这是一双会发光的眼睛？

我没有去追问，也许不必问。现在当我坐下来集中阅读和思考他作品的时候，就想起了这篇《眼·光》——它像一个成长的隐喻。我把他当年"观日"的行动，理解为"日正为是①"的努力，当作他少年时代有志于学的开始；而他现有的文字，又或者可以看作"眼·光"的缝隙间透出来的东西。

一

黄德海的写作关注人的成长，校正的焦点始终指向自己。他的写作是成长式的向内写作，每一次写作都要求针对心灵的解放，是对非己事物的剥离，是认识自己的不懈努力。

在《为谁写作？》②一文中，他首先区分了两种写作：一种是写给当代人的，一种是为未来者写作，然后笔锋一转，指出

① 张文江，《渔人之路和问津者之路》，复旦大学出版社，2006年，P244。
② 黄德海，《为谁写作？》，《雨花》，2015年第10期。

有一种"颂神"的写作，写作"倾向于祈祷"。接下来是萨特、加缪和里尔克的话，引出"指向内心的写作"，在这种写作里，"认识自己、澄清自己，并通过写作把这个认识和澄清提纯，甚而由此走向幸福之路，把自己的一生谱写为独一无二的乐章"。但这还不是最后，在文章结尾，他甚至连写作的意义都予以扫除，对自己写下的文字保持了清醒的认识，并不全心期待它会"像跳动的火焰点燃了火把，立即自足地延续下去[①]"。

因为人性复杂，这种指向内心的写作不仅艰难，而且危险。他喜欢引用柏拉图的话，"人性中有狮，有多头怪物，亦复有人，教化乃所以培养'人性中之人'（the man in man）[②]"。基于这种认识，他把贾平凹的小说《老生》称作"多心经"，指出《老生》所写的世界几乎丢掉了所有的好心，却表露出百年中国的各种坏心[③]。小说里的那些坏心，不就是"多头怪兽"吗？小说的意图在揭露与批评，然而从另一个角度看，"多心经"又何尝不是对多头怪兽的释放？

他批评《老生》"有心无力"，却对田耳的小说《天体悬浮》表达了相当程度的赞赏[④]。《天体悬浮》依然有多头怪兽和狮子，作为代表的符启明并无足观，但黄德海发现，小说中的丁一腾与生活建立了感情联系，能够"以最为普通的样貌，健朗地走进小说熙熙攘攘的人世里，耐心地与生活里的幸福、欢欣、麻

---

① 彭磊选编，马涛红译，《叙拉古的异乡人》，华夏出版社，2010年，P154。
② 钱锺书，《管锥篇》第三册一三一全晋文卷八六，中华书局，1986年，P1163。
③ 黄德海，《贾平凹的"多心经"》，腾讯网大家专栏，2015年12月15日。
④ 黄德海，《驯养生活——田耳的〈天体悬浮〉》，《南方文坛》，2015年第1期。

烦甚至困苦相处"。他敏锐地意识到，这是在"驯养生活"，而这种驯养接近苏格拉底的教导，即用人性中的人管好多头怪兽，与狮子结成盟友。

可是，这种教化会不会"太人性"了？

或许是意识到了这个问题，黄德海赞赏红柯小说有"一种原始的、野性的、未经调理的人性姿态"，认为可以打开"人身上接通天地的那条脉"，并借此"把过于柔腻的优美变换为某种庄重的崇高，涤除现代人身上趋于病态的孱弱"，大有"先进于礼乐"的"野人"气魄。不过，他虽然欣赏红柯小说退回人性原始状态的努力，但对小说流露出来的怪诞不予认可，强调"未经约束的人性原始状态，依然有其风险[①]"。

怎样面对人性中的原始状态？红柯小说在《喀拉布风暴》之前一味颂扬"原始状态"，这之后，红柯小说有了某种积极的变化，开始对"怪诞"进行清理[②]。在《少女萨吾尔登》中，这种清理方式是跳了十二支"少女萨吾尔登"舞，它们能够清除"喜悦中的血污"，使人焕然一新。黄德海在评论中着重指出了这一点，并进行"提纯"：这些舞蹈不只是单纯的原始活力，而是一种经过反省的、不丧失活力的教化。这是不是"后进于礼乐"的君子之教？

我几乎能感觉到他在控制自己的手笔，尽量不说"大话"，避免把评论变成辩论，或者自以为是。不过，该出手时就出

---

① 黄德海，《直觉、塔布与文学写作》，《扬子江评论》，2016 年第 6 期。
② 黄德海，《风暴中的第二次成长——红柯〈喀布拉风暴〉》，《收获》长篇专号 2013 年春夏卷。

手，比如，他对自省问题的"针砭"，就委婉而又坚决。他指出，韩东小说《欢乐而隐秘》中的王果儿是一个"未经文化教养辖制"的女孩，自以为在追求"真我"，实际上是一种未经反思的个人主义①。有教养又会如何？他赞赏豆豆那种塑造"思想高超人物"的小说，但对《遥远的救世主》中的丁元英不满意，认为他的内心还没有完全澄清，不够阳光②；他也指出《天幕红尘》有各种流血结局，"戾气"太重，期望有更高级别的思想能量化解③。这是教养力量不足吧？

这种自省的教化也要避免极端。在电影《捉妖记》中，妖精胡巴经过人的教化，居然转嗜肉为吃素，暗示妖的本性因善而改变。黄德海在《与〈捉妖记〉有关》中指出，这种教化将混淆人的判断，"最终变乱这个世界"。那么是不是要回到法海式的"捉妖记"？也不是。如何把一个旧故事讲出新意思，的确困难，但决不能走向反面，"裂开自己脸上的多层人皮，要激变为令人惊惧的妖物④"。我们不妨说得明确些，妖不能变成人，人也不能变成妖，问题是如何认识人性与非人性，意识到人性中的光明与黑暗，从而承认乃至接受他们。这过程，绝非一蹴而就。

《安宁与抚慰》是一次认真的思考，黄德海在文中有时坚

---

① 黄德海，《评韩东〈爱与生〉：那些抵牾自有用处》，转引自搜狐网读书频道，2016 年 1 月 4 日，http://book.sohu.com/20160104/n433412013.shtml。

② 黄德海，《努力明白自己——〈遥远的救世主〉夜谭》，《上海文化》，2009 年第 5 期。

③ 黄德海，《不完美的启示——豆豆〈天幕红尘〉》，《上海文化》，2014 年第 4 期。

④ 黄德海，《他们将以认真的样子变乱世界》，《文汇报·笔会》，2015 年 8 月 11 日。

决，有时犹豫，有点像他引述的蒙田。蒙田对自身局限甚至是缺陷有准确认知，就像泰伦提乌斯说的那样："我全身是裂缝，四周都漏水。"如何认识不完美的自我，实在是一条布满荆棘的路，"比想象的更加艰难：追随如我们思想那般彷徨的运动，深入它最内里的不透明的褶皱，挑拣、捕捉那无数驱使它的颤抖"。蒙田的选择是对一切不完美欣然接受。然而还有个帕斯卡，他对不完美根本无法接受，他需要一种确定感，"只有在全身心的满足中才能得到安宁"。黄德海思考了这个问题的两个方面，他选择"在蒙田的抚慰和帕斯卡的安宁的交替之中"认真走路 ①。

黄德海在一列火车上的思考显得更为清晰和坚决，《一次隐秘的成长》记载了这次旅程。它首先是一篇关于格非小说《隐身衣》的评论，然而字里字外若即若离地指向评论者；这次隐秘的成长，既是小说主人公的心灵探索之旅，又属于评论者本人，书里书外的"我"在某一点上统一起来了。他高兴地看到，《隐身衣》并不像很多现代小说那样热衷于挖掘黑暗面，它仅仅是一瞥，然后转向"对绝对和完美不可抵达的体察"。他在文中说得很坚决，不管一个人的内心世界怎样卓绝，他在日常生活中只能接受世界的不完美和不绝对，停留在世俗生活中（这也可以看作对小说人物自杀的委婉批评）。对于那些幽深隐微的黑暗，他态度审慎："深谙人生和人性的黑暗，甚至经历过黑暗给人带来的创伤的人，差不多会学着让作品来抵挡黑暗的

① 黄德海，《安宁与抚慰》，《文汇报·笔会》，2015 年 2 月 6 日。

惊人能量，说出的话也更为朴实。"什么朴实的话？他引雷蒙德·卡佛的话说出来："文学能够让我们明白，像一个人一样活着并非易事。"

那么他写的这篇文章，也是抵挡黑暗吗？他要让小说文本说话，自己披着"隐身衣"，既在局中又在局外，但偶尔也会现身出来为小说讲话。《隐身衣》中的"我"以智者身份自居，但最终决定停留在世俗生活中，黄德海说："对一个高超脱俗的智者来说，容忍甚至容纳日常生活和世俗之人的平淡甚至平庸，是对他的基本要求；让日常生活焕发出内在的光彩，才是他真正的卓越之处①。"这时候的接受就不是被动的选择，毋宁说是一种主动的创造。

探索心灵的禁区不仅需要勇气，也需要"与自己保持文明的距离"，提防人性深渊对人不易察觉的伤害。他在一篇文章里引希尼的诗："我写诗/是为了认识自己，使黑暗发出回声②。"回声意味着文明的距离，或者可以避免一个人在自我探索的路上撞得头破血流；回声也意味着声音的不同层次，打开一个更为开阔的世界。

在这个意义上，他评红柯《喀拉布风暴》的《风暴中的第二次成长》，可算是对黑暗回声的一次倾听。他认为，小说中的孟凯和张子鱼都经历了第二次成长，孟凯的第二次成长是见识到喀拉布风暴，补足了对苦难体察的一课，内心有了温暖与光

①　黄德海,《一次隐秘的成长——评格非的〈隐身衣〉》,《扬子江评论》, 2015 年第 6 期。
②　黄德海,《和自己保持文明的距离》,《文汇报·笔会》, 2015 年 7 月 6 日。

明。但这个成长并无新意，不过是"艰难困苦，玉汝于成"的翻版。黄德海的独特之处在于，他看到了张子鱼隐秘的内伤："穷困和苦难也会对人造成伤害，在心灵深处投上阴影，让人本能地拒斥美好。"因此，张子鱼的第二次成长就显得不同凡响，他"有机会把自己因懵懂或早熟而生的硬痂清洗一遍，以更加开放的心灵来迎接未来的生活"。比起孟凯，张子鱼"逆向展开"的成长故事，更像是"黑暗发出回声"，倾听这个回声，回溯源头，人们或许能从自卑或自恋的伤害中走出来，面向更广阔的可能[①]。

在《金庸小说里的成长》[②]中，黄德海不再对人心探幽寻微，而是关注成长的两种模式：气宗式与剑宗式。他把郭靖作为气宗式成长的典型，这种模式法度森严，先内功后招法，先基础后提高，从累土而至于九层之台。郭靖走这条路线，也成为一代武学宗师。剑宗式成长，代表人物是独孤求败、杨过和令狐冲，其武学即独孤九剑。文中指出，剑宗所长在于"危急之下授受，于险境中横出一路"，往往绝处逢生。教者"只指示出武功的各种境界，并给出关键性提点"，而学者可以"不为年龄和走过的弯路所限，能在绝境中触动关键，把此前的错误和问题一一收拾干净"。"剑宗"心要之一在于"不袭成法，率性而为"，剑术在招法套路之外，"于忘中约束心思至于专注纯粹"，他觉得，这是剑宗式成长"动人的潇洒"。

---

① 黄德海，《风暴中的第二次成长——红柯〈喀布拉风暴〉》，《收获》长篇专号 2013 年春夏卷。

② 黄德海，《金庸小说里的成长》，《书城》，2015 年第 5 期。

小说《笑傲江湖》之《传剑》篇，是风清扬对令狐冲教授独孤九剑，可以看作剑宗式成长的"总诀"，而独孤九剑的精要，小说也有明确指示，即"料敌先机"四个字。这个"料敌先机"是什么？我以为是看见象，象是一个整体，看到整体，缝隙就显出来了。独孤九剑练的是"眼·光"，一出手就攻对手破绽，破绽就是缝隙。对方身形将动未动之际，象就显出来了，独孤九剑顺着缝隙进来，一剑命中。黄德海心仪"独孤九剑"，他要走的，是剑宗式成长之路。

在文章临结尾的地方，他提到了风清扬的忽然一问："你学独孤九剑，将来不会懊悔吗？"此篇的收官文字，算得上一个别样的回答，他说剑宗式成长，"从不许诺一劳永逸，也没有什么可以预先准备充足，即使准备充足也无济于事。一个人的成长之路，或许就是这样一步一步趔趔趄趄走出来的"。这里的意思或许可以理解为，他描绘出的"剑宗式成长"，只是临时搭建的一条时空隧道，形成之后就立即毁了。一个人要走向成长，根本无旧路可循，只能依着他自己的性情去寻找适合自己的路，"道，行之而成"。

## 二

黄德海将他的文学评论集命名为《若将飞而未翔》，在"后记"里，他引了阿城的话来解释书名："将飞，是双翅扇动开始放平，双爪还在地上跑；飞而未翔，是身体刚刚离开地面，之后才是翔。这个转换的临界状态最动人。"

将飞未翔，欲花未花之时，"有物混成，先天地生"(《老子》第二十五章)。这个物是什么？"道之为物，惟恍惟惚。惚兮恍兮，其中有象；恍兮惚兮，其中有物。窈兮冥兮，其中有精；其精甚真，其中有信"(《老子》第二十一章)。我以为这个先天地生的物是象，象可以是实在的"物"，也可以是窈冥不可知的"精"，用文学语言来表达，"若将飞而未翔"可以当之；它的动人是因为有"精"，能量无穷。

黄德海把这个临界状态用之于文学评论，他说："正是这个看似乍离具体作品，却又不是真的脱开的临界状态，最有韵致①。"这是他心目中理想的评论，而这个临界状态既是基本观点，又是实践方法，同时还是目的，不妨称之为"临界说"。在临界状态下，写作之时首先看见的是象，它领先作品一步但又不离作品；它不是先入为主的概念，因为象总是将起未起，将成未成，一旦生成就崩塌，所谓"方生方死，方死方生，方可方不可，方不可方可"。这个象是整体，既见整体，缝隙无所遁形，写作是顺着缝隙进去，与作品一道对"象"进行展开，是缝隙间透出的光；这个写作能得到"发现的惊喜"，具有"传奇"品质，因它有动人的韵致。

独孤九剑用的是总法，但不排斥别法，就像他走剑宗式成长路线，但仍需要对人性洞幽烛微，一点一滴地校正自己。整体格局既立，细节仍需打磨，但重要的是整体，"先立乎其大者，则其小者不能夺也"。象是看到整体，需要不断练习和积

---

① 黄德海，《欲将飞而未翔》，北岳文艺出版社，2015年1月，P217。

累。我记得几年前他曾经说过："现在看书能够一类一类地读了。"我想那个时候他的积累越来越厚，隐约看到整体，渐渐学着观象了。

《在人群之中——莫言的几篇小说》[①]一文令人拍案惊奇！"在人群之中"譬如"水在水中"，黄德海是看着"这个"来写的。他把作品还诸作品，把小说里的人物放回人群，"放大镜的边框去掉了，放大镜也就不复存在，生活和人物以他本来的样子展现出来"。这是从二维走向三维吗？如此，人物才是鲜活的。因为"强烈的拒斥和一味地顺从"，我们就把自己从人群中隔离出来了，现在要把自己放回人群中去。这不是要泯灭个性，相反，"人群中的人"都是独特的"这一个"，就像黄德海从莫言小说中提炼出来的"乡村阿凡提"等，他们都是"携带着自己世界走来的人物"，因为"这一个"的独特，"世界的一角就被照亮了，人群中的人也就获致了自己的意义"。走到人群之中，就像水落入水中，它会衍生一种"愉快"的生活方式，充满生机而非枯燥。

需要指出的是，这篇文章从头到尾都在评论莫言小说，然而，"惚兮恍兮，其中有象"。我们发现，在黄德海的多篇文章中，也能看到"在人群中"的动人风姿。譬如他读阿城，点出阿城的"世俗"思想，这个世俗也可融入人群吧？"具体与同情"，莫不是对"这一个"的深切理解？令人惊奇的还有，这篇文章是他在复旦读研期间的作品，虽然后来在正式收入书中时

---

① 《欲将飞而未翔》，P61—69。

有所修改，但这可以表明，他在写作之初就已经立好了格局，剑宗式成长路线从一开始就已经是确定了的，接下来是对细节的反复琢磨，以期完善。

这种写作并非只是看到一个普遍现象，而是要发现实实在在的东西。"窈兮冥兮，其中有精；其精甚真，其中有信。"要看见"精"，还要判断它的"真"与"信"。《〈带灯〉的幻境》①引《诗经·郑风·风雨》一诗："风雨如晦，鸡鸣不已。既见君子，云胡不喜？"诗中的君子在风雨鸡鸣之中，确能身心振奋，所以诗中有"精"，其真可信。可是他发现，《带灯》的萤火虫阵像个"虚幻的泡影"，是个假象，没有真实的力量。他读贾平凹小说《古炉》时，注意到其中有三条"返古"路线，但发现它们失却了"当时的鲜烈与能量"，因此，他认为《古炉》虽然在写作技术上堪称完美，却也只是"无力的完美叙事②"。

没有"真精"，难以成象。在《斯蒂芬张的学习时代》③中，黄德海"把作者一生的学与思在脑海里酝酿，渐渐拼贴成一幅完整的图案，再把这图案与知道的小镇的景观相比，衡量这图案的位置和边界"。他写的第一个小镇人确实与现实世界有真实联系，而他拼图的努力与他描绘的小镇人也有着相同频率。他在文章结尾时说，"你做的事情是小镇的图谱说明，而不是重绘。"此语有赞有弹，颇能见出他的判断分寸。他曾把韩东的四首诗拼成一个"成长故事"，在《咔嗒》一文中又把杨绛辨平仄

---

① 黄德海，《〈带灯〉的幻境》，《上海文化》，2013 年第 3 期。
② 黄德海，《无力的完美叙事——贾平凹〈古炉〉》，《上海文化》，2012 年第 1 期。
③ 黄德海，《斯蒂芬张的学习时代》，《上海文化》，2011 年第 3 期。

声、唐诺打棒球、一个不知名的女孩学琴、钱穆最后领悟、多多改诗等故事拼成一声"咔嗒",简直就是个"拼图高手①"。不唯如是,他把李蕾小说《西藏情人》拆散,揉碎,再加些新元素,绘成一幅"暧昧的成长清单",抉出成长小说的脉络,如成长小说、反成长的成长小说、停止成长的成长小说,从而判定边界,给《西藏情人》一个恰当的位置②。

不仅要会拼,而且要善于拆,也许两者根本就是一回事。《"我从来没有觉得你有才能"》③一文,黄德海将日剧《胜者即是正义》第二季第七话的一个故事拆开来再讲一遍,解析简明扼要,不伤故事本身,而且把故事蕴涵的能量一波又一波地释放出来,有层出不穷之感。在文章结尾,他加了自己的一句话:"只是他的微笑还不够严谨,先期透露了一点肯定的消息。"我觉得这个透露出来的消息,恰好是这个故事的一丝缝隙,他正好可以由此进入,打开封印,释放其中的能量,又借此进行第二次封印,"善刀而藏之"。《涉及一切人的问题——〈哥本哈根〉的前前后后》④也是黄德海式解析的典范之作,但我对文章似乎"不解解之"的结尾总觉得有一丝不安(这当然是我的问题)。他对我说,现在的这个结尾已经修改过两三次了,还会斟酌。以我的理解,这不仅仅是他反复修改文章的证词,而且表明,把解开的东西还回去更重要,如果不是最重要的话。

---

① 黄德海,《咔嗒》,《文汇报·笔会》,2014 年 6 月 4 日。

② 黄德海,《拒绝成长的暧昧清单——李蕾〈藏地情人〉》,《上海文化》,2014 年第 9 期。

③ 黄德海,《个人底本》,上海文艺出版社,2014 年 11 月,P164—168。

④ 黄德海,《涉及一切人的问题——〈哥本哈根〉的前前后后》,《书城》,2013 年第 6 期。

黄德海初期写作关于周作人、金克木、胡兰成、阿城等人的文章时，对具体作家和作品介入较深，有些放不开手脚，近期作品则颇能伸欠自如，一个重要原因在于知变能变。《知识结构变更或衰年变法》①一文论述周作人、孙犁和汪曾祺的"晚期风格"，落笔在"变"，并且归因于知识结构的"变"。结构变了，外部世界的生成方式与现象也相应变化，原先附着在那个旧结构上的东西会一点一点地松动、变化甚至消失，从而形成一个新东西。他曾读过大量美学著作，居然把黑格尔的《美学》读得"引人欲泣"，可是他并未因此获得文字表达的通畅。后来当他能够与作品"素面"相对、准备写作的时候（大约是2010年），他原先的结构早就洗刷一新了（"素面"其实是"新面"），那些美学影响也就随着结构的变换而被清洗或者吸收，他因此能够领悟到，"美学和文学理论要表达的，也是写作者的独特发现"，由此接通"临界状态"。从近期的文章来看，随着结构变化而被淘洗的不仅仅是美学，还有其他已经转换或正在转换的思想。

《物质性时代的贫乏——奥吉亚斯牛圈之一》②又是一变。文章开篇即引《圣经》里的话说："谁敢伸手进它的上下牙齿之间？"一线刀锋，闪耀着独孤九剑的光芒！将咬未咬的临界状态，也恰是缝隙的巧妙写照。作者呼唤那个创造者（也包括他自己吧？）要走到时代的边际去，到"现实与现时之外"去，领

---

① 黄德海，《知识结构变更或衰年变法——从这个角度看周作人、孙犁、汪曾祺的"晚期风格"》，《南方文坛》，2015年第6期。

② 黄德海，《物质性时代的贫乏——奥吉亚斯牛圈之一》，《上海文化》，2015年第9期。

先于时代。但这个领先不是超前到要脱离时代，他毋宁是把一个"将起未起"的时代呈现出来。这篇文章聚焦时代，那么他看见了什么？一只"时代怪兽"！这大约是从人性中的多头怪物变化而来；人群则变为时代。约而言之，人群相当于空间，时代则指向时间，"在人群中"一变而至于"在时代中"，相当于"水在水中"的时空变化。不变的是人，人群中的人"携带着世界"走向人群，而时代则"从干枯冰冷的符号系统中还原出来"，成为"这个人"在人世间的"一段风尘仆仆的光阴"，一个坦然面对的独特命运，如此生活才是光彩自足，从飞沙、麦浪、波纹里现出风的姿态。

我们注意到这篇文章的题目：《物质性时代的贫乏》。这是观变以后的判断？但文章立意又并不仅仅在判断。题目出处应是德国现代诗人荷尔德林的一句诗："在贫困时代里诗人何为？"德国哲人海德格尔为此写过一篇文章《诗人何为？》，他指出："自从赫拉克勒斯、狄奥尼索斯和耶稣基督这个'三位一体'弃世而去，世界时代的夜晚便趋向于黑夜了 ①。"这是在说时代之所以贫困乃是由三位神灵弃世造成的吗？那么诗人何为？黄德海似乎有意接过这个问题，或者说沿着这个问题探访西方文明的源头——古希腊。文章的副标题"奥吉亚斯牛圈之一"表明，他颇有效法赫拉克勒斯打扫奥吉亚斯牛圈的雄心和行动，看他近期批评长篇小说的"洁癖"，为小说中的议论正名等一系列探索，他确有一种自觉的、认真的思考和担当，同时

---

① 海德格尔著，孙周兴译，《林中路》，上海译文出版社，2004 年 7 月，P281。

也流露出他的哲人心性和志业。

三

黄德海的文章大有古风，其风格可用"蔚然而深秀"形容之。他有时候也写起"时文"，那些文章就少了些惯有的审慎。这大约还是一个如何表达的问题。在日常生活中他擅长谈话，对一本书、一部电影或某一件事情，他判断准确，往往三言两语就点中要害，与他交谈，常有"与君一席话，胜读十年书"之感。他也做过"文体实验"，写"对话体"文章，又作"三人谈"等，一直在为自己独特的体悟寻找合适的文体，或者说要认识自己的表达方式，这个方式不是别的，也可以看作人与自己，与人群（还有时代）的共处方式，是在人群中安顿自己的方式。

最近写的"奥吉亚斯牛圈"系列颇有些特别，《丧失了名誉的议论》①一文先引一段名人名言，然后展开论述，全篇是十句话及其"注解"，一方面可能是以"议论"的方式来为"议论"正名，文中的"议论"方式，也可以看作与"古人"的"隔空喊话"。我把它当作一篇"对话体"的别样文章，这样，他不仅可以与虚构人物谈，与现实人物谈，还可以与古人谈。这种与古人谈的"对话"是批注式的，有解经意味，又不局限于一经一典，可以将各家之言解析开来再融成一文，又不妨各有参差，

---

① 黄德海，《丧失了名誉的议论——奥吉亚斯牛圈之二》，《上海文化》，2015年第6期。

保持对话或者对峙的状态，或许适合黄德海大展拳脚，又或者能创造一种新的学术风范？

在与吴雅凌的对话文章《我不知道谁比柏拉图说得更好》[①]中，他变成了提问者，答问之间有互动，彼此有些参差，但这个参差恰恰是对话体文章所需要的。他在文中接着吴雅凌的话说道："这撕裂是一条不能弥合的缝隙。这条缝隙，或许透露出人的某种迫不得已却又不可替代的东西，也让写作在某种意义上引领着我们走上属人的上升之路。或者，这也就是人通过狭窄的竖琴跟随'他'的方式。"缝隙间的写作，不是吗？属人的写作总是四面漏风，不可能严丝合缝，对话（可以扩展到戏剧，或许还有诗歌），是最大程度能够弥合裂缝的文体，而这种弥合却只能以缝隙的方式表达，这个表达并非故意，因为对话本来如是。对于经典最好的解释，也许是寻找自己与经典之间的缝隙，通过狭窄的竖琴跟随"他"，这种跟随，可以看作是将飞未翔之际的不断练习。

在这篇对话中，黄德海对以列奥·施特劳斯为代表的古典学提出了一个疑问，追问他的安身立命之所。他说，他是后来看到施特劳斯信奉的一句座右铭"我的灵魂一朝死去，也如众哲人之死"后才"暂时缓解"了疑惑。他说："如苏格拉底式的认知灵魂的方式，大概可以安顿自己的身心。"施特劳斯的思考，在理性与启示中间展示出强大的思想张力，我认为他最终走向耶路撒冷，黄德海则确认他的哲人身份。不过，不管是

---

① 黄德海，《我不知道谁比柏拉图说得更好》，《上海文化》，2016 年第 1 期。

到雅典，还是到耶路撒冷，都是为了在深渊面前安顿自己的身心吧？在我看来，"如苏格拉底式的认知灵魂的方式"，属于古希腊；"大概可以安顿自己的身心"，相应中华学术传统。在这里，问题似已悄然转换为"先秦与古希腊"，他的思考尚不确定，不过，这里的不确定比起确定更为可靠，那道未能合拢的缝隙，或者是爱智慧者的安身之所。

子曰："古之学者为己，今之学者为人。"可与之相互焕发的，应算古希腊那句古老箴言："人啊，认识你自己。"为什么要认识自己？黄德海在考察了"成长小说的古今之别"后写道："人只要在这个稳定的时空中展开自我，完成对世界的认识并与之平和共处，成长的过程即告完成。"这是他心目中的古典成长小说，认识自己是为了自己的成长。他的文学批评一贯关注人心和人性，评的是小说，实际上可以反诸己身，看作他努力明白自己的行为。他近期文章颇为关注德性，什么是德？"直心为德"，是人内心深处最真实的想法①。因为扭曲，所以人不能直心，不能认识自己，而认识自己的努力可当"直心为德"，于此穷理尽性乃至于命，展开自我，完成成长。

一九七三年长沙马王堆汉墓中出土了两种帛书《老子》，《德经》都排在《道经》之前，而且两本《老子》的《道篇》第十四章结尾数句都为"执今之道，以御今之有，以知古始，是谓道纪"，与傅奕本的"执古之道"不同。潘雨廷先生说，这里的"执今之道，以御今之有"，是谓"现在"，由此才能理解

---

① 张文江，《渔人之路和问津者之路》，复旦大学出版社，2006年7月，P256。

"古始"；有古始的现在，也有今日的现在，"现在"的发展，是谓道纪①。"古学"显然不是要复古，恰恰是有一个亘古常新的"今"，要认识和判断这个"今"，活在当下。人心最古也最今，认识自己，最终也要判断自己的古今：沿着哪条路上溯到"古始"？在"现在"如何展开？黄德海认可《德道经》，有志于"执今之道，以御今之有"，那么是否可以说，他的文学批评是对当下的体认？是一种"御今之有"？他的现实决断在哪里？

十几年前，黄德海到杭州，想起老师曾提到过灵隐寺"息羽听经"台，他找到了，很高兴地打电话给老师。后来他把这个故事告诉给我，我有机会也找了过去，找到的时候也很高兴。再后来，我在课堂上讲了这个故事，居然也有学生找到了，很高兴地告诉我。现在回想起这个故事，感到这里有一个历久弥新的东西，又仿佛看见当年的听经人，增添了力量，梳洗好羽毛，在秘密世界里练习飞翔。

① 潘雨廷，《易与佛教 易与老庄》，辽宁教育出版社，1998年12月，P151。

# 学习与成长

## ——海鸥乔纳森的历程

> 学而时习之，不亦说乎？有朋自
> 远方来，不亦乐乎？人不知而不愠，
> 不亦君子乎？
>
> ——《论语·学而第一》

理查德·巴赫是一位飞行员、作家、行吟诗人，被读者称为"天上派来的使者"。他的《海鸥乔纳森》于一九七〇年在美国出版后，三十八周位居《纽约时报》畅销书排行榜第一位，在美国热销七百万册，首次打破《飘》以来的所有销售记录[①]。小说发表的头一年，也就是一九六九年，美国"阿波罗"号宇宙飞船登月成功，这是人类首次

---

① ［美］理查德·巴赫著，郭晖译，《海鸥乔纳森》，南海出版公司，2004年，封页。

突破自身局限进入地球以外的星球。不断学习、挑战极限、奋勇向上的海鸥乔纳森响应了二十世纪七十年代的美国时代精神，代表了人类最深沉的飞翔梦想和自由渴望。

海鸥是一种属海的鸟，热爱飞翔和自由是其真正的本性。海鸥乔纳森当然是一个寓言，一个象征，是美国精神的生动写照。小说扉页写道："致真正的海鸥乔纳森，他就生活在我们中间。"可以说，这只真正的海鸥就生活在我们今天 [①]。

一

海鸥乔纳森的故事是从早晨开始的，海面平静，太阳初升。对于绝大多数海鸥来说，忙碌的一天就是以争抢一点早饭开始的，而乔纳森认为飞翔比吃重要，就独自在远方练习飞翔。他热爱飞翔胜过一切，是一只非同寻常的海鸥。小说一开始就划分出了两类鸟：大多数和另类。大多数海鸥只是为了吃而飞翔，另类乔纳森则为了飞翔而吃（甚至不吃）。

然而，开始也是艰难的，高飞的过程充满了艰辛，乔纳森第一次试飞就失败了。但他不愿意像大多数海鸥那样生活，因此不受欢迎，连父母都难以理解。他母亲说："难道像大家一样就那么难吗？"究竟为了什么呢？乔纳森回答说：

我只想搞清我能在天上干什么，干不成什么，

---

① 美国总统奥巴马，著名歌手杰克逊，NBA 明星科比，都非常热爱海鸥乔纳森。

就这些。

这是乔纳森向上觉醒的第一步，他的目的就是认识自己，认识到自己的边际和局限，只有认识了真正的边界，才能达到真正的自由。

父亲的建议非常现实，"滑翔不能当饭吃"，这是生活最有力的质疑。并且，初次失利的阴影也许还存留在心里，于是，乔纳森就接受了父母的建议，努力像其他海鸥一样尖叫着去抢一点小鱼小虾来吃。可是，这种生活他很快就厌倦了，他已经闻到了大海自由的气息，对天上的向往已经点燃了他的内心，他已经不能再回到原来的生活目的中去了。

父母的阻挠是必要的，他的转变要有一个过程，他的决心需要考验。现在，乔纳森开始用行动来证明自己了，他独自飞到远方的大海上练习。借着发心之初的那股锐气，他进步很快，在两千英尺高空以时速九十英里快速前飞，创下了海鸥时速的世界纪录。然而，成功是短暂的，他在加速的时候失控，炮弹一样坠入大海，几乎死去。苏醒过来时，他内心充满了绝望。在绝望中，他觉得海鸥天生就有飞行的限制，无论怎样努力都是做不到的，这个就是命，他要认命。他现在只想回到鸥群，做一只"安分守己、能力有限的可怜的海鸥"。他以前不肯"普通"，总想着飞得更高，更快，他太着急了，太用力了，太想出成绩了，结果却招致了严重的挫折，于是，他想做"一只普普通通的正常海鸥"。这种想法让他轻松不少，紧张的情绪得到了缓和，在夜色中，他感受到一切都如此祥和与宁静。

正是在这样的时刻，一个早已潜伏在他脑海中的答案突然向他展示了飞翔的奥秘："只需要用翼尖飞翔就可以了！"觉悟了的乔纳森从此不再沮丧，他又开始了新的、更高的起飞，并且，他真切地体验到这时的速度"是力量，是快乐，也是纯粹的美"。

后来，乔纳森能飞到八千英尺的高空，开拓了海鸥一族的特技飞翔技术。乔纳森就是鸥群中的先知先觉者，他认为现在的生活才是有意义的，并且希望所有的海鸥都能够明白：

> 我们可以改变无知的状态，还可以看到我们与
> 生俱来的优势、才智和技能。我们可以自由！可以
> 学会飞翔！

先知乔纳森要回到鸥群中去，教无知的海鸥们学会飞翔，获得自由，认识自我。这实际上是一个启蒙者的角色。他觉得"未来的岁月在前面召唤着，散发着希望的光芒"。而实际上这是一个幻觉。他以为鸥群会因为他的突破性发现而给予他最高荣誉，但迎接他的却是最高耻辱，他被长老和鸥群毫不留情地放逐，流放到"远方山崖"去过孤独生活。

长老是鸥群中的第三类，是现有秩序的维护者和统治者，他宣判乔纳森的"罪行"："不计后果，不负责任；还冒犯了海鸥全族的尊严和传统"。他告诉乔纳森："我们来到这个世界就是为了吃，并且想方设法尽可能延长寿命。"而乔纳森的行为显然是违背了海鸥族的传统习俗（nomos），也就是违反了海鸥的礼法。

乔纳森于是转向鸥群。他站在鸥群中间，这是大家给予他

耻辱的位置，他正好借此向鸥群"申辩和启蒙"：

> 谁还能比探索和追求一种生活意义、一种更高
> 的生活目标更负责任的呢？……我们现在有了更好
> 的生活理由——学习、发现、自由！

可是，鸥群铁石心肠，或者说无动于衷，他们和长老一道抛弃了乔纳森。乔纳森被放逐了，这是启蒙者不可避免的命运，他们往往要被统治者和大众抛弃，到"远方山崖"去过孤独的漂泊生活。然而，正如尼采所说："谁将声振人间，必长久深自缄默；谁终将点燃闪电，必长久如云漂泊①。""远方山崖"的生活是有益的，海鸥乔纳森不仅飞得更好了，而且还吃得更好，他认识到：

> 无聊、害怕和愤怒，是海鸥的生命那么短暂的
> 原因。从脑中抛开那些想法，真的，他过上了既长
> 寿又美好的生活。

长老曾经说过，海鸥来到世间不过是为了"吃和长寿"，因此，他们就无聊地活着，对疾病、衰老和死亡充满了害怕和愤怒，但是，"无聊、害怕和愤怒"对于生命的损害，有甚于生老病死本身。抛却这些想法，超越旧有的生活目的，才能得到真

---

① 转引自 [德] 海德格尔著，苏隆编译，《尼采十讲》，中国言实出版社，2004 年，P4。

正的"长寿和美好"。这是海鸥乔纳森第一阶段学习的最高成果，是对鸥群原有生活目的的超越。

在"远方山崖"的生活中，乔纳森不再对鸥群抱有希望了，他可以"独善其身"。然而，"独学而无友，则孤陋而寡闻"。乔纳森已经到达了独学的最高境地，如要有新的提升、新的突破，就必须得到师友的指点和帮助。这时，"有朋自远方来"，两只"纯洁如星光"的海鸥从远方来了，他们是凭着"同类"的气息找到乔纳森的，他们自称和乔纳森是同族，是兄弟，他们要带他高飞，带他"回家"。他们告诉乔纳森："从一个学校毕业，是到另一个学校开学的时候了。"由于他们的到来，乔纳森开始了新的学习阶段，进入了一个更高的理想境地，乔纳森当然可以飞得更高。

二

海鸥乔纳森自以为来到了"天堂"，这为他第二阶段的学习指明了方向："什么是天堂？"这个问题的意义就在于，像乔纳森这样觉悟了的海鸥应该在哪里居住和生活？

乔纳森开始观察，而观察也就是学习。他首先发现自己已经变了，外在形象已经大不相同了，全身发着亮光，用一半力气就可以飞得比以前快一倍，时速可达二百七十三英里。但是，这里也有极限，他还会感觉到劳累，还需要睡觉。此外，他发现这里的海鸥虽然很优秀、热爱飞翔，但他们的数量非常少。他想象中的"天堂"可不是这个样子。这说明乔纳森还没有完全消解过去岁月在他心里留下的痕迹，他的身体虽在"天堂"，但他关于"天堂"的认识还停留在"地球"。

乔纳森决定请教老师沙利文："大伙都在哪儿？"也就是说："这里究竟是什么地方？"沙利文告诉他，不要在意过去的地方，要为现在活着。那么，现在在哪里？

沙利文向乔纳森解释这里的海鸥是从哪里来的。知道来路，也就知道了现在。他说，大多数海鸥进步缓慢，要经历千万种生活，才能超越最初的"争吃、争斗或争权"的生活，然后才开始懂得"完美这件事"。然后，又要经过百种生活，才能了解："生活的目的是寻找完美，并且展示它。"这就是现在。然后，再学习，再次选择下一种生活境界。学无止境，需要不断地超越。但乔纳森不同，他是"万里挑一"的海鸥，他不需要经历那么多就找到了这个世界。

在沙利文的回答里，有两条进步路径，一条是逐渐学习逐渐超越，一条是像乔纳森那样跨越式上升。但不管哪条路径，不论在哪个层次上，海鸥们都是为了一种目的在生活，有了目的就有了极限，"同样的极限，同样带来克服极限的重负"，而目的终究会成为执着，限制进一步的发展和提高。

沙利文的回答并没有解决乔纳森的问题，他鼓起勇气向长老吉昂直接提问。吉昂是一个智慧和慈爱的老人，他的出现主要是为了教导乔纳森，他在引导乔纳森上路以后就消失了，不再出现。

吉昂看到乔纳森有些紧张，就亲切地鼓励他讲下去，乔纳森问道：

这个世界根本不是天堂，对吗？

吉昂对乔纳森的问题表示赞许，认为这就是学习，他告诉乔纳森，没有一个叫"天堂"的地方，他说：

天堂不是一个地点，也不是一段时间。天堂是完美的状态。

吉昂以身说法，倏然而去，倏然而来，向乔纳森展示了不可思议的速度。他告诉乔纳森，"任何数字都是有限的，而完美是无限的。"接近完美速度的时候，也就是接触天堂的时候。吉昂想去哪儿就去哪儿，想什么时候去就什么时候去，时间和地点都没有意义。"在吉昂看来"，秘诀就在于："不再认为"身体是有限的，达到完美速度的秘诀就在于突破自身思维的限制：

关键是要懂得自身真正的本质所在，懂得完美像一个未被写下的数字，可以让你在转瞬间超越时空。

时间和空间是飞翔最大的限制，要超越时空，必须先达到自身完美的状态，而这个完美的状态，就是自身真正的本质所在，懂得也就是悟得这个本质，也就完美（圆满）了。

乔纳森真心想学，而吉昂呢，只要乔纳森愿意学，他就愿意教。得到吉昂的关键指点之后，乔纳森就开始了长时间的苦练。吉昂在一旁提点他，告诉他要"忘掉信念，只需理解"。终于有一天，乔纳森在闭着双眼，"冥思默想"的时刻，突然领悟了：

真的！我是一只完美的、不受限制的海鸥了！

内在突破了，马上就在外面表现出来。他睁开眼时，发现自己和吉昂站在完全不同以往的海岸上，到达了另一个星球，这是对空间的突破。他欢呼："成功了！"长老在向他祝贺的同时，也指出他的"自控能力"还欠一点功夫。也就是说，乔纳森即使领悟了，还需要继续学习，检查自己的细节，一点点地达到真正的完美。

接下来，吉昂指点乔纳森突破时间的限制，"在过去和将来之间穿行"。乔纳森学得很快，但在领悟之前，吉昂却要消失了，他是在一片光亮中消失的，他对乔纳森最后的教诲就是：

继续努力学习去爱。

吉昂对乔纳森的教导是东方式的，充满了玄机和神秘，作家、飞行员理查德也没有像前面那样运用大量的飞行知识来证明，而是运用了想象和理解。但是，自由是有限制的，这种不受限制的完全自由潜伏着深刻的危险。

随着学习的不断加深，慈悲和爱在乔纳森的心里发展起来。他想起他的故乡——地球，那里或许也有一只海鸥发现了飞翔的意义，但由于没有老师指点而苦苦挣扎，他要回到那里去，教会他，这是慈爱在他心里自然生长出来的选择。乔纳森是位天生的老师，或者说，先知们天生的职业就是教育：

> 他自己奉献爱的方式，就是把自己所理解的真实，传授给另一位渴望一窥真实境界的海鸥。

这时的乔纳森已经不再是原来那个冒失的启蒙者，他回向的对象是地球上所有的海鸥，但传授真实的对象却是渴望真实的海鸥。他手握"真理"，从天上下降到地上，不是要向所有海鸥推广真理，而是有所选择，他学会了审慎[①]。

乔纳森告别沙利文后，就学成归国了，但乔纳森没有直接回到鸥群，他就守候在"远方山崖"——他当年被流放的地方，他知道，在这里出现的海鸥，极有可能就是他的学生，而他，也真的等到了他的第一个学生：海鸥福来奇·林德。

福来奇是一只年轻的海鸥，因为热爱飞翔而被放逐，他愤愤不平。乔纳森来到他的身边，首先就告诉他，不要对鸥群要求太高，不要因为他们的无知而愠怒，相反，要原谅他们并且去帮助他们。福来奇被乔纳森奇迹般的出现和神奇的飞翔惊呆了。乔纳森决定教这只海鸥，但他首先需要福来奇发心，第

---

① 西塞罗曾经说过："苏格拉底是第一个将哲学从天上唤到尘世之人，他甚至把哲学引入寻常人家，迫使哲学追问生命与风俗习惯，追问好与坏。"《海鸥乔纳森》有两个基本场景，一个是"天堂"，一个是"地球"。乔纳森在"天堂"学习，然后回到"地球"教导群鸥要过"自由"的生活，显然是承接了古希腊哲学传统。但乔纳森学会了"哲人的审慎"，他的教育是有所选择的。

一，要有想飞的欲望（自觉）；第二，在学成以后，能够原谅群鸥并回到他们中间帮助他们（觉他）。福来奇都答应了，于是，乔纳森就从最基础的水平飞翔开始教起来了，他很清楚自己在做什么。

## 三

海鸥乔纳森已经成长为鸥族中真正的先知了，他重回地球，回到鸥群当中，是出于慈悲和爱。他能做的事情就是教育，而教育也是学习。

乔纳森根据海鸥的不同根器进行教育，分为少数、大多数和个别三类。首先是像他一样的流放者，这些不安于现状的海鸥总是极少数。乔纳森很有耐心，他告诉福来奇在"急升"的时候不要过分用力，要放松，流畅，这是正式教的第一课。后来，又来了六个流放者，他们全都成为他的学生。乔纳森不仅教他们练习高难度动作，而且，还要教他们懂得这是表达真正本性的第一步，最终是要达到飞翔的理想状态："凭着思维飞翔和在风中飞翔一样真实。"乔纳森说：

> 你们整个身体……其实就是你们的思维本身，就是你们可以看见的有形的思想。冲破你们的思维枷锁，也就冲破了你们身体的枷锁……

身体就是思想，这是乔纳森对他的第一批学生讲的最高的东西，相比于吉昂对他的教导，对于时空的超越，这个思想更加直接，但福来奇他们还是听不明白。因为，这只是一个"在天上"的"理想状态"，在"地上"还没有得到证实。乔纳森不管这些，他倾囊以授，要让这些学生快速成长，和他一起回到鸥群中去。

现在，乔纳森要回到鸥群中去了，他首先起飞，他的学生虽然迟疑了一下，但很快就跟了上来，这就是教育的初步成功。根据鸥群的法律，被流放的海鸥永远不能回来，一万年来没有一次破例。但乔纳森现在是自由之鸥，他想去哪里就去哪里，他第一个突破了鸥群万年不变的律法，率领七个学生毅然飞回来了。这就是对"时空"限制的突破！这种突破其实也是一种"侵入"，它对原有的鸥群造成了深刻的影响。

群鸥"如遭电击"，以至于忘记了战斗。有些小海鸥，也就是还没有来得及"被洗脑"的海鸥甚至对他们高超的飞翔本领表示了羡慕。而长老如临大敌，他发话了，禁止任何海鸥和流放者接触，甚至不能"敬佩"，否则就是触犯鸥群的法律。于是，所有的海鸥都背对着乔纳森。

乔纳森并不在意，他时刻都在学生身边，训练他们低速飞、高空飞、特技飞翔等，他"时而示范，时而建议，时而指导，时而鼓励"，不管是白天还是晚上，晴天还是风雨，他都陪着学生们一起飞。他实际上是在向鸥群展示一种新的生活方式，也就是自由的生活方式：原来可以这样飞！原来可以这样生活！这就是乔纳森对群鸥的教育方式。

变化是慢慢发生的。先是有几双眼睛在偷看，接着，有一圈"好奇"的海鸥围了上来，在晚上来听讲，黎明前悄悄离去。终于，有一只海鸥越过界线，要求学习飞翔。第二天，有一只叫克尔·梅纳德的海鸥也来了，他的左翅膀不能动，不能飞了，但他渴望飞翔。

乔纳森告诉梅纳德，他有塑造真正自我的自由，什么也阻拦不了。先知乔纳森说：

我说你是自由的。

他说出了本质，而梅纳德的思想因此得到了极大的推动，从里边往外边解，左翅膀没问题了，一下子就腾空而起，他能飞了！这是地上的奇迹。第二天，有上千只"好奇"的海鸥围了上来，并且，他们已经不再在意其他海鸥的注视了，他们想搞懂乔纳森。

乔纳森教育鸥群的内容是自由。他告诉他们："海鸥天生就应该飞翔，自由是生命的本质。"他说：

唯一真正的法律是指向自由的。

这是"伟大海鸥"的法律，是真正的法律。乔纳森成为立法者，他为鸥群确立热爱飞翔的、自由的生活方式，也就是"伟大海鸥"的生活方式。他告诉鸥群，他们也可以像他一样飞翔，像他一样自由地生活，唯一的区别或者说唯一的前提是，他们是否懂得真正的自我是自由的，并且开始练习。

乔纳森对鸥群的教育进展颇为顺利，"聚过来的海鸥一天比一天多，他们有过来问问题的，有崇拜的，也有藐视的"。他们奉乔纳森为"神"，但自由之鸥对"个人崇拜"具有免疫力，他清楚，"神化"和"妖魔化"不过是一回事。

不久，真正的考验来临了。福来奇在一次练习中遭遇事故，差点死掉，或者说他已经死了，乔纳森将他在生死边缘救了回来。但鸥群以为死而复生的福来奇就是"魔鬼"，是来破坏他们的，因此，鸥群一起上来要除掉福来奇。又是乔纳森救了他，并为此大惑不解：

> 为什么世界上最难的事是让一只鸟相信他是自
> 由的呢？

自由是一种更高的生活方式，可是，有许多海鸥不相信自由，不要真正的自由，也不需要乔纳森的教导，这是个体天生的差异。乔纳森懂得，自由是免于被强制，他不能强迫其他海鸥接受自由的生活方式，因此，他准备远走高飞了，并转而着重教导福来奇。

乔纳森告诉福来奇要学会爱，"学着去了解真正的海鸥，他们都有善良的本性，还得帮助他们自己发现那些优点。这才是我所说的爱"。乔纳森又说，福来奇刚被流放那会儿，脾气暴躁，充满仇恨，那就是"痛苦的地狱"；现在学会了爱，就是构造了"天堂"。这是在"地上"关于爱和天堂的教育。

乔纳森要走了，但福来奇舍不得老师，老师就告诉他：

你需要每天继续多多地寻找自我，那个真正的、能力无限的海鸥福来奇。他是你的老师，你需要懂得他，学习他。

永远都不要另外找一个东西，不从外边找，要从里边找，把内在的潜能开发出来。乔纳森告诉他，"不要仅仅相信你眼睛看到的东西"，"用你的悟性去看，找出你已经知道的东西"。乔纳森还嘱托福来奇，不要让大家说他是"魔"或者"神灵"，他说：

我是一只海鸥，我喜欢飞翔，也许……

海鸥乔纳森就是海鸥，就像扉页所说的那样，"他就生活在我们中间"，只是喜欢飞翔而已。但是，"也许"一词别有深意，这为他永远保持了一种向上开放的可能。海鸥乔纳森不是故步自封的，而是永远有突破的可能。

乔纳森飞走了，福来奇留了下来，他带领了一队全新的学生，第一次课就告诉他们，他们是自由的，身体就是思想。这是乔纳森教给他的。后来，福来奇"突然看到这群海鸥的真正面貌，一刹那，他发觉自己不止喜欢他们，而且还深深爱着他们"。这就是福来奇内心深处生长起来的"爱"，是真正的爱，是领悟的证明，是爱的传承。因为有爱，大地上的火焰才熊熊燃烧，永不熄灭。

小说最后写道：

他（福来奇）想着，不觉微笑起来。他学习的长路开始了。

就这样，海鸥乔纳森的故事结束于福来奇的开始。

# 学剑和传剑

《列子·汤问》有一个来丹请剑报仇的故事。来丹之父为黑卵所杀，他要凭一己之力复仇。只是来丹身体弱不禁风，黑卵却体格健壮，一般刀剑伤不着他，贸然前往，无异以卵击石，于是必得宝剑相随。在朋友的举荐下，来丹向卫国的孔周请剑。

孔周有三把祖传宝剑，来丹请得其一，孔周告以此剑非杀人之具。来丹仗剑"杀"了黑卵和他的儿子，虽然有"杀"这个动作，但黑卵和他儿子只是感觉痛了痛，人终究是没能杀死，死掉的是来丹的"杀心"。这故事，原来是要以杀制杀。

金庸写的虽然是武侠小说，但不只是打打杀杀而已，书中有剑，剑中也有书。（来丹报仇故事中，"孔周"一名或可当一本书来看，因周、孔是中国文教的高峰。）《天龙八部》里的扫地僧曾说少林寺的每一项绝技，都需要有相应的慈悲佛法化解，"只有佛法越高，慈悲之念越盛，武功绝技才能练得越多"，但是修为极高的高僧，"不屑去多学各种厉害的杀人法门了"。换句话说，"剑"要练到极高程度，需要"书"相应地提高上去，练剑到极致，不是杀人，而是止杀。非止啸聚，而是书剑飘零，文武相济，金庸小说因此才成为一座文化的高峰。

金庸小说里的武学及主人公的学武经历是至为动人的风景，以剑而论，杨过的学剑与风清扬传剑于令狐冲又是其中的代表者，一学一传，或可见金庸小说深厚的文化和哲学内涵。

## 一

《神雕侠侣》中，杨过经历坎坷。他童年不幸，父亲杨康在他未出生时就已经死了（而且名声不好），母亲穆念慈在他十一岁那年病逝。得遇郭靖黄蓉，到桃花岛过生活，可黄蓉防人心重，不让郭靖传他武功，只她教杨过念《论语》。后来郭靖送杨过去终南山重阳宫学武，师父赵志敬也只教他背书，好在背的东西是真口诀。杨过在全真教闯了祸，慌乱之中跑到古墓，几经周折入了古墓派，跟小龙女学武功。

欧阳锋初遇杨过，疯疯癫癫之中就传了他蛤蟆功的口诀与行功之法。赵志敬教杨过背诵全真教功法口诀，但不教用法。古墓派的武功是《玉女心经》，这门功夫与杨过的个性不相符，练古墓派武功相当于打下基础，他在古墓最大的收获是看到了"重阳遗篇"：天下武功第一人王重阳刻在石壁上的《九阴真经》要旨，称得上是口诀中的口诀。

虽然得诀，但口诀的力量未能激活，直到杨过走出古墓，在华山之巅见到洪七公和欧阳锋比武，这种力量才初步显现。

> 杨过……只潜心细看奇妙武功。九阴真经乃天下武术总纲，他所知者虽只零碎片断，但时见二人所使招数与真经要义暗合，不由得惊喜无已，心想："真经中平平常常一句话，原来能有这许多推衍变化。"

"所知者虽只零碎片段"，杨过当时的程度还远远不够。但他能见到"天下武术总纲"及其推衍变化，可以说是一窥当时天下武学的全貌，而且由当世两个绝顶高手演给他看，机缘委实难得。西毒、北丐比武，等于是一部活生生的教材，相当于激活言传的身教。杨过一一看在眼里，扩大了格局，长了"见识"，他有了一双"会看"的眼睛。

华山之巅以后，世界开始向杨过显现它的深广。他在绝情谷中了剧毒，又在襄阳被郭芙砍断右臂，生死关头来到一处神秘山谷，被一只大雕引到剑魔独孤求败的埋骨之所。他早先来过一次，那一次山谷世界对他还是遮蔽的，再来的时候就深入一层，发现了剑冢，剑冢旁边还有两行石刻：

> 剑魔独孤求败既无敌于天下，乃埋剑于斯。
> 呜呼！群雄束手，长剑空利，不亦悲夫！

独孤求败没有留下拳经剑谱，只留下四把剑，即剑冢中的刚剑、紫薇软剑、玄铁重剑和木剑（实际上是三把剑和一块石片，紫薇软剑被弃之山谷）。这四把剑代表人生和武学上的四重境界，相当于他的教法，他的一生就是一部无上剑法。"剑魔"之名或者是江湖中人给他取的，也有可能是自封，所谓入佛界易，入魔界难。

　　凌厉刚猛，无坚不摧，弱冠前以之与河朔群雄
争锋。

第一把剑"长约四尺，青光闪闪，的是利器"，可称刚剑。独孤求败二十岁以前用他在河朔地区争锋，只是在一个局部称雄。

　　紫薇软剑，三十岁前所用，误伤义不祥，乃弃
之深谷。

三十岁以前用紫薇软剑，误伤义士，这是挫折时期，但因此提高了境界。

　　重剑无锋，大巧不工。四十岁前恃之横行
天下。

《古剑铭》曰："轻用其芒，动即有伤，是为凶器；深藏若

拙，临机取决，是为利器。"小年轻时用钢剑，斗蛮用狠；后来用软剑，比的是技巧，聪明，一动就有伤，都是"凶器"。玄铁重剑把锋芒全部收起来了，临机对敌才会出手决胜，是为"利器"。重剑是对钢剑和软剑的总结，刚柔结合是重剑，内心的光彩夺目都收在厚重里边，也唯有厚重才可以收得住内在的光芒。

四十岁后，不滞于物，草木竹石均可为剑。自此精修，渐进于无剑胜有剑之境。

第四把剑是木剑，木剑把玄铁都去掉了，然已不必在世上争雄，只好隐居，人世间只要一把玄铁重剑就可以称雄。再后来，木剑也埋了，无剑胜有剑。

杨过练剑首先是练重剑，学重剑可以让他的气沉下来。他的中毒、断臂多多少少都跟他气性飞扬有关。他学的古墓派武功偏于女性，比较轻灵，需要重剑给他调一调，等于是把原来的剑法废掉，把原来的那些小聪明都扔掉，重新来过。他学重剑是在断臂之后，身遭大难，大难需要重剑来相配。

二

杨过学会重剑后再出江湖，在重阳宫力压金轮法王等蒙古高手，技惊群雄，算是成为绝顶高手，可以"恃之横行天下"。不过，这还不算大成就，他还有一次关键提升。在绝情谷与小龙女诀别后，他又重回独孤求败隐居之所，这次他练的是木剑，比重剑提高了一个层次。

练重剑是在山洪中，练木剑是在海潮中，海潮练剑是最后的教法。

> 当晚子时潮水又至，便携了木剑，跃入白浪之中挥舞，但觉潮水之力四面八方齐至，浑不如山洪那般只是自上冲下，每当抵御不住，便潜入海底暂且躲避。

山洪最重要的力是由上往下的冲击力，但这种力量比较单一，海潮就不同了，四面八方都是力，都可以得到锻炼，练得的力是活的，这时候的练剑臻于妙境。重剑是前提，学会了重剑才可以"潜入海底"，否则沉不下来。而且，人在海潮中，随处都是在练剑，无时无刻不是在练剑，手中木剑相应的时空无穷扩大，甚至可以说取消了"练剑"的概念。海潮练剑不是让他练好了剑，而是最终让他放弃手中之剑。

> 木剑击刺之声越练越响，到后来竟有轰轰之声，响了数月，剑声却渐渐轻了，终于寂然无声……又练数月，剑声复又渐响，自此从轻而响，从响而轻，反复七次，终于欲轻则轻，欲响则响。

木剑有声，是有相，无声是无相。先是有相，然后是无相，再成有相。最后阶段，声音随机生起，自己适应条件，有声无声随环境而变。到此地步，杨过的剑术已近孤独求败了。

　　一日在海滨悄然良久，百无聊赖之中随意拳打脚踢，其时他内功火候已到，一出手竟具极大威力，轻轻一掌，将海滩上一只大海龟的背壳打得粉碎。他由此深思，创出了一套完整的掌法，出手与寻常武功大异，厉害之处，全在内力，一共是一十七招。

　　杨过随手一掌，就击碎了大海龟的背壳，同时也击碎了"剑"这个概念，对"剑"的理解与往日大大不同，从此，"草木竹石均可为剑"。他把剑扔掉，等于把木剑也埋了。他曾经想把诸家武学融会贯通，独创一家，经历一番摸索的痛苦之后才明白过来："诸般武术皆可为我所用，既不能合而为一，也就不必强求，日后临敌之际，当用则用，不必去想武功的出处来历，也与自创一派相差无几。想明白了此节，登时心中舒畅。"往日不能融会贯通，是因为"有剑"，现在达到"无剑"境界，堪能创立"黯然销魂掌"。有了创新，就学会了；而且必须要创新，自己独立走一条路出来。

　　黯然销魂掌只有十七掌，比降龙十八掌少一掌。从每一掌的名字来看，降龙十八掌都有一个好名目，譬如"潜龙勿用""见龙在田""飞龙在天"等，看上去就很高大上，令人敬畏。黯然销魂掌就不然，它的名字如"面无人色""穷途末路""孤行只影"等，几乎都是丧气话，倒霉语，可是把这些"负能量"聚在一起就变得无比雄浑，就像是杨过把他一生的痛苦和不幸进行了炼化，锻炼成精纯的内功。

## 三

杨过学剑可以说是独孤九剑的前传，正传是金庸小说《笑傲江湖》之"传剑篇"。杨过学剑也可以说是"传剑"，相当于得到独孤求败的岩传；《笑傲江湖》之"传剑篇"是风清扬传剑于令狐冲。

传剑是风清扬，学剑是令狐冲，但题以"传剑"，重在说明独孤九剑可传而不可学。如果要去学一个独孤九剑，那就学不到，这也是它的不可思议之处：可传而不可学。那令狐冲是怎么学的？其实是风清扬传的，令狐冲只是受到传授，说他是学剑而已。重传承，因为传承中直接有能量。

令狐冲大吃一惊，回过头来，见山洞口站着一个白须青袍老者，神气抑郁，脸如金纸。

以"大吃一惊"开场，预示了一个全新的境界，同时也是小说技巧，所谓"无巧不成书"。

那老者摇头叹道："你先使一招'白虹贯日'，跟着便使'有凤来仪'……"一口气滔滔不绝地说了三十招招式。

招还是那些招，但顺序变了，结构变了，就活了。

　　那老者道："唉，蠢才，蠢才！……剑术之道，讲究如行云流水，任意所至。……难道你不会别出心裁，随手配合么？"这一言登时将令狐冲提醒，……长剑在头顶划过，一勾一挑，轻轻巧巧地变为"截手式"，转折之际，天衣无缝，心下甚是舒畅。……突然之间，只感到说不出的欢喜。

一言惊醒梦中人，令狐冲一点就醒。风清扬没有教具体的招法，只是传以剑道：行云流水，任意所至。令狐冲一开始做不到，为什么？不是招式矛盾，是他自己心里矛盾，这一招和那一招是死的，连不起来。心里的结解开了，招式就连起来了，就活了，自然心情舒畅，心中生喜。这也是令狐冲具备授受独孤九剑的资质，没有这一个前奏，风清扬也不会传，传也传不下去。当然，这还是初步的指点，风清扬随口而说的三十招已经是天衣无缝了，而这件天衣还需要破掉。

　　那老者脸色间却无嘉许之意，说道："对是对了，可惜斧凿痕迹太重，也太笨拙。不过和高手过招固然不成，对付眼前这小子，只怕也将就成了。上去试试罢！"

有什么可高兴的呢？还差得远呢！不过，高手的指点毕竟是高手的指点，但也不是一蹴而就的，还得接受实战的检验。试试看留有余地。

　　他既领悟了"行云流水，任意所至"这八个字的精义，剑术登时大进，翻翻滚滚地和田伯光拆了一百余招。

初传的这口气只能持续一百余招。

　　田伯光回刀削剑。当的一声，刀剑相交，他不等令狐冲抽剑，放脱单刀，纵身而上，双手扼住了他喉头。令狐冲登时为之窒息，长剑也即脱手。

天衣的缝隙露出来了，被田伯光制住。

　　忽听那老者道："蠢才！手指便是剑。……"令狐冲脑海中如电光一闪，右手五指疾刺，正是一招"金玉满堂"……田伯光闷哼一声，委顿在地，抓住令狐冲喉头的手指登时松了。

关键时刻关键处的关键指点，相当于直指教授。令狐冲顿悟，一招制敌；而且有老师在场，弟子往往能够战胜对手。要懂就在此时懂，就在老师处懂。

令狐冲……不由得又惊又喜，霎时之间，对那老者钦佩到了极点，抢到他身前，拜伏在地。

道有效验，令狐冲对风清扬不再怀疑，这才会跪求传授。

风清扬指着石壁说道："壁上这些华山派剑法的图形，你大都已经看过记熟，只是使将出来，却全不是那一回事。唉！"说着摇了摇头。

在小说下文，风清扬对此进行了发挥，说道："五岳剑派中各有无数蠢才，以为将师父传下来的剑招学得精熟，自然而然便成高手，哼哼，熟读唐诗三百首，不会作诗也会吟！熟读了人家诗句，做几首打油诗是可以的，但若不能自出机杼，能成大诗人吗？"光学招式不能成为大高手。齐白石说："学我者生，似我者死。"就剑道而言，需离招式而领会剑意，但又不废招式。

只听风清扬续道："岳不群那小子，当真是狗屁不通。你本是块大好的材料，却给他教得变成了蠢牛木马。"

"我眼本明，因师故瞎。"

令狐冲听得他辱及恩师，心下气恼，当即昂然说道："太师叔，我不要你教了，我出去逼田伯光立誓不可泄漏太师叔之事就是。"

恩师重于剑法。传剑要择徒，但关键还是在老师。

# 四

风清扬指着石壁上华山派剑法的图形，说道："只是招数虽妙，一招招地分开来使，终究能给旁人破了。"

只要有招就可以破。已经开始传剑了。

风清扬叹了口气，说道："世上最厉害的招数，不在武功之中，而是阴谋诡计，机关陷阱。倘若落入了别人巧妙安排的陷阱，凭你多高明的武功招数，那也全然用不着了。"

用不着迷信武功，世界上最厉害的是人心，杀心比杀人之剑厉害。这是传剑之前去魅，独孤九剑可以不用传，也不用学，会与不会都可以。

风清扬又道："……这个'活'字，你要牢牢记住了。……倘若拘泥不化，便练熟了几千万手绝招，遇上了真正高手，终究还是给人家破得干干净净。"

高手之高在于能够活学活用，有高手然后有高招，招随人转。

令狐冲大喜，他生性飞扬跳脱，风清扬这几句话当真说到了他心坎里去。

天性如此。郭靖就不行，传他也学不会。杨过可以，杨过号"西狂"，狂性即是飞扬跳脱。话能说到心坎，乃是声入心通，能量可以直接吸收。

风清扬道："活学活使，只是第一步。要做到出手无招，那才真是踏入了高手的境界。……你的剑招使得再浑成，只要有迹可循，敌人便有隙可乘。但如你根本并无招式，敌人如何来破你的招式？"

再进一层，指示新境界：根本无招，如何可破？"根本无招"，立于不败之地；"出手无招"，是应敌成破，根据对手的招式来反应，来什么招，就破什么招。

令狐冲一颗心怦怦乱跳，手心发热，喃喃地

道:"根本无招,如何可破? 根本无招,如何可破?"陡然之间,眼前出现了一个生平从所未见、连做梦也想不到的新天地。

岂惟凡骨换,要是顶门开。

风清扬道:"只是不曾学过武功之人,虽无招式,却会给人轻而易举地打倒。真正上乘的剑术,则是能制人而决不能为人所制。"

最上乘是无招,然后往下建立招式。无招以有招为基础,不能凭空无招。招式是一套系统,高手能够超越这套系统,不为所制。

令狐冲道:"要是敌人也没招式呢?"风清扬道:"那么他也是一等一的高手了,二人打到如何便如何,说不定是你高些,也说不定是他高些。"叹了口气,说道:"当今之世,这等高手是难找得很了,只要能侥幸遇上一两位,那是你毕生的运气,我一生之中,也只遇上过三位。"

世上还有其他绝顶高手。列奥·斯特劳斯曾说到那些不再是学生的伟大心灵:"这些人实乃凤毛麟角。我们在任何课堂都不可能遇到他们。我们也不可能在任何其他地方遇到。一个时代有一位这样的人活着就已经是一种幸运了。"

令狐冲得授独孤九剑，一败于任我行，二败于东方不败，这是他的幸运。对手的层次越高，自己的层次也相应提高。

> 风清扬微笑道："你将这华山派的三四十招融会贯通，设想如何一气呵成，然后全部将它忘了，忘得干干净净，一招也不可留在心中。待会便以什么招数也没有的华山剑法，去跟田伯光打。"

先把招法融会贯通，再忘掉招法，这是初步的教授。

> 风清扬道："一切须当顺其自然。行乎其不得不行，止乎其不得不止，倘若串不成一起，也就罢了，总之不可有半点勉强。"……不料风清扬教剑全然相反，要他越随便越好，这正投其所好，使剑时心中畅美难言，只觉比之痛饮数十年的美酒还要滋味无穷。

得其师，得其徒。武功要和自己相匹配才能学好，兴趣是最好的老师。而武功就是要把自己的天性发挥出来，发挥到什么程度就到什么程度，这才是学习的要义。或者可以说，令狐冲通过独孤九剑认识了自己，找到了自己。

> 令狐冲一惊，收剑而立，向风清扬道："太

师叔，我这乱挥乱削的剑法，能挡得住他的快刀吗？"……风清扬道："要挡，自然挡不住，可是你何必要挡？"

既然挡不住，那就不必挡，你打你的，我打我的，就在此时此地找一条向上的路。因为田伯光要求令狐冲下山，不敢伤了他的性命，所以有所顾忌，此即为令狐冲的一线生机。

田伯光一惊之间，令狐冲以手作剑，疾刺而出，又戳中了他的膻中穴。田伯光身子慢慢软倒，脸上露出十分惊奇又十分愤怒的神色。

令狐冲使诈，用骗招骗过了田伯光，胜之不武，但那也是胜，是当前唯一的生机。

令狐冲得风清扬指点后，剑法中有招如无招，存招式之意，而无招式之形，……田伯光醒转后，斗得七八十招，又被他打倒。

在重复中渐渐加深。

令狐冲说道："太师叔，这家伙改变策略，当真砍杀啦！如果给他砍中了右臂，使不得剑，这可就难以胜他了。"

事不过三，田伯光三次被打倒，学了乖。骗招最终还是骗不过去，令狐冲必须领会独孤九剑。

风清扬道："好在天色已晚，你约他明晨再斗。今晚你不要睡，咱们穷一晚之力，我教你三招剑法。"

教无招的剑法，但是还要落在"招式"来教；或者说要通过剑招，领会一种无招的剑法。

风清扬大奇，问道："这独孤九剑的总诀，你曾学过的？"

至此方有"独孤九剑"之名目。传剑传的是"口诀"，不是剑招，所以重耳。所谓"招"只是各种各样的变化，并没有具体的"招"。风清扬传的是一套极其繁复的变化形式，所谓"总诀式"，式只是一个系统，一个公式，要代入具体才会显其作用。

风清扬满脸喜色，一拍大腿，道："一晚之间虽然学不全，然而可以硬记，第一招不用学，第三招只学小半招好了。"

学招式用不着按部就班，关键是领会剑意。

风清扬说道:"这总诀是独孤九剑的根本关键,你此刻虽记住了,只是为求速成,全凭硬记,不明其中道理,日后甚易忘记。从今天起,须得朝夕念诵。"

口诀是真言,朝夕念诵可得其能量,其义自显。

令狐冲连连点头,道:"是,是!想来这是教人如何料敌机先。"风清扬拍手赞道:"对,对!孺子可教。'料敌机先'这四个字,正是这剑法的精要所在。"

料敌机先,永远走在机先。敌人还未动,就已经看出他将来所有的动,因为察觉到他的机。风清扬传了剑诀,令狐冲居然也说出一个口诀,是之谓"传剑"。这个剑诀也不是死死的一成不变,每一代都有新的口诀,因为每一代人都不同,但剑意不变。

于是将这第三剑中克破快刀的种种变化,一项项详加剖析。令狐冲只听得心旷神怡,便如一个乡下少年忽地置身于皇宫内院,目之所接,耳之所闻,莫不新奇万端。

令狐冲再深入一境,窥见新天地,看到了真正的武学美景。

风清扬道："独孤九剑，有进无退！招招都是进攻，攻敌之不得不守，自己当然不用守了。创制这套剑法的独孤求败前辈，名字叫作'求败'，他老人家毕生想求一败而不可得，这剑法施展出来，天下无敌，又何必守？"

独孤九剑，有进无退！因为在进攻之前，就已经"料敌机先"，上出一维，发现了对手的"动之几"。"求败"是平衡，可比曾国藩有"求阙斋"。

令狐冲说道："倒也不须砍上十刀廿刀，你只须一刀将我右臂砍断，要不然砍伤了我右手，叫我使不得剑。那时候你要杀要擒，岂不是悉随尊便？"

以进为退，以攻为守，把自己的弱点守好。

蓦地里田伯光大喝一声，右足飞起，踹中令狐冲小腹。

独孤九剑博大精深，从生到熟要有一个过程，不可一蹴而就。现在省略的东西，将来可能会以其他方式找补回来。

令狐冲笑道："对付卑鄙无耻之徒，说不得，只好用点卑鄙无耻的手段。"风清扬正色道："要是对付正人君子呢？"令狐冲一怔，道："正人君子？"一时答不出话来。

原来还有这个问题没解决，这是落败的深层原因。

令狐冲道："就算他真是正人君子，倘若想要杀我，我也不能甘心就戮，到了不得已的时候，卑鄙无耻的手段，也只好用上这么一点半点了。"风清扬大喜，朗声道："好，好！你说这话，便不是假冒为善的伪君子。大丈夫行事，爱怎样便怎样，行云流水，任意所至，什么武林规矩，门派教条，全都是放他妈的狗臭屁！"

好了，解决了。君子、小人这些概念困不住自己了，武林规矩、门派教条也不成障碍了。管他田伯光是什么人！这就从根本上超越了他。风清扬经历重大事变，早已超越正邪，又不落于邪。

令狐冲微微一笑，风清扬这几句话当真说到了他心坎中去，听来说不出的痛快。

见道之言，真是解渴，痛快！

他拍拍令狐冲的肩膀，说道："小娃子很合我心意，来来来，咱们把独孤大侠的第一剑和第三剑再练上一些。"当下又将独孤氏的第一剑择要讲述，待令狐冲领悟后，再将第三剑中的有关变化，连讲带比，细加指点。

彼此都合了心意，传习就无隔阂，所有能量都可以直接吸收。

令狐冲此刻于单刀刀招的种种变化，已尽数了然于胸……田伯光背心靠住岩石……耳中只听得嗤嗤声响，左手衣袖、左边衣衫、左足裤管已被长剑接连划中了六剑。

对田伯光的刀法了然于胸，可当外修。自己越纯粹，对手的信息就越透明，像在镜中显现，可当内修。

令狐冲接连三次将他逼到了生死边缘，……而且胜来轻易，大是行有余力，脸上不动声色，心下却已大喜若狂。

这才显得独孤九剑之神妙！

# 五

风清扬道："你要学独孤九剑，将来不会懊

悔吗？"

惊世骇俗之言！我传那是我的事，你要学就得问一问了。独孤九剑这么好这么高明的东西，你有何种福德，何种智慧可以承受呢？令狐冲之后劫难重重，虽然是天消其业，但也要自己承受得住，否则也有可能退转。整部《笑傲江湖》是令狐冲历经生死，立德立功，终于消了劫难的过程。其实也无劫可消，就是在劫难当中永葆独孤九剑的刚健。

当即拜道："这是徒孙的毕生幸事，将来只有感激，决无懊悔。"

无怨无悔。

风清扬道："好，我便传你。这独孤九剑我若不传你，过得几年，世上便永远没这套剑法了。"

禅宗五祖传法于六祖时说："自古传法，气如悬丝。"张伯端在《悟真篇·后序》里说："自后三传与人，三遭祸患。"可见传法不易，尤其是高法的传承，几乎是命悬一线。道不轻传，误传匪人固然不对，但得其人不传也不对。

一老一少，便在这思过崖上传习独孤九剑的精妙剑法，自"总诀式"……而学到了第九剑"破气式"。

独孤九剑的气魄极大，破天下武学，冒天下之道。将天下武学分为剑、刀等九式，相当于判教。

> 风清扬道："你倒也不可妄自菲薄，独孤大侠是绝顶聪明之人，学他的剑法，要旨是在一个'悟'字，决不在死记硬记。等到通晓了这九剑的剑意，则无所施而不可，便是将全部变化尽数忘记……何况当今之世，真有什么了不起的英雄人物，嘿嘿，只怕也未必。以后自己好好用功，我可要去了。"

当下的这个独孤九剑还要扔掉，变化已经是活的了，而这个变化还要变化，这才是风清扬关于九剑的最后开示，如此可得孤独九剑之精髓，能在实战中随机应变，不受任何约束。"何况当今之世，真有什么了不起的英雄人物？"傲视天下英雄，此亦独孤九剑气魄。

> 见令狐冲神色惶恐，便语气转和，说道："冲儿，我跟你既有缘，亦复投机。我暮年得有你这样一个佳子弟传我剑法，实是大畅老怀。……今后别来见我，以至于令我为难。"

孟子谓君子有三乐："父母俱存，兄弟无故；仰不愧于天，俯不怍于人；得天下英才而育之。"有此三乐，就算是"王天下"也比不上。风清扬大畅老怀，正是人生极乐之一。

令狐冲跟到崖边，眼望他瘦削的背影飘飘下崖，在后山隐没，不由得悲从中来。

大高手往往神龙见首不见尾，乍一露面，略现神光，又随即飘然远引。须菩提后来不见孙悟空，只示以声音；风清扬也是，只在令狐冲心中留下一个瘦削的背影，令人空自嗟叹：阖国人追不再来，千古万古空相忆。

（令狐冲）叹了口气，提了长剑，出洞便练了起来。

风清扬传剑已毕，自当离去。令狐冲收拾精神，认真练习起来。曾子曰："传，不习乎？"

练了一会儿，顺手使出一剑，竟是本门剑法的"有凤来仪"。他一呆之下，摇头苦笑，自言自语："错了！"跟着又练，过不多时，顺手一剑，又是"有凤来仪"。

老师在身边，学生能够顺着指点的方向用心，进步往往神速；老师离开后，能量场弱了，原有的习惯力量（佛家所谓业力）占了上风，或成为极大的干扰，初心有可能退转。

不禁发恼，寻思："我只因本门剑法练得纯熟，在心中已印得根深蒂固，使剑时稍一滑溜，便将练熟了的本门剑招夹了进去，却不是独孤剑法了。"

此时的分别心很大。

突然间心念一闪，心道："太师叔叫我使剑时须当心无所滞，顺其自然……倘若硬要划分，某种剑法可使，某种剑法不可使，那便是有所拘泥了。"

心无所滞，剑法便没有正、魔之分别；也不是没有正、魔，而是超越了正、魔。令狐冲将五岳剑法与魔教剑法尽数吸收，皆为我用，又进了一阶。

要将这许多不同路子的武学融为一体，几乎绝不可能。他练了良久，始终无法融合，忽想："融不成一起，那又如何？又何必强求？"

杨过和令狐冲可以在这里相合。即使合不成又如何？又何必强求？

现在再来看孔周的三把宝剑，这是什么样的剑？

一曰含光，视之不可见，运之不知有。其所触也，泯然无际，经物而物不觉。

把所有的光都含藏住，在人的眼睛、耳朵及触觉之外，在世间仅现一名。

> 二曰承影，将旦昧爽之交，日夕昏明之际，北面而察之，淡淡焉若有物存，莫识其状。其所触也，窃窃然有声，经物而物不疾也。

光降一维度就是影，所谓承影，也是投影。

> 三曰宵练，方昼则见影而不见光，方夜见光而不见形。其触物也，然而过，随过随合，觉疾而不血刃焉。

再降一维，有光漏了出来。"然而过，随过随合，觉疾而不血刃焉。"是说光的性质，这世上速度最快的事物。来丹跪请的就是这把"下剑"，虽是"下剑"，但是极快，也就极厉害。武侠小说每言："天下武功，唯快不破。"

据说孔周之剑传自殷帝，传了十三代了，一直都藏在剑匣里，未曾启封。一个童子佩着宝剑就可以吓退三军，大约那时尚处在"承影"时代，去古未远，人心尚德，剑不出鞘。到了来丹时代，"宵练"出世，世上从此多事。不过，经历了来丹报仇的故事，"宵练"就又可以封存。孔周之剑（或周孔之剑）不杀人，以杀制杀，因此就可以传之久远，此或《列子》所传之剑意耶。

# 后记

　　收在这本集子里的文章，最早一篇发表于二〇〇六年，迄今已有十五年。在整理、编辑的过程中，我原以为会"不忍直视"早期作品，但却意外"遇见"了当年习作时的热情、探索，以及诚恳。

　　我想起了父子山脚下的太子中学，那时正值二十世纪八十年代，我读初中，把一张大白纸剪裁成书页，装订成册，就在上面写写画画。现在看来那算是个人写作的起点，而眼下这本集子相当于一个总结，我也借此看见自己的来路。从太子中学以来，所有写过的、已经消逝了的、未曾发表和出版的文字，一下子都叠加在这里了。还有那些无处安放的心痛与绝望、欢欣与感激，它们都簇拥着、奔腾着，涌上心头，来到我的指尖，结集成书，成为现在这个模样。

　　我的文学批评观受到《围棋发阳论》的启

发。《围棋发阳论》成书于一七一三年，作者是日本围棋"井上家"第四代首脑桑原道节，他说过："类似棋的配置、结构那样的东西可以称为是'阴'，而棋形中所隐伏的手段则可称为是'阳'。"因此，"发阳"可以理解为，从特定的棋形中去发现它的"阳"——即发现那隐伏的行之有效的手段。另外，《围棋发阳论》还有一个别名叫《不断樱》，樱花是日本的国花，在围棋中象征着手段的精华。"不断樱"就是喻指书中的灿烂缤纷的妙手层出不穷之意。（程晓流《围棋发阳论》前言）

引申至文学批评领域，我总是努力发掘文学作品中的佳构与妙手、真情与哲思、显白与隐微。一张好的棋谱可抵一篇好文章，日本围棋全盛时代的"十番棋"之战，完全称得上是鸿篇巨制。同理，对一篇（部）文学作品进行批评，相当于打谱、复盘，把作家和作品的构思、招式、背景、"盘外招"等，全部拆开来又还回去，看个明白。我发现，俗手、恶手，昏招、败招大多相似，而妙手则个个不同。

《庄子·人间世》曰："瞻彼阕者，虚室生白，吉祥止止。"这可以用来形容"发阳"的状态，即在山穷水尽之处生机不断，在隐秘的地方发现妙手。我不敢奢望这些批评文章能够"尽其妙"，我的写作也达不到"妙"的程度，连"未妙"都算不上，但不管长成什么样子，我都希望它们可成吉祥。

文学批评也是文学，都在风雅颂里。因为本集文章主要面向现代小说，故取其中一篇文章题目作为书名，名为《小说的风雅颂》。

成书之际，我要深深感谢我的师友们、亲人们，以及一切经验过的人与事物，因为你们，世界缤纷灿烂。

2021 年 6 月 21 日于学府苑

图书在版编目（CIP）数据

小说的风雅颂/汪广松著.-上海：上海文艺出版社.2022

ISBN 978-7-5321-8354-8

Ⅰ.①小… Ⅱ.①汪… Ⅲ.①小说研究－中国－现代

Ⅳ.①I207.42

中国版本图书馆CIP数据核字(2022)第106123号

发 行 人：毕　胜

责任编辑：陈　蔡

封面设计：钟　颖

书　　名：小说的风雅颂

作　　者：汪广松

出　　版：上海世纪出版集团　　上海文艺出版社

地　　址：上海市闵行区号景路159弄A座2楼 201101

发　　行：上海文艺出版社发行中心

　　　　　上海市闵行区号景路159弄A座2楼206室 201101 www.ewen.co

印　　刷：崇明裕安印刷厂

开　　本：890×1240 1/32

印　　张：11.75

字　　数：244,000

印　　次：2022年9月第1版 2022年9月第1次印刷

Ｉ Ｓ Ｂ Ｎ：978-7-5321-8354-8/I·6593

定　　价：65.00元

告 读 者：如发现本书有质量问题请与印刷厂质量科联系　T:021-59404766